연옥의 수리공

연옥의 수리공

경민선 지음

🍪 마카롱

신은 죽음을 만들었고
인간은 사후세계를 만들었다.
근미래, 인공 사후세계로 들어간 인간들의 이야기

차례

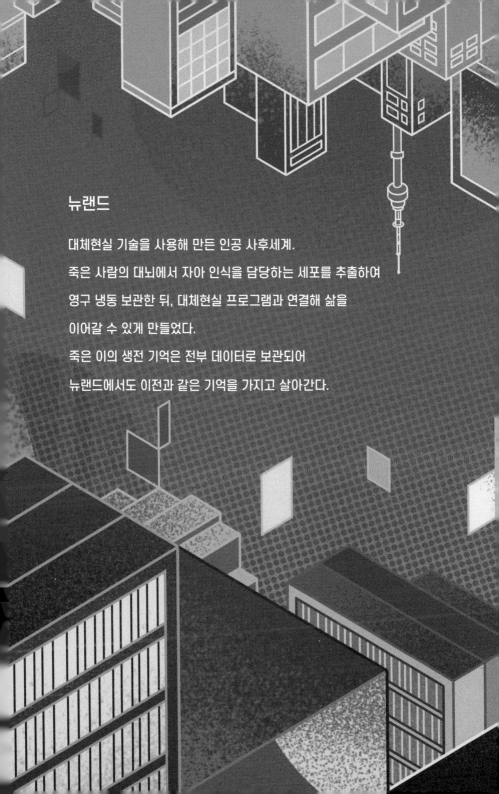

뉴랜드

대체현실 기술을 사용해 만든 인공 사후세계.

죽은 사람의 대뇌에서 자아 인식을 담당하는 세포를 추출하여

영구 냉동 보관한 뒤, 대체현실 프로그램과 연결해 삶을

이어갈 수 있게 만들었다.

죽은 이의 생전 기억은 전부 데이터로 보관되어

뉴랜드에서도 이전과 같은 기억을 가지고 살아간다.

1

부양 유령

삶은 구토를 참는 과정일 뿐이다. 울렁대는 속을 부여잡고 버티다가 변기 앞에서 한바탕 쏟아내면 그걸로 목숨은 끝난다. 비위가 약한 자부터 이승에서 사라지는 법이다. 비틀대며 화장실까지 달려가는 여정이 인생의 정체고 전부라는 것이 스물일곱 해를 살며 지석이 내린 결론이었나. 이 위대한 진리에 재빨리 도달하도록 지름길을 깔아준 것은 그의 가난한 주머니 사정이었다. 당장이라도 속을 비워내고 자유로워지고 싶지만 또 한편으로는 조금만 더 참고 걸으면 깔끔한 화장실이 나올 거라는 기대도 가져본다. 지석의 하루는 늘 이 둘 사이에 서 있었다.

멀미를 느끼며 학교 복도 끝에 다다랐을 때, 지석의 시야에 입을 쩍 벌린 좀비들이 들어왔다. 특전사 복장을 한 남자 하나가 쌍권총으로 좀비들에게 대응사격을 하며 계단을 올라가려는 찰나였다. 하지만 계단이 있어야 할 곳엔 까만 암흑만이 펼쳐져 있었다.

"여기요, 여기! 계단이 없어졌다고!"

전사는 구석에 몰려 좀비에게 죽기 일보 직전이었다. 공간 데이터가 소실되는 것은 가장 흔한 오류 현상이다. 그래서 지석이 이곳에 온 것이다.

"뒤로 좀 빠져요. 방해하지 말고."

지석은 도움닫기를 하며 달려가 몸을 붕 띄웠다. 지금 막 전사의 팔을 깨물려던 좀비 놈의 머리통에 지석의 발차기가 적중했다. 콰직, 하는 상쾌한 소리와 함께 좀비는 나가떨어졌다. 그 틈을 타 전사는 재빨리 몸을 굴려 뒤쪽으로 피신했다. 지석은 착지와 동시에 오른 팔꿈치로 뒤에 있는 좀비의 턱을 후려쳤고, 몸이 돌아가는 회전력을 이용해 왼 다리를 휙 들어 남은 한 놈도 하이킥으로 떨쳐냈다. 파바박-. 순식간에 좀비들이 쓰러졌다. 지석에겐 쉬운 일이었다. 직업이니까.

좀비들을 계단에서 떨어뜨려 놓은 뒤 지석은 손을 들어 자신의 시야를 가렸다. 그리고 그 너머에 있을 계단을 상상했다. 정신을 집중해 계단의 질감과 높이, 색감을 상상하며 정확히 3초를 센 뒤 눈앞에서 손을 치웠다. 그러자 정말로 계단이 다시 나타났다. 그저 몇 초 상상했을 뿐인데 없던 계단이 생겨나다니, 실로 전지전능한 능력이었다. 하지만 전사는 지석에게 고맙다고 하기는커녕 도리어 화를 냈다.

"에이 씨, 왜 이딴 일이 생기는 건데?"

"어떤 유저가 아이디 만 개로 접속하면서 디도스 공격했대요. 아직 복구가 다 안 됐어요."

그렇게 지석의 업무가 끝났다. 지석은 곧 단말기에 음성 업무 기록을 남겼다.

"출장 번호 8548, 이미지 복구 완료."

잠시 후 지석의 시야가 점점 좁아지며 눈앞이 깜깜해졌다. 어둠 속 지석의 시야에 자막 하나가 떴다. '하이스쿨 소울즈 2. 죽은 자들의 반격.' 이 게임의 제목이었다.

지석은 출장 수리 기사였다. 대체현실 세계에 접속해 오류가 난 곳을 고쳐주는 것이 그의 일이었다. 출장 수리 기사가 게임 속 계단을 수리하는 방법은 간단했다. 관리자 서버로 접속한 뒤 뇌 신호 커넥팅 기술을 사용해 서버와 상호작용하는 것이다. 진짜 계단이 있는 장면을 실감 나게 상상하면 중뇌 상구의 시각 시냅스가 특정한 전기신호를 만들어내고, 그 신호가 서버의 시각화 데이터로 연결되어 소실된 이미지를 복구해낸다…라고 하는데 사실 지석도 잘 모르는 일이었다. 그가 아는 건 요즘의 대체현실 기술이 관리자의 뇌파와 상호작용하도록 만들어져 있다는 것 정도였다. 그래서 수리나 보수공사를 하는 과정도 직관적이었다. 구두 수선공이 구두에 자기 발을 집어넣어 구겨진 곳을 펼치는 것처럼 말이다. 예전처럼 노트북을 연결해 복잡한 코드를 들여다볼 필요도 없었다.

게임의 로딩 시간이 끝나고 지석은 현실로 돌아왔다. 퀴퀴한 곰팡

내가 나는 방에서 눈을 떴다. 깨어난 지석 옆에 곤히 잠들어 있는 고객은 머리에 쓴 기기를 통해 꿈속에서 대체현실 게임을 하는 중이다. 계단 수리가 잘 되어 무사히 빠져나왔는지, 입가에 희미하게 미소를 띠고 있었다. 잠들어 있는 고객의 모습은 게임 속 전사의 건장한 모습과는 달리 수척하기 이를 데 없었다. 깎지 않은 수염이 덥수룩했고 피골이 상접한 팔에는 3,000cc 대용량 포도당 용액이 꽂혀 있었다. 게임에 빠져 사는 하드 게이머 중엔 일주일씩 꼬박 잠든 채 게임만 하다 욕창에 걸리는 이도 많았다. 그런 사람들을 위해 자동으로 자세를 바꿔주는 게임용 흔들침대까지 나왔으니 말 다한 셈이다. 지석은 냄새나는 고객의 단칸방을 빠져나왔다. 해가 저문 지 오래되어 사방이 어두웠다. 아파트 복도에는 불 켜진 전등 하나 없어 분위기가 한층 을씨년스럽게 느껴졌다. 하지만 누가 신경이나 쓸까. 저 대체현실 안쪽의 세계는 여전히 밝을 테니까 말이다.

가물가물한 기억이지만 지석이 어렸을 때만 해도 세상은 좀 더 선명했고 현실감으로 충만한 곳이었다. 아기였던 지석이 울면 엄마는 아무 동영상이나 틀어놓은 스마트폰을 그의 앞에 던져주곤 했다. 어린 지석은 바둑 동영상이건 낚시 동영상이건, 그저 움직이는 그림에 매료된 채 우는 것도 잊고 몇 시간씩 핸드폰 화면을 멍하니 쳐다봤다. 당시에는 그게 최고의 육아였다고 지석의 엄마는 웃으며 말했다. 그래도 그때는 화면 안쪽 세계와 바깥쪽 세계의 경계가 분명히 존재하긴 했다.

하지만 기술이란 건 거기서 만족할 줄 몰랐던 모양이다. 지석이 초등학교에 입학할 때쯤엔 눈과 귀에 쓰는 가상현실 VR 기기로 영화를 보거나 게임을 하는 것이 이미 널리 퍼졌고, 중학교에 진학할 즈음에는 가상현실을 넘어 아예 몸을 잠재운 채 의식으로만 체험하는 대체현실 기술까지 나왔다. 그것이 상용화되는 데에는 그리 오랜 시간이 걸리지 않았다. 중1 여름방학 때 처음으로 체험한 대체현실 RPG 게임은 강렬한 기억으로 남았다. 손끝에서 뻗어나가는 번개 마법과 파사삭, 하고 재가 되어버린 오크들, 그리고 그 자리에 남은 탄 냄새까지… 모든 게 진짜였다. 지석은 하루 12시간 동안 게임을 했고, 게임에 집중하느라 쌓인 피로 때문에 10시간 동안 잠을 잤다. 남은 2시간 동안은 허겁지겁 밥을 먹고 화장실에서 볼일을 봤다. 그의 엄마는 유일한 동거인인 아들이 하루 22시간 동안 잠들어 있는 모습을 봐야 했다. 나중에 엄마는 그때를 회상하며 시체와 한 철을 보낸 기분이었다고 했다. 68킬로였던 지석의 체중은 한 달 사이 58킬로까지 빠졌고 그 결과 엄마는 대체현실 접속기를 베란다에서 화형에 처했다. 그 무렵에 국회에서는 대체현실 이용 시간 규제 법안이 통과되었다. 172시간 동안 대체현실에 접속해 있던 대학생이 미라 상태로 발견된 일 때문이었다. 뭐, 이런저런 소란스러운 일들이 있었지만 어쨌든 세상은 균형을 찾아갔다. 지석도 무사히 (지방) 대학을 졸업하고 (계약직) 직장인이 되었다.

지석은 고객의 아파트 입구에 세워놨던 전기 바이크에 시동을 걸었다. 지석이 이 일을 그나마 마음에 들어 하는 건 어쨌든 몸을 움직여

서 육체가 썩어가지 않게 하기 때문이었다. 대체현실 수리 기사를 부르는 경우의 40퍼센트 정도는 서버나 시스템 문제였지만 40퍼센트 정도는 단순히 기기 사용법을 모르는 데서 비롯한 것이었다. 그래서 직접 고객의 집을 찾아가는 출장 수리 기사는 늘 필요했다. 기타 20퍼센트는 고객의 개인적인 문제에 해당했다. 쌓아놓은 음식에 꼬인 구더기를 치우거나 게임에 정신이 빠진 고객이 싸놓은 똥오줌을 치우는 일도 지석은 묵묵히 처리했다. 지석이 탄 전기 바이크가 텅 빈 사거리를 가로질렀다. 엔진 소리가 없는 이 친환경 바이크는 일일 업무가 끝나면 집주소로 자동 운행을 시작했다. 저녁 8시밖에 안 되었건만 상가들은 컴컴했고 도로에서는 차를 찾아보기 힘들었다. 인생의 본론은 이미 이쪽이 아니라 저쪽 대체세계에 있기 때문이었다. 현실 속 서울에서는 방 두 칸짜리 허름한 집을 사려면 인생을 바쳐야 하지만 대체현실 속 서울에서는 10만 원만 결제하면 정원 딸린 집을 만들 수 있었다. 이런 상황이니 사람들은 집 곰팡이를 제거할 돈으로 대체현실 공간을 꾸미게 되었다. '사람은 감각함으로써 존재한다'라는 말이 있는데, 오감을 구현하는 감각 센서 기술은 이미 사람의 눈, 코, 입, 귀와 피부를 거의 따라잡아 버렸다. 이제 더 이상 이 세상은 인간이 존재할 수 있는 유일한 공간이 아니었다. 기술은 세상을 보잘것없는 곳으로 만들었다. 보수공사도 제대로 안 되는 건물들, 방치된 도로와 가로수들. 번화가는 죽었고 광장은 썰렁해졌다. 상가가 가득했던 시내 건물들은 이제 온갖 종류의 서버 센터로 개조되었고, 다른 모든 산업이 매년 50퍼센트씩 축소되어가는 동안 대체현실 산업만이 연간 800퍼센트씩 성장해 갔다. 이런 격변의 시기에 대체현실 공학이라는 그의 대학 전공을 잘만 살렸어도 더 좋은 일자리를 가질 수 있었겠지만 지석은 기회를 잡지 못했다. 가뜩이나 공부에 재능이 없었는데 전공 교수마저 고약했다. 학점 관리란 걸 포기해버린 결과, 산업 말단의 계약직에 만족해야 했다.

바이크는 15분 만에 낡은 건물 앞에 도착했다. 바이크와 자전거들이 생선 말리듯이 바짝 엮여 있는 전용 주차장에 전기 바이크를 세우고 지석은 엘리베이터에 올랐다. 지석이 사는 이 오피스텔의 관리 업체도 부도로 떠나버린 지 5년이었다. 흰 외벽이 시커멓게 변하고 복도에 쓰레기가 굴러다녀도 문제를 제기하는 주민은 없었다. 사람들에게는 관리비를 낼 여유도 더 이상 없었다.

"독촉장이 안 오더라. 밀린 보험료 또 내버렸냐?"

문을 열자마자 지석의 귀에 엄마 목소리가 들렸다. 지석의 엄마는 서른다섯 나이에 그를 낳아 올해 환갑이 되었다. 지석이 다섯 살 되던 해에 아빠라는 사람이 외국으로 도망쳐버리고 나서는 줄곧 혼자 아들을 키운 기구한 팔자였다. 그 팔자가 보상받기는커녕 다 키운 아들이 좁은 집에 눌어붙어 청개구리 짓만 하고 있으니 엄마는 늘 노이로제 상태였다.

"아, 또 까먹고 내버렸네. 엄마가 전화해서 환불 받아내든가."

"도지석이. 나이 처먹어도 말을 안 들어, 너는. 기어이 그 돈 바락바락 내서 엄마 지옥에 보내고 싶냐?"

지석의 엄마는 성모상 앞에 놓인 흔들의자에 앉아 묵주를 돌리고 있었다. 그대로 뜯어다가 박물관에 보관하면 딱 좋을 풍경이었다. 그녀가 일생을 바쳐 끈질기게 해온 일은 동네 성당에 다니는 것과 공공근로에 나가 푼돈 벌이를 하는 것이었다. 구청 취로 사업팀의 청소부 동료들이 그대로 성당 친구들이니 일이 곧 신앙이자 신앙이 곧 일인 신업 일체의 삶을 엄마는 살고 있었다. 그런 양반이니 이 세상이 맘에 안 드는 건 당연한 일일 것이다.

"죽으면 다 태워서 납골당 이쁜 데다 모셔라. 내 머리통 깨고서 환각에 절여버릴 생각 하지 말고. 생각만 해도 소름 돋으니까."

"바티칸 교황도 죽으면 머리통 깨고 거기 가요. 아마 그 시대에 나왔으면 예수님도 제일 먼저 들어갔을걸?"

"말이나 예쁘게 하면 몰라. 너는 걱정 마라. 네가 사탄인데 누가 지옥에 보내겠냐."

다른 건 몰라도 지석의 독설만은 엄마에게 물려받은 게 분명했다. 지석은 엄마를 등진 채 식탁으로 돌아앉았다. 그리고 능숙한 동작으로 전자레인지에 레토르트 닭요리를 넣고 타이머를 5분에 맞췄다. 위잉 소리와 함께 복숭아빛 공기 속에서 닭이 돌아가기 시작했다. 멍하니 그 모습을 보며 지석은 뉴랜드에 대해 생각했다. 세상 모두가 들어가고 싶어 하지만 엄마는 죽어도 가기 싫다는 그곳. 매일 밤 엄마와 지석을 입씨름하게 만드는 그곳 '뉴랜드'는 인공 사후세계다.

발달된 대체현실 기술은 인간이 금단의 선을 넘보게 만들었다. 바로 죽음을 극복하려는 생각이었다. 과학자들은 인간의 몸을 영원히 보존하긴 힘들지만 세포 일부라면 냉동시킬 경우 영원히 보존할 수 있지 않을까 생각했다. 그 세포가 두뇌의 일부분이고, 그 일부분이 우리의 인식에서 '자아'를 담당하는 부분이라면? 결국 그 일이 일어나고 말았다. 한국을 포함한 11개국 합동 연구팀이 소뇌와 중뇌 사이의 특정 뉴런에서 인간의 자아 인식을 담당하는 세포를 발견해버린 것이다. 이들은 이 세포를 '자아 뉴런'이라고 이름 붙였다. 자아 뉴런은 영혼의 동의어였다. 인류는 영생의 힌트를 얻었고, 개발에 착수했다. 의학계에선 세포가 살아 있는 상태에서 자아 뉴런을 채취하는 기술과 그 뉴런을 극저온의 영양액에 담가 영구 보존하는 기술을 발명했다. IT 공학계에서는 자아 뉴런에 전기신호를 통해 감각과 기억 데이터를 공급하는 기술을 개발했다. 사람의 생전 기억들도 모두 전기신호로 바꿔 저장할 수 있으니 기억을 담당하는 대뇌는 필요 없어졌다. 시각과 청각, 촉각, 미각 등을 느끼는 기능도 고도의 센서에 넘겨주어 눈과 코와 혀, 귀, 피부와 뼈도 필요 없어졌다. 필요한 것은 오직 자아 뉴런과 거기에 연결된 기계 장치들뿐이었다. 지난 수십여 년 동안 인류 전체의 지성은 이 '인공 사후세계 프로젝트'에 바쳐졌다. 스위스에서 죽음을 앞둔 소수의 지원자를 받아 사후세계로 보내주기 시작한 것은 8년 전, 국가 차원의 사후세계 상용화 계획이 나온 것은 6년 전 일이었다. 그리고 5년 전, 전 국민을 대상으로 한 '인공 사후세계 제도'가 한국에서 세계 최초로 실시되기에 이르렀다.

"주여 돌보소서-. 내 마음을-. 어둠을 헤매는- 가련한 양을-."

지석의 엄마는 낮은 목소리로 성가를 읊조리기 시작했다. 마침 전자레인지에서 닭요리가 다 데워진 참이었다. 지석은 포크 하나로 식사를 시작했다.

모든 게 너무나 빨랐다. 기술의 가속도는 무서운 것이어서 사회 제도는 늘 허겁지겁 그 뒤를 쫓았다. 사후세계의 설계는 몇몇 개인의 기금으로 운용되기에는 덩치가 너무 컸다. 말 그대로 가상의 세계를 창조하고 그 세계에 수십만 명의 자아를 집어넣는 것은 큰 기업들조차 감당하기 어려운 일이었다. 죽은 인간의 뇌 일부를 추출해 냉동 보관하는 일, 거기에 연결된 엄청난 규모의 서버들을 설계하고 점검하는 일, 죽은 이들을 일일이 관리하고 오류가 나지 않게 감시하는 일에는 엄청난 돈이 필요했다.

고기는 퍽퍽하고 엄마의 성가는 더욱 크게 들렸다. 지석의 포크질은 점점 신경질적으로 변해갔다.

"내 피와 살이요, 내 심장이요-. 내 사랑 전체요-. 오 나의 주여-."

사후세계를 만드는 일에는 개개인의 생명과 죽음을 감독하는 공공의 통제와 사기업의 기술이 모두 필요했다. 결국 각국은 사후세계의 관리에 국민의 돈을 투자하기로 결정했다. 사후세계의 최초 도입 국가로 우리나라가 선정된 이유도 바로 기금 관리의 용이성이었다. 이미 국민의 99퍼센트를 하나의 의료보험으로 관리하고 있던 한국은 새로운 기금 제도를 도입할 필요도 없었다. 그 결과 5년 전부터 의료보험에 각종 항목이 추가되더니 단기간에 보험료가 열 배 넘게 올랐다. 이 과정에서 당연히 충돌도 있었으나 죽음을 극복한다는 그 달콤한 말 때문에 늘 찬성표가 근소하게 높았다. 뉴랜드를 위해 국가는 다른 모든 곳에서 예산을 삭감했고, 개인은 의료보험을 제외한 다른 모든 곳에서 지출을 줄였다. 비판적인 지식인들은 이 아이러니를 비웃었다. 죽음을 위해 삶을 저당 잡힌 꼴이라니. 하지만 결국 세계는 그렇게 흘러갔다. 뉴랜드 서울은 각국에서 시행 중인 사후세계 도시 중 최대의 인구를 가진 곳이 되었다. 사람들은 가상의 사후세계에 갈 비용을 대기 위해 깨어 있는 동안 노동하고, 노동의 스트레스를 다시 가상세계에서 풀었다. 세상의 겉모습은 풍요를 누리던 이전 세대에 보여주기 부끄러울 정도로 참 보잘것없어졌다. 지석이 과잉 노동에 시달리면서도 이 좁은 투룸 오피스텔에서 싸구려 저녁을 먹는 풍경은 그렇게 만들어졌다. 보잘것없는 월급에서 엄마와 지석의 의료보험료를 납부하고 나면 생활비는 모래 알갱이만큼 남았다. 사정이 이렇다 보니 보험료 납부를 중단하고 인공 사후세계인 뉴랜드로 들어가길 거부하는 사람들도 많았다. 좀 다르게는 종교적인 이유를 가진 사람도 있었고, 이따위 세상에 영혼을 한 줌도 남기고 싶지 않다는 냉소적인 사람들도 있었다. 지석의 엄마처럼.

"당신의 사랑에 영원히 살리라-. 오 내 주 천주여 받아주소서-."

드디어 엄마의 성가가 끝났다. 지석은 다음 성가가 시작되기 전에 재빨리 그릇을 치워버리고 방으로 들어갔다. 엄마는 이런 식으로 매일 지석에게 시위를 하고 있었지만 지석은 엄마의 말을 믿지 않았다. 초연했던 사람도 정작 죽음을 앞두고는 생각을 고쳐먹는 경우가 많다고 들었고, 또 직접 본 적도 있기 때문이다.

지석은 방에 들어와 침대에 비스듬히 누웠다. 그의 좁은 방에는 한 사람의 동거인이 더 있었다. 늘 작은 액자 속에서 지석을 지켜보고 있는 26세의 엄희진. 지석과 그녀는 고등학교 3학년 때 만나 꼬박 7년을 사귀었고, 대학과 직장까지 같이 다녔다. 생활이 안정되면 결혼하기로 약속했지만 잠깐의 행복한 꿈이었다. 그녀는 작년에 죽었다. 회사에서도 혼자 나서서 노조를 만들려고 할 정도로 강인한 희진이었지만 몸속에서 자라는 병은 어쩔 수 없었다. 병도 그녀를 닮아 강직하게 버텼고 6개월 만에 희진은 뼈와 가죽만 남았다. 죽음을 앞둔 그녀에게 지석은 약속했다. 반드시 사후세계 뉴랜드에서 다시 만나 결혼하자고. 그 말은 지석이 그녀의 남은 의료보험을 떠맡아 의무 납부 기간인 30년을 대신 채워야 한다는 의미였다. 원칙적으로 30년의 납부 기간을 못 채운 이들은 뉴랜드에 입주할 수 없지만, 제도 도입 초기이니만큼 이제 막 죽은 이들의 보험료를 다른 사람이 분납할 수 있는 기회가 주어졌다. 망자의 신분도 양극단으로 나뉘는 세상이었다. 일시불로 뉴랜드의 비싼 입주비를 낼 수 있었던 극소수의 '완납자'들과 가족들이 남은 보험료를 짊어지게 된 '미납자'들. 희진의 부모는 외동딸이 고등학교를 졸업하기도 전에 세상을 떴고, 교류하는 친척조차 없었다. 그래서 지석은 결과적으로 세 명분의 의료보험을 짊어지게 됐다. 엄마, 지석 본인, 그리고 희진. 도저히 불가능한 일이었다. 그의 은행 계좌가 블랙홀 위에 얹혀 있는 밑 빠진 독이 된다는 뜻이었고, 대책 없는 빚쟁이의 인생을 선택했다는 뜻이었다. 하지만 어쩌겠는가. 생명이 꺼져가는 연인의 귀에 대고 나는 돈이 없으니 너를 다시 못 본다고 말할 수는 없는 노릇이었다. 가족처럼 여긴 이에게 그런 말을 할 수 있는 사람은 이 세상에 없다. 먼저 죽은 이의 남은 의료보험을 떠안고 빈곤층으로 전락한 사람들을 부르는 사회학적 용어가 생겨났다.

'부양 유령.'

바로 지석 같은 사람들이다. 이들 중 상당수는 기존의 직업 외에 추가적인 벌이를 위해 불법적인 일에 뛰어들기도 했다. 지석처럼 말이다.

2

야간 심부름센터

까무룩 잠든 지 고작 3시간 만에 진동 알람이 지석을 깨웠다. 낮에 입었던 옷을 그대로 입고 야간 사무실로 두 번째 출근을 했다. 이 도시의 낮은 침침했고 밤은 심연처럼 깜깜했다. 하지만 인류의 역사가 늘 그래왔듯이 밤의 뒷골목에서는 흥미진진한 일들이 벌어지고 있었다. 바이크는 을지로의 어느 골목으로 지석을 실어 날랐다. 한때 술집이 즐비했었지만 지금은 유령도시가 된 구시가지의 뒷골목. 전에는 술집 창고로나 쓰던 네 평짜리 2층 골방을 빌려 사무실을 마련한 지 세 달째였다. 페인트칠이 다 벗겨진 회색빛 복도를 지나 계단을 오르는 길에는 어김없이 녀석의 흥겨운 노랫소리가 들려왔다.

"노 다잉 노 크라이-."

이 목소리의 주인은 근방 10제곱킬로미터 안에서 제일 속 편한 인간이자 지석의 동업자인 배창준이다.

"헤이, 도 사장."

삐걱대는 문을 열고 들어가자 빠글거리는 아프로 파마머리를 한 남자가 지석을 휙 돌아보며 인사했다. 남미 사람을 연상시키는 구릿빛 피부색과 낮은 콧잔등 위에 얹힌 용접공 같은 플라스틱 안경을 볼 때마다 지석은 헛웃음이 나왔다. 배창준이 지석을 사장이라고 부른다고 그에 맞는 대접을 해주는 것은 아니었다. 수익은 동등하게 나누면서도 책임에선 한발 물러나 있고자 하는 태도 같아서 그 말을 들을 때마다 지석은 고깝게 느껴졌다.

"소리."

"뭐라고? 음악 소리 말이야?"

"어."

"음악 소리를 어쩌라고? 줄이라고?"

"어."

배창준은 그제야 스피커 볼륨을 찔끔 내렸다. 지석은 대체현실 접속기와 모니터, 본체가 놓여 있는 책상 앞에 가 앉았다. 고용량 출력을 위해 병렬로 연결한 컴퓨터 본체들은 건설 자재들처럼 둔중하게 책상을 누르고 있다.

"그냥 '음악 소리 좀 줄여줘'라고 하면 될 일을 왜 네다섯 마디씩 오가게 하는 건지 진짜 궁금해, 난. 말 지나치게 짧게 하는 거 배려심이 없거나 사회성이 떨어지는 거래."

"의뢰는?"

"성격이 문제야, 넌."

배창준이 메신저로 보낸 업무 리스트를 보고 지석은 한숨이 절로 났다. 의뢰는 겨우 한 건이었다. '블리딩 나이츠, 아시아 3번 서버, 석촌 호수 길드 창고 털기.' 배창준이 자기 주둥이만큼만 일을 열심히 했어 도 일거리가 지금보다는 많았을 것이라고 지석은 생각했다.

"이 의뢰는 뭔데?"

"라이벌 길드 엿 먹이라는 거지. 비싼 아이템만 없애고 오래."

"의뢰인은?"

"부천 초등학생 연합."

지석은 대체현실 접속기를 머리에 쓰고 '블리딩 나이츠' 아시아 3번 서버에 채널을 맞췄다. 동시에 배창준도 접속기를 쓰고 의자 등받이를 조절해 상체를 푹 기대어 수면 자세를 취했다. 모니터 화면에선 게임 이 시작되다가 멈추고 관리자 모드로 바뀌어 한 번 더 로딩되기 시작 했다.

아직 기술이 불안정했던 대체현실의 초창기에는 대체세계가 잘 가 동되는지 살피기 위해 여러 명의 감시 인원이 필요했다. 대체현실 공 급 회사들은 비정규직 오류 감시 인원을 많이 확보했고, 이들을 일컬 어 체크하는 사람, 체커라고 했다. 하지만 그게 문제의 발단이었다. 체 커 중에 관리자 계정을 사용해 장난을 치는 녀석들이 생기기 시작했 다. 서버 데이터를 주무를 수 있는 체커들은 대체현실 세계 안에서는 초능력자나 마찬가지였다. 능력을 남용하는 체커들은 의뢰를 받아 대체현실 안에서 정보를 빼내 팔기도 했고, 대체현실에서 플레이어를 살해하는 등의 일들을 저질렀다. 물론 지금은 법적으로나 기술적으로나 체킹 행위를 막고 있어 예전처럼 전능한 힘을 뽐내며 활개 치고 다니지는 못하지만, 여전히 음지에서 의뢰를 받아 활동하는 체커들은 있었다. 지석과 배창준의 심부름센터는 바로 그런 체커 사무실이었다. 그들은 돈을 받고 대체현실 세계 안으로 들어가 불법적인 일들을 했다. 체커의 능력을 써서 기업의 대체현실 사업장에서 주요한 산업 정보를 빼내 산업 스파이 노릇을 할 수도 있고, 국가 기록실에 잠입해 기밀을 유출할 수도 있다. 하지만 이건 어디까지나 이론일 뿐, 의뢰의 99퍼센트는 게임에서 아이템을 훔치거나 상대방을 골탕 먹이는 잡일이었다.

어두운 터널처럼 좁아졌던 시야가 다시 확장되며 지석의 눈에 게임 속 세계가 보였다. '블리딩 나이츠'라는 게임 속 석촌호수 길드의 심장부 L 타워였다. 수많은 길드원이 아이템 거래나 친목 도모를 위해 삼삼오오 모여 수다를 떨고 있었다. 지석이 고개를 돌리자 옆쪽에 화려한 길드 휘장을 망토처럼 두른 중세 장군 복장의 플레이어가 눈에 들어왔다. 투구와 어깨 보호대만 보면 전장에 나가는 장군인데 망토 아래에는 비키니 차림의 여자였다. 배창준이었다.

"디자인 센스 하고는."

지석은 혼자 중얼거렸다. 미대를 중퇴한 배창준에게 쓸 만한 재주라고는 인물화를 빠르게 그리는 것밖에 없었다. 그는 돈벌이를 위해 의뢰받은 인물화를 속성으로 그려주고 그 과정을 인터넷으로 방송하곤 했는데 물론 돈은 되지 않았다. 그래서 선택한 것이 이 체커라는 직업이었다. 관리자 모드에서 체커들은 자신의 감각 중 가장 섬세한 부분을 개발해 무기처럼 쓴다. AS 출장 수리 기사인 지석이 공간 데이터를 조작하는 기술을 가지고 있다면, 배창준은 인물화에 능통한 자신의 특기를 살려 캐릭터 데이터를 조작해 모습을 자유자재로 바꿀 수 있었다. 지석의 공간 데이터 변형 능력이나 배창준의 인물 데이터 변형 능력처럼 체커의 특기는 대체현실 세계에서 일종의 초능력처럼 발휘된다. 허접해 보이긴 해도 지석과 배창준, 두 사람의 특기를 결합하면 어지간한 상황은 다 통제할 수 있었다.

L 타워의 비상계단으로 간 지석과 배창준은 길드의 공용 창고가 있는 지하 3층까지 내려갔다. 창고로 가는 층의 문은 길드원 중 소수의 임원에게만 허용되는 카드키가 있어야 열리지만 이럴 때를 위해 지석의 기술이 있었다. 지석은 손을 들어 시야를 가린 뒤 지하 3층 문이 사라진 이미지를 상상했다. 3초간 정신을 집중한 뒤 손을 떼자 두꺼운 철문이 흔적도 없이 사라졌고, 둘은 복도로 건너갈 수 있었다. 하얗고 긴 복도 끝에는 두 명의 경비가 지키고 있는 큰 문이 하나 더 보였다. 오늘의 목표인 석촌호수 길드의 보물창고였다. 어깨에 두른 길드 휘장 덕분에 그들은 경비병을 무사통과해 안쪽으로 들어갈 수 있었다. 문을 열자 휘황찬란한 보물들이 지석의 눈에 들어왔다. 박물관처럼 꾸며진 그곳에는 온갖 갑옷과 무기들이 촘촘히 진열되어 있었는데 꽤 값나

가 보이는 것도 있었다.

"지석아, 이거 보이냐? 5성 검, 6성 검도 있어! 이거 네 한 달 치 월급보다 비싸잖아. 우리가 따로 챙겼다가 팔자."

"그거 다 추적당하니까 의뢰받은 것만 해!"

배창준은 또 흥분해서 시키지 않은 일을 하려고 했다. 이럴 때마다 불길한 예감이 지석의 뇌리를 스쳤다. 지석은 재빨리 진열대를 깨부수고 무기와 갑옷을 닥치는 대로 꺼내 자루에 구겨 담았다. 이제 건물만 무사히 빠져나가 아이템을 아무도 모르는 곳에 묻어버리고 게임에서 나가기만 하면 됐다. 어려울 것은 없다고 생각하던 그때, 갑자기 창고 문이 벌컥 열리는 소리가 들렸다. 불길한 예감이 맞아버렸다.

"침입자냐!"

문 앞에는 징그러운 점박이 모양 투구를 쓴 전사가 서 있었다. 양손에 든 쌍검과 놈의 괴이한 투구, 그 위에 뜬 플레이어 네임이 이 상황의 심각성을 일깨워줬다. 놈의 이름은 '열목어'. 여러 게임에 출몰해 명성을 얻은 무시무시한 체커였다. 이름은 익히 들었지만 마주친 건 처음이었다. 함정에 빠졌다. 석촌호수 길드 녀석들은 침입이 있을 것을 미리 예상하고 더 센 체커를 고용한 것이다.

상황을 파악한 지석은 눈앞을 손으로 가렸다. 열목어와 지석 사이의 거리는 대략 15미터. 빨리 벽을 만들어서 시간을 벌어야 했다. 셋을 채 세지도 못하고 가렸던 손을 치우는 순간, 콰광! 굉음과 함께 눈앞에 세운 벽이 무너지는 것이 보였다. 열목어는 벽이 만들어지기 무섭게 쌍검의 손잡이로 벽을 뚫고 날아들었다. 미처 대응하기도 전에 열목어의 오른쪽 검이 지석의 옆구리를 파고들었고, 갈비뼈에 강한 타격감과 함께 붕 뜬 몸이 옆쪽 벽에 처박혔다. 인간의 속도가 아니었다. 100대 1의 싸움에서도 밀린 적이 없다던 열목어의 명성을 직접 확인하는 순간이었다. 옆에 있던 배창준은 자신의 복장을 검은 잠수복으로 바꿔 어둠 속에 숨으려 했으나 헛짓이었다. 열목어의 칼질에 목이 뎅겅 썰렸으니 말이다. 열목어는 아직 의식이 남은 지석을 마무리하려는 듯 다가와 칼을 겨눴다. 놈은 흥미롭다는 듯 지석을 위아래로 훑어보더니 입을 열었다.

"넌 공간 체커야? 이놈은 변신 기술자고?"

체커들끼리는 서로의 특수 능력을 늘 궁금해한다. 체커 능력의 상성에 따라 적과 나의 힘 차이를 가늠해볼 수 있기 때문이다. 열목어의 능력이 뭐든 간에 녀석이 지석보다 뛰어난 건 분명했다.

"그래, 맞아. 넌 무슨 능력자냐?"

"난 말이야, 이거야."

놈의 수수께끼 같은 말이 게임 속 마지막 기억이었다. 다음 순간 열목어의 칼날이 지석의 관자놀이를 관통해 지나갔다. 열목어가 칼을 휘두르는 걸 본 기억도 없는데. 그리고 다음 순간 지석은 게임 밖으로 튕겨 나와 허름한 책상 앞에서 눈을 떴다. 게임에서 살해당한 것이다. 미션은 실패였고 사례금을 받기는 틀려먹었다. 옆 책상의 배창준이 대체현실 접속기를 패대기쳤다.

"에이 씨, 하필 랭크 2한테 걸릴 게 뭐야."

"랭크 2?"

"못 들어봤냐, 너? 사이버수사대에서 체커들 위험도 분류해놓은 거. 랭크 1은 접근 불가, 랭크 2는 초고위험. 열목어 그 새끼 랭크 2야."

"그럼 우리 등급은?"

"너랑 나는 랭크 4. 위험도 중."

지석은 다시 컴퓨터 모니터를 봤다. 방금 접속한 '블리딩 나이츠' 게임 화면 위에 빨간 경고 메시지와 함께 접근 불가 표시가 떠 있었다.

'불법 체킹 행위가 감지되어 귀하의 IP에서 3일간 접속이 금지되었습니다.'

기껏 의뢰받은 일 하나도 망쳐버렸다는 생각에 연신 "빌어먹을" 소리가 나왔다. 지석은 홧김에 모니터를 꺼버리고 의자 등받이에 머리를 기댔다. 대체현실에 들어갔다 나오는 작업은 보기보다 훨씬 피곤한 일이었다. 밖에서 보기엔 기절한 듯 자고 있지만 게임 안쪽에서는 실제 몸싸움을 하는 것처럼 잔뜩 긴장해 있기 때문이다.

"야, 얘한테 복수 못 하냐? 괜히 우리만 정지 먹었는데."

"덤벼도 지는데 어떻게 복수해? 얘네 길드 핵 써서 아이디도 안 보이잖아. 캡처도 못 하고 신고도 못 해."

"열목어가 뭐 하는 놈인지는 알아?"

"어리대. 소문엔 태권도 국대 출신이고 키가 190에 120킬로래. 실제로 만나도 얻어맞겠다. 에휴. 어린놈들 무서워서 때려치우든가 해야

지."

지석은 배창준의 실없는 말에 코웃음을 쳤다. 하지만 어느 정도는 맞는 말이었다. 마우스와 키보드로 컨트롤하던 컴퓨터의 시대와 달리 대체현실 세계는 사람의 오감과 조우하며 반응하도록 설계되어 당사자의 신체적 능력이나 재능이 영향을 미친다. 체커도 고유의 감각과 상상력을 통해서 능력을 발휘한다는 얘기다. 대체현실 세계에서 30대는 20대의 감각을 못 따라가고 20대는 10대들에게 밀리기 일쑤였다. 지석 같은 체커들은 점점 먹고살 길이 막막해지지만 멈출 수도 없다. 의료보험료를 완납 못 한 지금 죽기라도 하면 엄마와 지석과 희진은 유령조차 되지 못한 채 말 그대로 증발할 것이다. 지석은 갑자기 착잡한 기분이 들어 표정이 굳었다.

"희진 씨 생각하냐? 외로울 때 됐지."

"닥쳐."

"희진 씨 사진 줘봐. 내가 게임 들어가서 희진 씨 모습으로 변해줄게. 가슴까지는 무료."

더는 말을 섞기가 싫어진 지석은 잠시 팔에 얼굴을 파묻고 눈을 감았다. 지석의 기분이 안 좋을 때면 배창준은 부러 천박한 농담을 하며 분위기를 바꾸려 했다. 배창준뿐만 아니라 지석이 일하며 마주쳤던 이들 대부분이 그랬다. 사후세계의 여자친구와 섹스를 하려면 거시기만 요단강을 건너가야 하냐는 소리를 농담이랍시고 하는 놈도 있었다. 그런 녀석들과 말 상대를 안 하려 하니 점점 지석의 말수는 줄어갔고 짜증은 늘어갔다. 신이 만든 사후세계가 없다는 것에 대다수가 동의하는 시대였다. 뉴랜드를 통해 죽지 않는 것은 감각뿐이라는 것을 알았고, 모두의 관심사도 감각에만 있는 것이 당연했다. 피로가 몰려왔다. 지석은 이때까지 눈치채지 못하고 있었다. 그날 밤 그의 인생을 송두리째 바꾸는 일이 일어날 줄은.

똑, 똑, 똑.

소리는 분명 사무실 문밖에서 들렸다. 지석은 놀라서 잠이 깼고 실내는 순식간에 얼어붙었다. 배창준도 눈만 동그랗게 뜨고 눈치만 볼 뿐이었다. 이곳에 방문할 사람이 있을 리 없었다. 지석은 시계를 확인했다. 새벽 3시였다. 전기 요금은 밀리지 않았는지, 월세를 잘못 입금한 것은 아닌지 잠시 생각해봤지만 짚이는 데가 없었다. 지석은 고개를 저으며 배창준에게 가만히 있으라는 신호를 보냈다. 소리는 이내 다시 들려왔다.

똑, 똑, 똑.

"도지석 씨, 안에 계십니까?"

중저음의 남자 목소리가 아나운서처럼 또박또박한 발음으로 지석의 이름을 불렀다. 있을 수 없는 일이었다. 지석이 이 일을 하면서 본명을 밝힌 적은 한 번도 없었다. 문밖의 남자가 다음 말을 꺼내기 전에 지석은 벌컥 문을 열었다.

키 작은 남자 하나가 문 앞에 서 있었다. 빡빡 민 머리에 금테 안경을 쓴 예민한 인상이었다. 나이는 30대 초반 정도로 보였는데 다행히 경찰은 아닌 것 같았다.

"도지석이 누군데? 여기 그런 사람 없어요."

지석이 정색하자 남자는 주변을 살피며 낮은 목소리로 말했다.

"의뢰인입니다. 들어가서 얘기해도 될까요?"

지석은 남자를 안으로 들였다. 남자의 말에 신뢰가 가진 않았지만 주변에 보는 눈이 있을까 두려워서였다. 이런 식으로 직접 찾아와 일을 의뢰하는 사람은 반세기 전에 사라졌다. 더군다나 여기는 불법 체커 사무실이고 지금은 새벽 3시가 아닌가. 의뢰인은 좁은 사무실 한편에 놓인 빈 간이의자에 앉았다. 배창준은 마네킹 흉내라도 내듯 눈을 동그랗게 뜨고 지석의 얼굴만 보고 있었다.

"도 사장이 상담받으세요."

"저런 씨…. 무슨 의뢰인데요? 어지간하면 문자 예약으로 하시지."

"서버에 들어가서 사람 있는지 확인만 해주시면 됩니다."

"무슨 서버요?"

"어려운 일은 아니고 진짜 눈으로 확인만 해주시면 돼요. 사례금은 정가의 두 배로 드리겠습니다."

'두 배?'

지석은 가슴이 요동쳤지만 짐짓 아무렇지도 않은 척 대화를 이어나갔다.

"그러니까 무슨 서버요?"

의뢰인은 마른침을 삼키더니 주변을 두리번댔다. 이상하게도 그 잠깐의 침묵이 지석을 불안하게 만들었다.

"뉴랜드, 사후세계 서버요."

지석이 커피라도 마시고 있었으면 의뢰인의 얼굴에 뿜어버렸을 것이다. 의뢰인은 자기가 얼마나 황당한 말을 꺼냈는지 모르는 눈치였다.

"뉴랜드라…. 우리가 아는 그 뉴랜드는 아니겠죠? 새로 나온 게임 이름인가?"

"그 뉴랜드가 맞습니다. 사후세계에 들어가 주세요. 부탁드립니다."

지석은 대답 대신 배창준 쪽을 돌아봤다. 배창준은 자기는 빼달라는 듯 등을 돌린 채 모니터만 들여다보고 있었다.

"사후세계 서버에 무단으로 침입하면 어떻게 되는지 몰라요? 야, 네가 말해봐."

지석이 재촉하자 배창준은 마지못해 입을 열었다.

"징역 1년에 벌금 1,000만 원. 덤으로 뉴랜드 입주 권리 박탈."

"앞에 두 개는 우리도 각오하고 하는 일이에요. 근데 마지막 건 아니야. 우리가 뭣 때문에 잠도 안 자고 일하는데."

"다섯 배 드리겠습니다."

지석의 눈동자가 순간적으로 흔들렸다. 일거리가 떨어진 시기에 다섯 배면 솔깃한 액수이긴 했다. 하지만 배창준은 선을 그었다.

"저… 미안한데 난 빠질게요. 쏘리, 쏘리."

"들었죠? 아무리 체커라도 그거 할 만한 사람 없어요. 게다가 그 철통 보안 서버에 무슨 수로 들어가라는 건데? 우린 기껏해야 게임 서버나 침입하는 랭크 4짜리 체커들이라고. KGB나 CIA가 아니란 말이야."

지석은 이럴 때만 꼭 말이 없어지는 배창준이 야속했다.

"미안합니다."

의뢰인은 의외로 쉽게 단념한 듯 자리에서 일어섰다. 사무실 문을 열고 나가려던 의뢰인은 미련이 남았는지 뒤돌아서 한마디 덧붙였다.

"진입 방법은 걱정하지 않으셔도 됩니다. 내일 새벽 2시 정각에 도지석 씨 출장 알람이 뜰 테니까 그때까지만 고민해주세요. 의뢰 수락하실 거면 2시 알림 콜을 잡으세요."

"여기 도지석이라는 사람 없다니까."

예민한 인상의 의뢰인이 사무실을 떠났다. 배창준은 마음을 가라앉히려는 듯 레게음악을 다시 틀었다.

"그냥 미친 사람이겠지? 들어올 때부터 쎄했다니까."

"근데 저놈이 내가 출장 AS 하는 건 어떻게 아는 건데?"

지석은 자리에 돌아와 앉았다. 의자의 녹슨 스프링 소리가 삐걱-, 하고 들렸다. 그때 지석의 머리에 아까 미처 생각하지 못한 질문이 뒤늦게 떠올랐다.

'근데 사후세계에는 왜 들어가 달라는 거지?'

3

뉴랜드

그 질문은 지석의 머릿속을 계속 맴돌았다. 심부름센터 사무실을 나와 수리 기사 일을 시작할 때도, 점심밥 대신 카페인 음료를 때려 넣으며 모자란 잠을 잊을 때도. 보통 불법적인 의뢰는 의뢰인의 욕망이 아주 투명하게 보이기 마련이다. 돈을 빌고 싶다거나, 누구를 골탕 먹이고 싶다거나, 사람들의 관심을 얻고 싶다거나. 하지만 지난 새벽에 다녀간 의뢰인이 원하는 것은 도무지 종잡을 수가 없었다. 그렇게나 엄격히 금지된 사후세계 침입을 해서는 고작 누가 있는지 확인하고 나오면 된다니? 게다가 보통 의뢰비의 다섯 배나 내고서? 지석은 이해할 수가 없었다. 그에 앞서 도대체 무슨 수로 사후세계에 들어갈 수 있게 해준다는 건지도 알 수 없었다. 그저 과대망상증 환자의 허세였을지도 모를 일이었다.

업무를 끝내고 돌아와서도 지석은 마음이 편치 않았다. 그리고 거 짓말처럼 새벽 1시 58분에 눈이 떠졌다. 눈을 뜨자마자 머리맡에 놓 아둔 핸드폰으로 손이 갔다. 그가 소속된 출장 AS 회사에서는 수리 기사 전용 프로그램을 썼다. 수리 요청이 들어오면 기사들에게 일제히 알림이 가고, 그 시간대에 출장이 가능한 기사들이 수리 요청을 받는 방식이었다. 보통 새벽 시간엔 회사 알림을 꺼두지만, 오늘은 경우가 달랐다. 새벽 2시 정각이 되자 정확히 알림 메시지가 떴다.

'A.L 컴퍼니 서울 남부 서버 센터, 서버 관리동 당직실, 개인 SR 기 기 고장 수리.'

지석은 잠이 확 깨고 말았다. 의뢰인이 어제 한 말이 거짓이 아니라 는 확신이 들었다. 이 의뢰를 받을 것인지 지석은 잠시 고민했다. 다섯 배의 사례금이 눈앞에 어른거렸다. 일감이 뚝 떨어진 요즘 같은 불경 기에는 더더욱 탐이 나는 액수였다. 하지만 동시에 처벌에 대한 두려 움이 엄습했다. 지석은 죽어 소멸하고 싶지 않았다. 노예처럼 사는 이 승의 삶을 버텨낸 뒤, 죽어서는 뉴랜드에 가서 희진이, 엄마와 소소하 고 소박하게 계속 살아가고 싶다고 늘 생각했다. 가늘고 길게. 이 시대 에 뉴랜드에 입주할 권리를 박탈당한다는 것은 진정한 의미의 사형을 뜻했다. 핸드폰 액정 앞에 손가락만 대고 고민하는 사이 2시 1분이 되 었다. 지석은 자기도 모르게 수리 요청 수락 버튼을 누르고 말았다.

'그래, 아직까진 불법이 아니야.'

수틀리면 나오면 된다고 생각하며 지석은 옷을 챙겨 입었다.

"5분 후 목적지인 A.L 컴퍼니 남부 서버 센터에 도착 예정입니다."

내비게이션의 안내가 지석이 귀에 꽂은 무선 이어폰으로 전달되었다. 집에서 출발한 지 15분쯤 지난 시간, 전기 바이크는 쭉 뻗은 시 외곽 도로를 달리고 있었다. 도로에는 달리는 차 한 대 없었고 우측으로는 울창하게 자란 나무들이 공원을 따라 쭉 펼쳐져 있었다. 예전부터 이곳은 부지가 넓고 주변에 녹지도 많아서 돈 많은 공공기관들이 입주하는 땅이었다. 공기업 대부분이 소멸하거나 축소 이전한 뒤 이곳의 수만 평 가까운 땅을 전부 A.L 컴퍼니가 사들였다. A.L은 After Life의 줄임말로, 사후세계를 관리하는 회사다. 세금으로 관리되는 국가기관도 아니고 주주들의 사기업도 아닌 이상한 조직이다. A.L 컴퍼니는 세계 142개국의 국가 지분이 투여된 공·사기업 연합체다. 대륙별로 지부가 나뉘어 있고, 국가별로도 각자 다른 운영 조직을 가지고 있다. 개개인의 죽음을 모두 관리해야 하는 공적인 업무를 떠안은 회사이면서도 고도의 과학기술이 집약되어야 해서 이런 복잡한 형태가 되었다. A.L 컴퍼니가 등장하기 전, 인류 역사에서 가장 규모가 큰 기업은 유럽의 동인도회사로 기록되어 있었다. 하지만 지금은 A.L 컴퍼니가 그 기록을 갈아치웠다. 동인도회사는 제3세계의 식민지를 좌지우지할 뿐이었지만 A.L 컴퍼니는 전 인류의 사후세계를 식민지처럼 관리하고 있기 때문이다. 어쩌면 실존하는 세계 전체보다도 더 클지 모르는 가상세계를 관장하는 기업. 그것이 A.L 컴퍼니다.

지석의 자율주행 바이크가 A.L 컴퍼니 서버 센터 정문 앞에 멈춰 섰다. 전설적인 회사가 보통 그렇듯이 들어가는 입구는 그다지 세련되어 보이지 않았다. 취수장이나 식물원으로 들어가는 입구처럼 썰렁했다. 다만 정문 위쪽에 음각으로 새겨진 문장 하나가 이곳이 어딘지 알려주고 있었다.

'죽음은 종말이 아니다. 세상의 시작이자 기원이다.'

사후세계 뉴랜드의 초창기부터 홍보 문구로 사용된 상징적인 문장이었다. 인간문화재로 유명한 서예가가 직접 고안한 멋들어진 글자체로 적힌 이 문장은 A.L 컴퍼니의 홍보 자료 곳곳에 실려 있기도 했다.

정문의 자동 경비 기기는 지석의 홍채 정보와 지문, 신분증과 소속 사원증을 모두 스캔해서 기록하고 나서야 문을 열었다. 안쪽에는 이런 관문이 세 개나 더 있었다. 울창한 녹지 공간을 지나며 인공지능 경비를 두 번 통과하고 사람이 지키는 초소를 한 번 더 통과한 후에야 지석은 수리 요청이 들어온 서버 관리동 건물 앞에 다다를 수 있었다. 매년 서버 전용 건물이 몇 동씩 새로 증축되고 있어 안 그래도 광활한 부지가 미로처럼 복잡했다. 긴장 때문에 땀이 난 건지 등짝에 셔츠가 쩍 달라붙는 게 느껴졌다. 아직은 범법자가 아니라는 사실만이 지석을 위로했다. 서버 관리동 앞에는 한 남자가 마중 나와 있었다.

"와주셨네요, 도지석 씨. 이쪽입니다."

작은 키에 머리는 빡빡 밀고 금테 안경을 쓴 예민한 인상…. 어제 심부름센터 사무실에 찾아왔던 그 의뢰인이었다. 의뢰인의 가슴팍에 매달린 사원증에는 'A.L 컴퍼니 서버 관리 B팀 대리 안태규'라고 적혀 있었다. 지석은 비로소 안태규라는 이 남자가 한 말이 허세가 아니었음을 깨달았다. 안태규의 사원증은 가짜가 아니었다. 암행어사의 마패처럼, 안태규가 사원증을 올리기만 하면 서버 관리동 건물 입구부터 그 안쪽의 검색대, 엘리베이터를 무사히 통과할 수 있었다. 세련된 승강기는 지하로 두 층을 내려가더니 놀랍게도 옆으로 꺾여 가로로 움직여 갔다. 엘리베이터의 밝은 조명이 안태규의 금테 안경과 빡빡 깎은 민머리에 반사되어 더욱 밝게 빛났다.

"여기 직원이 이래도 됩니까?"

"쉿."

안태규는 검지를 입술에 가져다 대며 눈짓으로 위쪽을 가리켰다. 엘리베이터 한쪽 구석에 CCTV 카메라가 달려 있었다. 그의 반응으로 봐서는 아마 녹음 기능까지 달린 모양이었다.

"당직은 팀마다 한 명씩 혼자 서는데, 그때 개인 SR 기기를 쓸 수 있거든요."

SR 기기는 지석의 전공 수리 분야인 대체현실 접속기를 말했다. 수리 기사들은 보통 접속기나 하이바, 헬멧 같은 용어를 쓰는데 안경 쓴 인텔리들은 그걸 서브스티튜셔널 리얼리티(substitutional reality, 대체현실)의 줄임말인 SR 기기라고 했다. 한참을 직진하던 엘리베이터는 잠시 후 스르륵 멈췄다. 그들이 들어온 문이 아닌 반대편 문이 열리며 긴 복도가 나왔다. 지석은 안태규를 따라 들어갔다. 복도를 걸어가는 동안 지석은 놀라운 광경을 목격했다. 유리문 너머로 투명한 서랍이

층층이 쌓여 있고, 거기에 전선이 복잡하게 연결되어 있어 마치 촉수처럼 보였다.

"여기는 뭡니까?"

"신체 안치실입니다. 망자의 뇌가 보관된."

투명한 서랍장에는 식물 배양 실험실에서 쓰는 것처럼 낮고 은은한 조명이 들어가 있었다. 신체 안치실. 죽은 자들의 뇌를 뜯어내 냉동 보존하는 곳이었다. 지석은 희진의 뇌도 저곳 어딘가에 있으리라는 생각에 눈을 떼지 못했다. 말하자면 이 서랍장들은 망자들의 아파트인 것이다. 안치실 몇 개를 지나자 당직실이 나왔다. 당직실은 한 명이 쓸 수 있도록 책상 하나와 침대 하나로 꾸며져 있었는데, 책상 좌우로 수십 개의 작은 모니터가 달려 있었다. 모니터에는 온통 알아볼 수 없는 코딩 언어들만이 떠 있었다.

"안심하세요. 당직실에는 카메라도, 녹음 장치도 없어요. 인권법 덕분이죠."

안태규는 책상 앞 의자에 앉았고, 지석은 간이침대에 걸터앉았다.

"근데 진심이에요? 사후세계 서버엔 직원들도 마음대로 접속 못 한다고 들었는데."

"정확히 아시네요. 우리도 뉴랜드를 직접 볼 수는 없습니다. 코드로만 상황을 파악할 뿐이지."

A.L 컴퍼니는 자사의 월등한 보안 시스템을 자랑스럽게 홍보하곤 했다. 누구도 사후세계에서 오류가 생겨 벽 사이에 끼어버리거나 체커

에게 골탕 먹고 싶진 않은 법이다. 또한 옷을 갈아입을 때 그 모습을 서버 관리자들이 내려다보는 것도 상상하기 싫은 일이었다. 그래서 사후세계는 보안이 무엇보다 중요했다. 제아무리 세계 최고의 해커나 수사 기관이라도 들어갈 수 없어야 했고, 관리자들조차 함부로 사후세계를 들여다볼 수 없어야 했다. 오직 죽은 사람들만이 사후세계에 들어갈 수 있고, 그런 사후세계는 바깥의 간섭이 없는 완전한 자치 사회여야만 했다. 이것이 국민이 그 비싼 의료보험료를 내게 만드는 조건이었다.

안태규는 구석에서 주섬주섬 뭔가를 꺼내더니 책상 앞으로 가져왔다. 전선이 복잡하게 연결된 단말기였다. 안태규는 그것을 노트북에 연결했고, 익숙한 SR 대체현실 접속기를 지석 앞에 내밀었다.

"서버실에서 직접 선을 끌어왔습니다. 평소처럼 이걸 쓰시면 제가 뉴랜드 안에 배치해드릴 수 있습니다."

"고작 이게 다예요? 만에 하나 걸리면 어쩌려고?"

"어젯밤에 들어온 망자가 하나 있어요. 정식으로 뉴랜드에 입주시키기 전에 시험 접속을 하는데 그 계정으로 도지석 씨가 들어갈 겁니다. 시험 접속은 로그 기록을 지울 수 있어서 안전해요."

안태규는 이 순간을 위해 꽤 치밀하게 준비한 사람처럼 단호하게 말했다. 손바닥에 난 땀 때문에 꽉 쥔 주먹이 끈적거렸다. 합법과 불법의 경계선이었다. 이 접속기를 머리에 쓴 후부터는 범죄자였다.

"잠깐. 나는 뉴랜드가 어떤 곳인지도 몰라. 어디를 어떻게 찾아가라는 거예요?"

"밖에 홍보된 것 그대롭니다. 뉴랜드는 서울을 그대로 본떠서 만들었으니까 찾아가는 방법도 똑같습니다. 여기 주소를 드릴게요."

안태규는 지석에게 쪽지 하나를 내밀었다. 거기에는 안태규가 손으로 끄적여놓은 주소가 적혀 있었다. '서울시 관악구 청록가로수길 1-31. 대학오피스텔 501호.'

"여기 가서 사람이 있는지만 확인하라고? 그게 누군데요?"

"누군지는 볼 수 없을 겁니다."

"뭐요? 말장난해?"

"시험 접속 때는 인물 레이어와는 격리된 상태에서 공간 레이어만 볼 수 있어요. 들어가봤자 망자는 아무도 못 만날 거예요. 도지석 씨는 그냥 그 주소로 가서 사람이 사는 흔적이 있는지만 봐주시면 됩니다."

안태규는 주소가 적힌 쪽지를 즉시 여러 조각으로 찢어서 상의 윗주머니에 넣었다. 지석은 헬멧처럼 생긴 접속기를 앞에 두고 몇 초간 가만히 있었다. 그의 마음이 흔들리는 걸 눈치챈 건지, 안태규는 일단 현금 봉투부터 내밀었다. 약속한 사례비보다도 더 많아 보이는 액수였다.

"도지석 씨 제발…. 시간이 별로 없어요."

"이름 자꾸 부르지 마. 그리고 뭔 일 생겨서 내가 잡히가면 당신 이름도 같이 불 거야, 안태규 씨. 그러니까 내가 걸리지 않게 잘 처리해

쥐야 될 거야."

"그건 걱정하지 마세요."

지석은 안태규의 접속기와 봉투를 번갈아 봤다. 그리고 접속기와 안태규의 불안한 얼굴도 번갈아 봤다. 그리고 에잇, 하는 마음으로 접속기를 머리에 써버렸다. 돈을 눈앞에서 보니 지석의 손이 근질거렸다. 적어도 한두 달은 의료보험료를 걱정하지 않아도 되는 액수였다. 게다가 그동안 해온 일들에 비하면 의뢰 내용도 쉬웠다. 지석의 귀에 저주파의 공명음이 서서히 울렸다. 진동이 의식을 순식간에 잠들게 했다. 이 순간만은 영원한 안식처럼 늘 지석의 기분을 좋게 만들었다.

시야가 어두운 터널을 지나간 뒤, 지석은 밝은 서울에서 눈을 떴다. 이곳은 서울대입구역 1번 출구였다. 가슴 떨리는 뉴랜드 첫 입성이었지만 그 풍경은 지석에게 너무나 익숙했다. 사후세계라고 말해주지 않았다면 누구라도 대낮의 서울이라고 착각했을 것이다. 하나 다른 점이 있다면 사람이 힌 명도 보이지 않는다는 것이었다. 길거리의 자동차는 모두 정차해 있었고, 운전석에도 사람이 없었다. 안태규의 말대로 지석은 공간 레이어 위에 서 있을 뿐이었다. 지석에겐 오히려 속 편한 일이었다.

지석은 고작 10분 정도 걸어서 안태규가 준 주소를 찾아냈다. 매일 바이크로 출장을 다니는 AS 기사에게는 일도 아니었다. 안태규가 말한 대학오피스텔이라는 곳은 말 그대로 대학생들이 자취할 법한 깔끔한 건물이었다. 지석은 엘리베이터를 타고 5층까지 올라갔고, 제일 첫 번째 집 앞에 섰다. 문은 잠겨 있지도 않아서 지석은 너무도 쉽게 실내로 들어갔다.

당연한 일이지만 집은 텅 비어 있었다. 사람이 살았던 것 같기도 한데, 아닌 것 같기도 했다. 지석은 이상한 기분이 들었다. 가구는 분명히 제자리에 있었고, 사람이 누웠던 것 같은 침대와 침구도 있었지만 무엇인가가 어색했다. 지석은 천천히 집 안을 둘러봤다. 구형 벽걸이 TV와 2인용 소파가 가구의 전부였지만 정리 상태는 깔끔했다. 노인 혼자 사는 집이라는 인상이었고 남자 노인보다는 여자 노인이 사는 집으로 보였다. 지석은 갑자기 혼란스러웠다. 애초에 사람을 마주칠 수는 없는데 공간만으로 사람의 거주 여부를 파악하라는 것은 난센스 같은 요구였다.

지석은 잠시 소파에 앉아서 숨을 돌렸다. 표면 위로 볼록한 이미지를 만들어내는 홀로그램 액자 몇 개가 TV 위에 걸려 있었다. 지석은 액자를 자세히 봤다. 안태규의 사진이 있었다. 안태규는 자신의 가족을 찾아달라고 의뢰를 했던 것이다. 생일파티로 보이는 어린 시절 사진, 졸업식에서 찍은 사진, A.L 컴퍼니에 처음 입사했을 때 찍은 사진. 그런데… 지석이 가만 보고 있자니 사진의 구도가 이상했다. 사진 속 안태규의 몸은 한쪽으로 치우쳐 있었다. 마치 둘이서 찍은 사진인데 인물 하나를 지워버린 것처럼 어색한 구도였다. 벽 구석에 걸린 마지막 사진을 보고서야 지석은 확신이 들었다. 케이크가 찍힌 사진이었다. 생일 케이크 위에는 불붙은 초가 있었고, 테이블 아래쪽으로 의자

46

가 나와 있었지만 사람은 없었다. 케이크만 덩그러니 찍은 사진을 벽에 걸어두는 멍청이는 없다. 분명 이 사진에는 어떤 사람이 앉아 있었을 텐데 그 인물이 지워져 버린 것이다. 지석은 갑자기 오싹해졌다. 사진 속 주인공은 아마 안태규의 어머니일 것이다. 그런데 마치 세상에 없는 사람인 듯이 흔적이 전부 지워진 것이다. 지석은 이상한 느낌이 들어 집을 다시 살폈다. 서랍은 하나도 열리지 않았고 어떤 블라인드도 내릴 수 없었다. 정상적으로 보이지만 모든 게 위장된 것 같았다. 지석은 현관문을 열고 나간 후 자신의 느낌이 틀리지 않았음을 확신했다. 복도 첫 번째 집인 이곳에는 다른 모든 집에 달려 있는 동 호수 표시조차 없었다. 마치 누군가가 인위적으로 집주인과 이 집의 흔적 모두를 지우고 있는 것처럼. 지석은 안태규에게 이 사실을 어떻게 전달해야 할지 막막해졌다. 자신이 감당할 수 있는 일인지도 판단하기 어려웠다. 사후세계는 모든 체커로부터 보호받고 있고 세상에서 가장 안정적인 시스템이라고 모두가 알고 있었다. 그런데 ㄱ 사진들은 뭐고 주인 없는 이 집은 뭔지, 정신이 혼란스러웠고 여러 생각들이 스쳐 지나갔다. 그 찰나, 지진이 난 것처럼 지석의 시야가 흔들렸다. 픽-, 하고 꺼지듯이 모든 게 까맣게 변하더니 어두운 터널이 나타났다.

눈을 떠보니 안태규가 다급하게 지석을 흔들어 깨우고 있었다.

"도지석 씨! 생각보다 길어져서 깨웠습니다. 아무 일 없었죠?"

시계를 보니 고작 15분이 지나 있었다. 지석은 겁쟁이처럼 호들갑을 떨고 있는 안태규의 얼굴을 잠시 쳐다봤다. 안태규는 지석보다 더 긴장한 듯 미간에 주름이 몇 배로 늘어 있었다.

"정신 좀 듭니까? 501호에 도착한 건 맞죠?"

"제대로 볼 시간도 없었어요. 사람 살던 집 같던데요, 뭘."

지석은 왜 자신의 입에서 그런 말이 나왔는지 당황스러웠다. 하지만 애달픈 얼굴로 엄마의 안부를 궁금해하는 사람 앞에서 차마 의심스러웠다는 말을 할 수가 없었다.

"집이 어땠습니까? 자세히 묘사 좀 해주세요."

"그냥 뭐… 사람 사는 집처럼 TV랑 침대랑 이불도 있고. 가족사진도 있었어요. 당신 고등학교 졸업사진도 있고."

"지, 진짜 그 집에 들어갔던 거 맞죠? 믿어도 되죠?"

"그렇다니까. 속고만 살았나. 당신 어머니 잘 계신다고."

안태규는 여전히 불안해하는 얼굴로 재빨리 전선을 뽑은 뒤 접속기와 노트북을 정리하기 시작했다. 안태규는 서버 관리동 밖까지 지석을 배웅했다. 들어갈 때는 몇 단계의 검문을 거쳤지만 나가는 길은 꽤 수월했다. 지석은 고작 20분간 일한 대가로 월급의 몇 배나 되는 돈을 받았고 별문제 없이 일을 마쳤다. 게다가 영광스럽게도 산목숨으로 사후세계 뉴랜드에 들어간 최초의 인간이 된 셈이었다. 하지만 집으로 돌아오는 내내 지석의 마음은 하나도 편치 않았다.

4

의심의 씨

안태규의 의뢰로 뉴랜드에 다녀온 뒤 지석은 한동안 얼이 빠져 있었다. 돌이켜 생각할수록 지석은 봐선 안 될 것을 봤다는 확신이 들었다. 마음에 걸리는 게 있어서인지, 그날 밤 집으로 돌아온 지석은 희진이 나오는 꿈을 꿨다. 지석에게 영원히 잊을 수 없는 기억으로 남아버린 어느 오후의 장면이었다. 그때 희진은 병세가 너무 빨리 악화해 제대로 된 치료를 포기했었다. 희진은 줄곧 지석에게 사후세계에 들어가기보단 깔끔하게 죽기를 바란다고 말했었다. 자신은 죽음이 하나도 두렵지 않으니 괜히 돈 낭비 하지 말라고 말이다. 말로는 희진에게 그런 소리 말라며 뭐라고 했지만 그때 지석은 내심 희진의 결정에 안도했다. 비겁한 마음이라는 생각조차 하지 못했다. 연인의 의료보험까지 부담하기에 지석의 돈벌이는 턱없이 부족했으니까. 하지만 모두가 사실은 알고 있듯이 그런 어른스러운 결단은 대부분 진심이 아니었다. 어느 날 지석이 소변 통을 비우러 병원 화장실에 다녀온 사이, 한 달 내내 누워만 있던 희진이 오랜만에 침상에서 상체를 일으켜 앉아 있었다. 가까이 다가가자 희진은 피고름이 찬 목소리로 지석에게 말을 꺼냈다.

"나를 포기하지 말아줘, 지석아."

지석은 그때 희진의 얼굴을 보려 고개를 들었지만 희진은 창밖으로 고개를 돌려버렸다. 부끄러운 말을 꺼냈다는 듯. 지석도 희진의 시선을 따라 창을 쳐다봤다. 초겨울인데도 장마 같은 폭우가 내리던 날이었다. 창밖으로 서리와 안개 말고는 아무것도 보이지 않았다. 지석은 그때 희진에게 일부러 능청스럽게 말했다. 이미 네 이름을 뉴랜드에 등록하려고 준비를 끝내놨지만 걱정할까 봐 말하지 않았다고. 그 말을 들은 희진의 표정이 조금 밝아지며 희미한 미소가 떠올랐다. 그때 무슨 생각으로 그런 말을 했었는지 이제 잘 기억나지 않는다. 분명한 건 지석이 그 순간 인생의 방향을 결정해버렸다는 사실이다. 희진이 살면서 마지막으로 보여준 그 미소 하나가 지석을 움직였다. 그날 병실에서 나와 당장 A.L 컴퍼니에 희진을 등록했다. 그리고 그때부터 지석은 죽음에 초연하며 사후세계는 필요 없다고 하는 사람들의 말을 믿지 않게 되었다.

지석은 잠을 설쳤고 마음도 무거웠지만 어딘가 털어놓을 데도 없었다. 그날 일을 캐묻는 이는 오직 배창준밖에 없었다.

"헤이, 도 사장. 진짜 너 사후세계에 들어갔다 나온 거 아냐? 왜 그날 여기로 출근 안 했는데?"

"순 구라였다니까. 수리 콜이 와서 가봤어. 근데 접속은 못 했어."

"거짓말. 명색이 A.L 컴퍼니 정직원이라는 자식이 실없는 구라나 치고 다닌다는 거야? 돈도 받아왔잖아, 너."

"말단 직원일 뿐이야. 신경 꺼, 그냥."

배창준은 꼭 이럴 때만 눈치가 빨랐다. 지석은 마음이 답답했다. 임금님 귀는 당나귀 귀라고 어디라도 가서 외치고 싶은 심정이었다.

"야, 너 동생이랑 연락 주고받냐?"

"뭐? 내 동생? 알잖아, 너도. 처음 한 번밖에 연락 못 하는 거. 너는 희진 씨랑 연락하냐?"

"이제 못 하지."

"근데 왜 물어봐?"

"연락 주고받을 때 뭐 어색한 거 없었어?"

"어색했지. 걔 살아 있을 때도 어색했는데."

배창준이 과거 얘기를 자주 하는 편은 아니었지만 지석은 그의 동생에 대해서 잘 알았다. 배창준의 동생은 고등학교에서 기술을 배운 뒤 졸업 직후 줄곧 현장직 근로자로 살았다. 거머리 같은 배창준이 미술을 한답시고 생활비 전액을 동생에게 의지할 때도 군소리 한번 없었다는 것을 보면 성실하고 인품도 훌륭했던 것이 틀림없다. 비극적 사고는 언제나 그런 사람을 덮치는 법이다. 그의 동생은 야근을 마치고 집에 돌아오는 길에 과로로 쓰러졌고 그대로 눈을 뜨지 못했다. 죽음은 끝이 아니라 시작이라는 뉴랜드의 모토처럼, 동생의 죽음은 동생에게도, 배창준의 인생에도 새로운 국면을 가져왔다. 배창준은 동생의 의료보험료를 대납하려고 부양 유령이 됐다. 어떤 마음인지는 지석도 잘 알고 있었다. 배창준까지 이 걱정거리에 끌어들이느니 지석은 말을 줄이고 싶었다.

"일거리도 없는데 먼저 들어간다."

"야식으로 감자탕이나 시켜 먹자. 어? 도 사장?"

붙잡는 배창준을 뒤로하고 지석은 출근 한 시간 만에 집으로 돌아왔다. 방문을 여니 새벽 4시였다. 뜨거운 물에 몸이라도 담그면 좋겠지만 이 좁은 화장실에는 욕조가 들어갈 공간이 없었다. 지석은 서랍에 넣어뒀던 액자를 들고 침대에 누웠다. 평소에는 괴로워서 보지도 않는 이 액자에는 희진의 독사진이 들어 있었다. 가장 최근의 사진이자, 사후세계로 들어간 뒤의 희진이 담긴 유일한 사진이었다. A.L 컴퍼니는 사후세계와 현실세계의 철저한 분리를 원칙으로 했다. 두 세계가 서로 간섭할 경우 치명적인 혼란이 올 것이라는 우려 때문이었다. 분리 정책 때문에 가족들은 사후세계에 간 망자와 딱 한 번만 사진과 메일을 주고받을 수 있었다. 지석은 희진에게 보내는 마지막 메일에 사랑하고, 언제나 사랑할 것이며, 꿋꿋이 살아남아 의료보험료를 완납하고 따라갈 것이라고 썼다. 희진의 답장에는 사후세계 뉴랜드가 쾌적하고 살 만한 곳이며 언제나 지석을 그리워할 것이라고 적혀 있었다.

문제는 마지막 문장이었다. 희진은 사후세계에서 보낸 메일 끝에 '다음 연락을 기다려'라고 적었다. 작은 실수였거나 별 의미 없는 작별 인사일 수도 있지만, 지석은 그 문장에서 느껴지는 이상한 기분을 떨쳐내기 힘들었다. 이 메일이 지석과의 처음이자 마지막 소통이라는 것을 희진이 모를 리가 없었다. 당연히 희진에게 다음 연락이 오는 일은 없었다. 희진은 메일의 끝에 무언가 여지를 남겼다. 지석이 계속 자신의 행적을 좇았으면 하는 것처럼. 그동안 애써 대수롭지 않게 넘기려 했던 부분이지만 지석의 마음속에 아주 작은 의심의 씨앗이 되어 늘 남아 있었다.

그리고 지석이 뉴랜드에 들어갔다 온 뒤로는 그 싹이 조금씩 움트기 시작했다. 안태규가 가보라고 했던 그 집은 모든 것이 조금씩 어긋나 있었다. 희진의 메일을 봤을 때의 느낌처럼. 어쩌면 사후세계가 밖에 알려진 것과는 다른 세상일지도 모른다는 불안이 지석을 엄습했다. 지석은 문득 궁금해졌다. 안태규도 비슷한 의심을 품은 것이 아닐까? 아니, 사후세계에 대해 아는 바가 지석보다 훨씬 더 많은 안태규는 의심을 넘어서 확신까지 가지고 있었기에 의뢰를 했던 게 아닐까? 지석이 뜬눈으로 고민하는 사이 햇빛이 방 창문을 찌르며 들어왔다. 어느새 동이 텄다. 이러고 있을 때가 아니었다.

지석은 바이크를 타고 무작정 A.L 컴퍼니 남부 서버 센터 앞으로 갔다. 생각해보니 안태규의 명함 하나 없었다. 핸드폰 번호도, 이메일도, 아무것도 몰랐다. 출근 시간이 되자 통근 버스가 하나둘 센터 앞에서 멈췄고, A.L 컴퍼니 직원들이 우르르 내려 센터로 들어갔다. 지석은 사람들의 머리 스타일만 보며 안태규를 찾으려 했다. 그러던 중 누군가 자신의 팔을 툭 치는 게 느껴졌다.

"도지석 씨, 왜 왔습니까?"

다행히 안태규가 지석을 보고 먼저 접근해왔다. 안태규는 불안한 듯 주변을 살피며 지석과 눈을 마주치지 않았다.

"그때 못 한 말이 있어서요."

"센터 입구를 지나서 오른쪽 골목으로 들어가면 공원이 나와요. 거기서 봅시다."

안태규는 빠른 걸음으로 지석을 지나쳐갔다. 지석도 바이크를 수동으로 움직여 티 나지 않게 안태규를 쫓아갔다. 안태규는 첩보 영화에 나오는 스파이처럼 능숙하게 움직였다.

센터 옆쪽 골목으로 들어가자 인적은 드물고 면적만 쓸데없이 넓은 공원이 나왔다. 산책로에는 길고양이 한 마리가 전부였다. 안태규는 사람들 눈에 띄지 않는 나무 뒤쪽 벤치에 앉아 있었다. 지석은 바이크를 한쪽 구석에 주차해두고 벤치로 다가갔다.

"당신 엄마 집에 가서 사람 사는 흔적이 있는지 보라고 했죠? 흔적은 있었어요. 있었긴 한데…."

"있었긴 한데요?"

"오래전에 사라진 것 같았어요."

"확실합니까?"

안태규는 기묘한 표정을 지었다. 걱정되거나 불안해 보인다기보다는 이제야 실마리를 잡아 기뻐하는 얼굴이었다.

"사람이 감쪽같이 사라진 느낌이었어요. 사진이 있었는데 한 사람만 전부 사라졌더란 말이죠. 그 집도 한동안 아무도 드나들지 않은 것 같았고."

"예상했습니다. 대충은요."

"어떻게 예상했다는 거예요?"

"그쪽이 거짓말을 했으니까요. 우리 엄마는 내가 어릴 때 돌아가셨어요. 뉴랜드에 들어가 있는 건 우리 아버지입니다. 역시 아버지는 없어진 거군요."

지석은 뻔히 간파되는 거짓말을 했다는 게 민망해서 입을 다물었다.

"뭐, 괜찮습니다. 제 계산이 맞았다는 걸 확인한 것만으로도 수확이니까요."

"계산?"

"뉴랜드를 들여다볼 수는 없어도 계산은 할 수 있어요. 밖에 보고되는 분기 보고서는 가짜 데이터예요. 사후세계 서버를 증설하는 속도가 사람이 죽는 속도를 따라가지 못합니다. 인풋과 아웃풋이 미묘하게 차이가 나고 있는데 정체를 모르겠어요. 내부 직원들도 모르게 누군가 조작을 하고 있는 게 분명합니다."

"구체적으로 얘기를 좀 해봐요! 그게 무슨 뜻인데!"

"저쪽 세계에서 사람이 사라지고 있다는 뜻입니다."

안태규는 침착한 말투와 어울리지 않게 충격적인 얘기를 꺼냈다. 그의 말이 사실이라면 세상이 뒤집힐 일이었다. 사람들은 죽기 전까지 사후세계를 보고 느낄 수 없다. 단지 그곳에 정상적인 세계가 있다고 믿을 뿐이다. 믿음 하나로 온 국민이 인생을 바쳐 사후세계를 떠받치고 있다. 신뢰가 전부라는 것을 알기에 뉴랜드는 출범 초기부터 국민을 안심시키는 데 중점을 뒀다. 대통령이 임명한 기관장이 2년마다 바뀌며 A.L 컴퍼니를 공동 운영하고 있고, 기술 점검을 위해 매년 민간 감사를 받으며 안전 보고서를 발행했다. A.L 컴퍼니의 아시아 지부와 세계 본사로부터도 늘 감시를 받고 있었다. 그런 뉴랜드를 어떻게 조작할 수 있다는 말인지 지석은 이해가 되지 않았다.

"솔직히 난 그쪽, 믿어도 되는 사람인지 모르겠거든요. 방금 한 말들도 반 정도는 헛소리로 들리고."

"믿기 싫으면 믿지 마세요. 내가 파헤칠 테니까. 도지석 씨는 비밀만 지켜주면 됩니다."

안태규는 자리를 뜨려고 했다. 지석은 자기도 모르게 그의 팔을 붙잡았다. 오히려 다급해진 쪽은 지석이었다. 지석은 이 기가 막힌 일을 듣고 넘길 수가 없었다.

"자, 잠깐. 이대로 가려고? 그 말이 사실이면 당신 문제만 걸린 게 아니잖아. 내 여자친구도 뉴랜드에 있단 말이야!"

"이것 좀 놔요. 나보고 어쩌란 말이에요?"

"나, 나 다시 들어가게 해줘요. 당신 가족만 찾으면 불공평하잖아. 만약 거절하면, 그때 일 다 불어버릴 거예요. 당신 이름, 직책 다 알고 있으니까."

"지금 협박하는 거예요?"

안태규는 불쾌한 기색을 만면에 드러내며 지석의 얼굴을 내려다봤다. 지석의 표정은 안태규보다 절박해 보였다. 사후세계가 의심스러운 건 지석에게 무엇보다 견디기 힘든 일이었다. 그곳 뉴랜드에는 지석 인생의 모든 판돈이 걸려 있다. 지석이 처음부터 세상을 이런 식으로 살고자 했던 것은 아니었다. 하지만 모든 파산자의 변명처럼, 정신을 차리고 보니 지석은 희진과 자신과 엄마의 죽음을 위해 현생을 유령처럼 살아가고 있었던 것이다.

"협박이 아니라 동업을 제안하는 거예요. 어차피 그쪽도 계속 파헤칠 거라고 했잖아요. 사례금은 얼마를 줘도 되니까 나랑 내 동료가 도와주겠단 거예요."

"난 좀 더 믿을 만한 사람을…."

"우리 사무실 의뢰 성공률이 거의 100프로라고! 나랑 내 동료 둘 다 가족이 뉴랜드에 가 있는 처지라 비밀 유지도 될 거고, 자기 일처럼 뛰어들 수 있어요. 내가 첫 의뢰에서 거짓말한 건 미안해요. 근데 그만큼 내 입이 싸지 않다는 뜻도 되잖아. 우리 같이 파헤칩시다. 예?"

안태규는 한숨을 내쉬며 다시 벤치에 앉았다. 한참을 고민하던 그는 쩝 소리를 내며 결론을 내렸다.

"앞으로 스케줄 싹 비울 수 있어요? 뭐가 됐든 내 일정을 최우선으로 하고. 5로 시작하는 번호로 전화 걸 테니까 나와 함께할 생각이면 꼭 받아요."

자리에서 일어난 안태규는 빠른 걸음으로 멀어져 갔다. 지석도 다음으로 해야 할 일을 위해 움직였다.

5

연합전선

"너 어디서 엿 빠는 소릴 듣고 온 거야!"

배창준의 반응은 예상대로였다. 심부름센터 사무실로 간 지석은 뉴랜드에서 본 것과 안태규에게 얻은 정보를 전부 배창준에게 말했다. 배창준은 역시 받아들이기 힘들어했다. 하지만 지석은 어떻게든 이해시키고 싶었다. 입이 좀 가볍긴 해도 배창준은 지석이 믿는 유일한 체커였고 호흡도 잘 맞는 편이었다.

"내 눈으로 보고 온 거야. 사람 하나가 완전히 지워져 있었다니까. 오류가 절대 아니었어. 분명히 누가 손을 쓴 것 같았어."

"그게 어쨌다고! 그 안태규라는 놈이 혼자 미쳐서 벌인 일일지도 모르잖아! 난 안 믿어. 안 할 거야!"

배창준은 더는 말 섞기도 싫다는 듯 돌아앉았다. 그러고는 책상 위에서 식어가는 순대국밥을 일부러 후후 불어가며 입에 퍼 넣었다. 그가 밥을 먹는 뒷모습은 볼 때마다 처량했다.

"너 뭣 때문에 새벽 3시에 배달 국밥을 먹고 있는데?"

"시끄러워."

"뭣 때문에 초딩들 의뢰나 받고 있는 건데? 네 동생 걱정되지 않아?"

"시끄럽다고!"

배창준은 들으란 듯이 책상에 수저를 탁, 하고 내려놨다.

"난 희진이 걱정돼서 미치겠거든? 난 인생 다 저당 잡혀서 그놈의 보험료 내고 있는데 정작 희진인 흔적도 없이 사라졌을까 봐."

"걱정되면 너나 들어가."

"그럴 거야. 후회나 하지 마. 사후세계에 직접 들어가 볼 마지막 기회니까."

입맛이 다 떨어진 듯 배창준은 몇 숟가락 뜨지도 않은 국밥을 비닐봉지에 다시 싸서 문밖에 내놨다. 신경질적으로 입을 닦으며 배창준은 깊은 한숨을 한 번 쉬었다.

"그래서 언제 뭘 하겠다는 건데? 우리 둘만 들어가라고?"

배창준은 드디어 마음을 먹은 것처럼 말을 꺼냈다. 그때 타이밍 좋게 핸드폰 진동이 울렸다. 5로 시작하는 번호였다. 지석은 곧바로 전화를 받았다. '여보세요'라는 네 글자를 발음하기도 전에 안태규가 래퍼처럼 속사포로 말을 쏟아냈다. 지석은 배창준도 같이 들을 수 있도록 스피커폰으로 바꾸고 소리를 크게 키웠다.

"대답하지 말고 듣기만 하세요. 세 자리를 마련할 수 있으니 지석 씨 동료분 말고도 실력 있는 체커 한 명만 더 끌어들여 주세요. 제가 움직이면 흔적이 남습니다. 무조건 뉴랜드에 부양가족이 있는 사람으로 물색하세요. 그래야 설득이 될 겁니다. 충정로 지하보도 무인보관함 15번. 비밀번호 1515. 기억하세요."

안태규의 메시지는 여전히 수수께끼 같았다. 하지만 지석이 다음으로 할 일은 분명했다. 심부름센터 문을 잠그고 나온 배창준과 지석은 바이크에 같이 올라탔다. 성인 남자 두 명을 싣고 둔중하게 굴러가기 시작한 바이크는 10분 만에 목적지인 충정로 지하보도에 도착했다. 무인보관함 15번을 열자 뚱뚱한 현금 봉투 하나가 그들을 반겼다. 봉투 안에는 두 사람이 한 달 내내 일해도 못 벌 돈이 들어 있었고, 간단한 메모도 있었다. '진행비로 쓰세요. 다음 주 월요일에 연락드리겠습니다.'

"헐, 이게 웬 돈이야. 이 인간 우리가 돈만 먹고 째면 어쩌려고 이러는 거야?"

"서로 배신 못 해. 너, 나, 그 사람 다 뉴랜드에 가족이 있잖아. 우린 한배 탄 거야. 이번 주 안에 우리랑 같이 활동할 체커 한 명 더 구해보자."

그들은 각자 집에 돌아가 눈을 붙인 뒤 다음 날 오전에 다시 만났다. 지석은 해가 떠 있는 시간에 보는 배창준이 새삼 낯설었다. 야자수가 그려진 펑퍼짐한 셔츠에 레게머리를 한 배창준은 확실히 눈에 띄었다. 그와 시내 카페에 마주 앉아 있으려니 주변에서 힐끔거리는 시선이 느껴졌다. 그러거나 말거나 배창준은 본론을 꺼냈다.

"우리가 접촉해볼 수 있는 체커 리스트를 뽑아봤어. 하나씩 만나볼래?"

"프로필만 쭉 얘기해봐."

"음… 닉네임 초풍신. 얘는 딱 한 번 같이 일해봤어. 랭크 5짜리 체커. 투시력이 있어서 오피스 계열에서 청탁 많이 받아."

"탈락. 투시 몰카 유통한 놈 아냐? 신뢰가 안 가."

"알았어. 그럼 다른 녀석으로. 비사이즈라는 놈이 있는데 랭크 3짜리야. 얘는 물건 크기를 조절할 수 있어. 저기 커피머신을 미니어처처럼 만들어서 주머니에 넣고 나갈 수도 있다는 거지."

"자기 전과자라고 자랑스럽게 떠벌리고 다니던데. 인성 문제 있어 보여."

체커의 능력이라는 것은 개인의 노력에도 달렸지만 천부적으로 부여받은 것에 많이 좌우된다. 누구는 이미지를 떠올리는 데 능숙하고, 누구는 절대적인 음감을 지니고 태어나는 것처럼, 사람마다 뇌가 활성화되는 부분이 다르고 그것이 대체현실과 상호작용하며 일종의 초능력처럼 나타난다. 하지만 자기가 체커로서 무슨 능력을 지녔는지는 관리자 모드를 해킹해 대체현실에 직접 들어가기 전까지는 알 수 없다. 일상생활에서는 아무런 주목도 못 받는 사람이 체커가 되면 전지전능한 능력을 지니는 일도 비일비재했다. 별다른 수련 과정도 없이 높은 위치에 도달하다 보니 체커 중에는 인격적으로 파탄 난 자들을 쉽게 볼 수 있다. 그래서 그들 중에 쓸 만한 동료를 골라내는 일은 싱크대 수채통에서 반찬거리를 찾는 것만큼 어려웠다.

핸드폰에서 문서를 넘기며 다음 체커 리스트를 훑던 배창준은 한숨을 쉬었다.

"그렇게 따지면 데려올 만한 놈이 없네요, 사장님."

"아무리 막사는 놈이라도 이게 위험한 의뢰라는 건 다 알아. 아무한테나 제안했다가 말 새면 골치 아파져."

"체커 중에 믿을 만한 놈이 어디 있다고?"

"자기 일처럼 나설 놈이어야 안전하지. 우리랑 처지 비슷한 놈은 있잖아."

"그게 누군데?"

"저번에 만난 놈. 열목어."

"열목어-?"

배창준은 몇 입 먹은 머핀을 접시에 떨어뜨렸다. 지석은 진심이었다. 열목어의 성격이 호락호락해 보이지는 않았지만 직접 싸워보니 실력만은 체커 중에 따라올 자가 없었다.

"듣자 하니 그놈도 죽은 가족 부양하는 처지라 돈이면 환장한다며. 자기 가족이 걸린 일인데 거절하겠어?"

"내가 그놈한테 대가리 썰린 것만 몇 번인지 알아? 그 자식이 우리 말을 들어주겠냐고."

"어차피 의뢰받아 일하는 체커일 거 아냐. 연락 가능하겠어?"

"지금은 의뢰인들 안 만나준대. 인피니티 길드라는 놈들이랑 손잡고 걔네 일만 받고 있어."

"그럼 더 쉽네. 인피니티 길드가 주로 하는 게임이 뭔데? 거기 쳐들어가서 만나자."

"진심이야? 열목어를 잡을 수 있겠어?"

"시도해보자. 열목어한테 말이 안 통하면 그때 다른 체커한테 접근해도 되잖아."

지석은 자리에서 일어섰고, 배창준도 남은 머핀을 입에 욱여넣고는 따라 일어났다. 그들은 곧바로 심부름센터 사무실로 돌아왔다.

6

열목어

지석의 시야가 좁아지며 다시 끝없는 터널이 보였다. 소리가 먼저 들리기 시작했다. 둥둥 울리는 북소리, 전장의 나팔 소리, 조총과 포탄이 날아드는 가운데 고양된 함성 소리. 시야의 오른쪽 아래에 게임의 제목이 떴다. '임진부쌍: 무한돌파 공성진.' 인피니티 길드는 째 올드한 취향의 게임에 빠져 있었다.

눈을 뜨자 지석과 배창준은 전장 한가운데 있었다. 조선의 성곽을 둘러싸고 조선 군대, 일본 군대, 명나라 군대, 중세 서양 군대 복장을 한 온갖 플레이어들이 뒤섞여 진영 구분도 없이 싸우고 있었다. 실로 개판이었는데 그중에는 엉뚱하게 배트맨 복장을 한 사람도 섞여 있었다. 아수라장에서도 지석은 열목어가 어디 있는지 한눈에 알아볼 수 있었다. 성문 앞쪽에서 황토색 흙바람을 일으키며 사방으로 날아가는 병사들이 보였으니까. 분명 저 태풍의 눈에는 랭크 2의 열목어가 있을 것이었다. 지석과 배창준은 태풍에 접근해갔다. 그들 손에는 조선 포졸의 삼지창이 들려 있었다. 익숙지 않은 무기라 불안했다. 앞쪽 열의 병사가 모두 날아가고 드디어 열목어가 모습을 드러냈다. 얼굴 전면을 가리는 점박이 무늬 투구를 쓰고 쌍검을 든 흉포한 전사. 참 일관된 패션 센스였다.

"열목어! 의뢰할 게 있어서 왔다!"

열목어가 고개를 돌리며 지석과 눈이 마주쳤을 때 지석은 신기한 경험을 했다. 분명 조금 전까지 옆에 서 있던 배창준이 퍽, 하는 둔탁한 소리와 함께 뒤로 날아가 버렸다. 동시에 지석이 들고 있던 삼지창도 가벼워진 게 느껴졌다. 곧이어 배창준의 갈라진 갑주와 지석의 삼지창 머리가 툭툭 땅에 떨어지는 소리가 들렸다. 열목어는 어느새 지석의 목에 검을 겨누고 있었다. 그제야 지석은 놈의 능력이 뭔지 대충 감이 잡혔다. 열목어의 점박이 투구에서 떨어져 나온 흙 입자가 아주 천천히 지석의 눈 옆을 스쳐 날아갔다. 이미 고전이 된 옛날 SF 영화의 한 장면이 떠올랐다.

"의뢰 안 받는다고, 이 새끼야."

열목어의 말이 끝나기 직전에 지석은 반사적으로 몸을 뒤로 날린 뒤 바닥을 굴러 후퇴했다.

"열목어 이 새끼 시간을 조종할 수 있어! 2미터 이상 떨어져!"

갑옷이 부서진 채 멀리 날아간 배창준도 알았다는 듯이 고개를 끄덕였다. 이 랭크 2짜리 체커가 가진 능력은 시간을 느리게 흘러가도록 만드는 것이었다. 열목어의 뛰어난 격투술과 엄청난 스피드는 그의 주변에서 시간이 천천히 흐르기 때문에 가능한 것이었다. 지석은 삼지창의 남은 봉 부분을 열목어를 향해 던진 뒤 등을 돌려 도망쳤다. 지석이 거리를 벌린 뒤 고개를 돌려보니 열목어가 엄청난 속도로 쫓아오고 있었다. 지석은 손을 뻗어 시야를 가렸다. 진흙으로 된 벽. 아주 끈적끈적한 벽을 상상하며 지석은 손을 치웠다. 녹아내리는 꿀처럼 점도 높은 벽이 열목어와 지석의 사이를 가렸다. 픽, 하는 소리가 들리며 열목어의 쌍검 끝이 벽을 뚫고 나왔다.

'제대로 걸렸다.'

지석은 마음속으로 외쳤다. 지난번에 열목어가 뚫고 나왔던 것 같은 벽돌 재질이 아니었다. 지석은 재빨리 벽 옆쪽으로 달려가 열목어의 측면으로 갔다. 미련한 열목어는 벽에서 칼을 빼내려고 힘을 잔뜩 주고 있었다. 지석은 다시 한번 손을 뻗이 열목이의 발아래 지면을 낮은 물웅덩이로 바꿔버렸다. 풍덩, 하고 열목어의 다리가 빠졌고, 중심을 잃은 녀석은 휘청댔다.

"지금이야! 공격해!"

나무 망루에 올라가 준비하고 있던 배창준이 웅덩이를 향해 날아들었다. 가랑이와 겨드랑이에 얇은 섬유 날개가 붙은 윙슈트 복장으로 바꾼 배창준은 날다람쥐처럼 순식간에 웅덩이로 다이빙해 열목어의 양팔을 뒤에서 붙잡았다. 팔을 속박당한 열목어는 허우적대기만 할 뿐이었다. 진흙 벽은 금세 사라졌고, 지석은 땅에 떨어진 열목어의 쌍검 한 짝을 주워 녀석의 얼굴에 가까이 겨눴다. 열목어는 반항을 멈추고 투구에 난 구멍을 통해 지석을 노려봤다. 열목어가 저항했다면 싸움은 더 길어졌겠지만 그는 귀찮아서 체념한 것처럼 보였다.

"왜 사람 말을 끝까지 안 듣냐? 우리 얘기 좀 들어봐!"

"용건이 뭔데, 미친놈들아. 나 돈 버는 거 안 보여?"

열목어의 입에서 거친 말투에 어울리지 않게 앳된 목소리가 흘러나왔다.

"돈은 우리가 훨씬 더 많이 줄 수 있어. 너 받는 정가 다섯 배 쳐줄게."

지석이 돈 얘기를 하자 잠시 고민하는 듯 열목어의 눈동자가 좌우로 흔들렸다.

"사무실로 와."

"찾아갈게. 주소 불러."

"암곡로3길 청년타운 110동 409호."

"한 시간만 기다려. 간다."

물웅덩이가 사라지고 열목어와 배창준이 땅바닥에서 튕겨 나왔다. 지석은 곧바로 게임에서 로그아웃하고 현실로 돌아왔다.

"열목어 주소가 청년타운이랬지? 거기에 사무실이 있나?"

"그 새끼 집 주소겠지."

청년타운은 5년 전쯤 정부가 야심 차게 발표한 주거 정책이었다. 그

린벨트를 해제한 녹지 위에 빈곤한 젊은이들을 위한 월셋집 수만 호를 공급하겠다는 계획이었지만 현실은 녹록지 않았다. 때마침 일어난 대체현실 기술 혁명으로 평범한 사무직과 아르바이트 자리마저 씨가 마르자 청년들은 일단 입주해놓고 월세를 밀리기 일쑤였다. 어떤 청년들은 집을 압류당해도 싸우며 버텼고, 또 어떤 청년들은 암담한 현실을 비관해 자살했다. 청년타운은 3년 만에 서울시 최대의 처치 곤란 슬럼가가 되었다. 강남에 사는 노인이 산책 삼아 근처를 지나다가 팬티까지 탈탈 털려 나왔다는 우스갯소리가 돌 정도였다. 그런 곳에 살고 있다니 열목어의 사정도 알 만했다.

지석의 전기 바이크가 한 시간 정도 달려 강남 끄트머리의 고갯길을 다섯 번 넘자, 자곡 청년타운이 모습을 드러냈다. 사회주의 시절 소련에나 있었을 법한 삭막한 디자인의 아파트 수십 채가 빽빽이 서 있었다. 위치마저도 소련의 미사일 기지처럼 비밀스럽게 고립되어 있었다.

"이 동네 다니는 게 마을버스 한 대뿐이라며? 어떻게 생활하냐, 여기선."

"그러니까 한번 저기 처박히면 못 나온다잖아."

청년타운 입구에서는 습기 찬 시멘트 냄새만이 진동하고 있었다. 단지는 악명에 걸맞지 않게 조용했다. 주민 모두가 현생을 포기하고 싸구려 대체현실 속에 잠들어 있기 때문일 것이다. 아마 인류 역사상

가장 사람 냄새 안 나는 조용한 슬럼가가 여기일 거라고 지석은 생각했다. 110동은 단지 끄트머리에 있었다. 엘리베이터는 당연하다는 듯 고장 나 있어 지석과 배창준은 4층까지 걸어 올라가야만 했다. 배창준은 숨을 헐떡이며 신경질적으로 409호의 벨을 눌렀다.

"열목어 씨! 의뢰하러 왔거든요!"

안에서는 아무 반응이 없었다. 배창준은 몇 번 더 문을 두드리고 고함을 쳐보다가 홧김에 문손잡이를 냅다 당겼다.

"뭐야? 잠그지도 않았네. 잠금장치 배터리도 안 갈았나?"

그들은 열린 문으로 슬쩍 발을 들였다. 실내는 엉망진창이었다. 일회용품 쓰레기와 옷가지가 여기저기 산처럼 쌓여 있었고, 그 사이로 골짜기처럼 좁은 길이 나 있었다. 일회용품 용기 안에서 먹다 남은 음식물 쓰레기가 지독한 냄새를 풍기고 있었다. 지석과 배창준은 숨을 참으며 쓰레기 골짜기 사이로 발걸음을 옮겼다. 거실 안쪽에 다다르자 몸집이 작은 남자아이가 소파에 엎드린 채 대체현실 접속기를 뒤집어 쓰고 있는 모습이 눈에 들어왔다. 순간 시체인 줄 알고 놀랐지만 등짝이 미세하게 오르내리고 있었다. 남자아이는 대체현실 게임에 푹 빠져 있는 것 같았다.

"저기, 야! 집에 아빠 없냐?"

몇 번 불러봤지만 남자아이는 일어나지 않았다. 배창준은 녀석의 등짝을 손등으로 툭툭 치며 깨우려 했다. 반바지 밑으로 드러난 무릎 아래 맨살을 보니 한 달 넘게 안 씻은 것처럼 때가 꼬질꼬질했다.

"아우 씨. 음식물 쓰레기 냄새야, 아니면 얘 몸에서 나는 냄새야. 야! 아빠 안 계시냐고!"

배창준이 한 번 더 손을 대려 했을 때 남자아이의 손이 휙 올라와 그 손을 쳐냈다.

"어떤 개새끼가."

남자아이는 머리에 쓴 접속기를 팽개치며 벌떡 일어났다. 중성적인 저음의 목소리를 듣는 순간 알 수 있었다. 게임 속에서 들었던 열목어의 목소리였다. 더 놀라운 것은 녀석이 남자아이가 아니라 머리를 짧게 깎은 여자였다는 것이다. 배창준도 화들짝 놀랐다.

"어우, 야. 난 너 남자애인 줄."

"누군데 들어와? 나 집세 다 냈는데."

"너, 아빠 안 계시니? 일 때문에 왔는데."

눈치 없는 배창준은 아직 열목어를 못 알아보고 있었다.

"쟤가 열목어야."

"으악. 얘가? 완전 떡대라고 들었는데."

열목어는 카악-, 하며 거실 바닥에 가래침을 한 번 뱉고는 일어나서 식탁으로 갔다. 열목어는 목이 마른 듯 식탁에 놓인 생수통을 열어 입을 대고 벌컥벌컥 마셔댔다.

"너 진짜 열목어냐? 몇 살이야? 고딩이야?"

"그쪽 나이부터 말하지?"

"스물일곱이다."

"갑이네. 생일 몇 월인데?"

"뭐? 네가 나랑 동갑? 나 11월인데."

"나 2월이야, 씹탱아. 초면인데 반말 쓰지 마라."

"너, 넌 왜 반말 쓰냐? 초면에 욕도 하고. 어이없네."

배창준이 쓸데없는 말싸움에 휘말리자 지석은 옆구리를 쿡 찌르며 제발 닥치고 있으라는 신호를 보냈다.

"열목어 씨, 아까 게임에서 말 걸었던 사람이에요. 나는 도지석. 이쪽은 배창준."

열목어는 다 마신 생수통을 바닥에 버리고선 지석과 배창준을 위아래로 훑어봤다. 키가 작고 어깨가 좁아 아이 같았지만 얼굴을 정면으로 보니 언뜻 성인 여자로 보이긴 했다. 악명 높은 랭크 2짜리 체커라고는 상상할 수 없는 모습이었다.

"너희도 체커지? 아까 너희 때문에 미션 못 끝냈잖아!"

"얘기 좀 하려고 했는데 그쪽이 하도 사납게 굴어서."

"인피니티 길드랑 전속 계약했다니까? 애새끼들이 못 알아처먹나. 나 의뢰 전화라도 받은 거 들키면 위약금 물어줘야 한다고."

이목구비가 작고 오밀조밀 단정해 보이는 얼굴과는 안 어울리게 열목어는 입만 열면 거친 말을 내뱉었다. 열목어는 식탁에 놓인 담뱃갑에서 담배를 꺼내 물더니 불을 붙였다. 싸구려 밀수품 담배 냄새가 실내에 진하게 퍼졌다. 랭크 2짜리 고위험 체커가 받는 의뢰비는 지석과 배창준 둘의 벌이를 합친 것보다 훨씬 높을 게 분명했다. 그런 돈벌이에도 불구하고 열목어의 행색은 한없이 초라했다. 시궁창 같은 집의 풍경 하며…. 그녀의 사정도 대충 짐작이 갔다. 버는 대로 족족 새 나가는 부양 유령 신세임이 분명했다. 그래서 지석은 용기를 내 본론을 꺼낼 수 있었다.

"그래도 우리를 부른 거 보면 얘기는 들어보겠다는 거지? 사례금 다섯 배는 정확히 챙겨줄 거야. 거짓말 아냐. 그리고 간단한 미션이니까 너 하는 일에 지장도 없을 거야."

"무슨 일인데?"

"사후세계, 뉴랜드에 들어가는 거야."

지석은 열목어의 표정을 살폈다. 조금이라도 의심하는 얼굴을 내보인다면 지석은 대충 얼버무리고 자리를 뜰 참이었다. 열목어는 식탁에 엉덩이를 기대고 서서 무표정한 얼굴로 지석을 빤히 쳐다봤다. 그녀가 얇은 입술로 물고 있는 담배 끝에서 재가 툭 떨어졌다.

"우리 체기 시무 실로 의뢰인이 하나 찾아왔었어. 그냥 의뢰인이 아니라 A.L 컴퍼니 관계자. 그 사람 얘기대로면 사후세계에서 사람들이 실종되고 있어. 우리가 들어가서 그걸 밝혀내야 해."

"…"

"나도 사례금만 생각했으면 아무리 큰돈이어도 안 했을 거야. 돈 때문이 아니라 가족 때문이야. 난 약혼녀가 뉴랜드에 들어가 있고 이 녀석은 친동생이 가 있어."

"그래서?"

"난 이번 기회에 뉴랜드에 들어가면 여자친구를 찾아볼 거야. 다 떠나서 너도 가족이 실종됐는지 아닌지 확인은 해보고 싶을 거 아냐."

가만히 듣고 있던 열목어는 다 타들어 간 담배를 식탁에 비벼서 껐다.

"지금 줘. 사례금 반."

"이 의뢰 받겠다는 거야?"

"아니, 생각해볼 거야. 그래도 반 줘."

입을 다물고 있던 배창준이 흥분해서 끼어들었다.

"받을지 안 받을지도 모르는데 돈부터 내놓으라고? 상도덕을 똥구멍으로 배웠네."

"너희 헛소리 시간 내서 들어줬잖아. 딴 사람한테 이런 얘기해봐. 당장 신고해버렸지."

배창준이 몇 마디 더 보태려고 했지만 지석이 옆구리를 한 번 더 찔렀다. 지석은 들고 온 가방에서 안태규에게 받은 진행비 봉투를 꺼냈다.

"알았어. 현금으로 반 줄게, 지금. 다음 주 월요일에 의뢰인이랑 접선할 거니까 네 연락처만 말해."

열목어는 식탁 위에 쌓여 있던 종이 포장지 하나를 죽 찢은 뒤 뭔가를 펜으로 적었다.

"다음 주 월요일에 잠수 타면 안 하는 거니까 그렇게 알아. 이제 집에서 꺼져. 일해야 해."

열목어는 다시 소파로 돌아가 대체현실 접속기를 머리에 뒤집어쓰고 엎드렸다. 지석은 열목어가 남긴 쪽지를 봤다. '1fuck18you8'이라는 게임 계정이 적혀 있었다.

"아이디 꼬라지 하고는."

배창준은 고개를 절레절레 저으며 현관문 밖으로 나가버렸다. 지석이 쪽지를 주머니에 넣으며 몸을 돌렸을 때, 식탁 옆에 먼지 쌓인 진열장이 눈에 들어왔다. 뿌연 유리 안쪽으로 태블릿 액자 하나가 보였다. 지석은 조심스럽게 진열장을 열어 액자 화면을 넘겨봤다. 고등학교 졸업식에서 찍은 사진 몇 개가 연달아 나왔다. 쇼트커트에 무표정한 열목어가 교복을 입고 있었고, 그 옆에는 녀석의 아빠로 보이는 중년 남자가 똑 닮은 무표정한 표정으로 서 있었다. 두 사람의 허름한 행색과 빛을 잃은 듯한 표정에서 가난 그리고 굵은 앙금 같은 게 보이는 듯했다. 어째서인지 그걸 본 순간 지석은 그녀가 작전에 동참할 것이라는 확신이 들었다. 여고생의 가슴팍 명찰에는 손지우라는 이름 석 자가 새겨져 있었다. 손지우. 열목어의 본명이었다.

7

월요일의 조문객

약속한 날인 월요일은 새벽부터 비가 내렸다. 천둥소리가 들리는 가운데 지석은 5번으로 시작하는 안태규의 전화를 받았다.

"밤 10시 정각에 지난번에 만났던 서버 관리동 뒤쪽 주차장에서 봅시다. 저번처럼 정문으로 세 사람이 들어올 수는 없어요. 서버 센터 뒤쪽 산을 넘어오세요. 철조망 끊어놓은 곳에 빨간 과자 봉지를 버려뒀으니 거기를 통해서 주차장으로 들어오세요. 내가 마중 나갈게요."

안태규는 늘 지석의 기대 이상으로 용의주도하게 움직였다. 최선을 다하고 있는 게 틀림없었다. 지석은 배창준에게 약속 시간을 알려줬고 열목어, 그러니까 손지우에게도 상황을 알렸다. 기다리는 동안 고요하면서도 긴장되는 시간이 흘러갔다. 엄마가 새벽 미사에 갔다가 집으로 돌아와 점심을 먹은 뒤 다시 성당 친구들을 만나러 나갈 때까지도 지석은 꼼짝하지 않고 방에 틀어박혀 있었다. 지석은 희진이 사후세계에 입주할 때쯤 집으로 배송되어 온 안내 책자들을 다시 펼쳐봤다. 남겨진 가족들이 알아야 할 정보가 적혀 있었는데 하나같이 희망찬 것들뿐이었다. 사후세계 뉴랜드는 605.2제곱킬로미터에 달하는 서울시를 그대로 재현했으며 현실과 똑같은 물리 법칙이 적용되는 곳이라고 했다. 서울의 사회생활과 금전 거래, 치안 유지 같은 요소들이 100퍼센트 재현되도록 설계했다는 것이다. 희진이 입주한 집의 주소도 적혀 있었다. '금월로1길 레인빌리지 1105호.' 희진이 생전에 살던 방 한 칸짜리 집으로, 사후세계에서도 똑같은 곳으로 배정받았다. 지석에게는 눈 감고도 찾아갈 수 있는 곳이어서 주소를 외울 필요도 없었다.

해가 지고 9시가 되어 지석은 약속 장소로 출발했다. 비밀스러운 침투 작전을 응원이라도 하듯 온종일 내리던 비가 그쳤다. 축축한 도로에서 올라오는 한기와 아스팔트 냄새가 지석의 몸을 긴장시켰다. 배창준과 손지우는 남부 서버 센터에서 가까운 지하철역에서 기다리고 있었는데, 서버 센터는 역에서도 바이크로 5분은 더 들어가야 하는 거리에 있었다.

"미안한데 5분 거리니까 잠깐만 셋이 타자."

서로 모르는 사람처럼 한참 떨어져 있던 배창준과 손지우는 투덜대며 바이크로 다가왔다. 정말 안 어울리는 그림이었다. 바나나와 원숭이가 그려진 원색 셔츠를 입은 배창준은 열대 지방에서 온 관광객 같았고, 어두운색 점퍼를 목 끝까지 채워 입은 손지우는 퇴근하는 동구

권 노동자 같아 보였다. 산악 바이크처럼 생긴 지석의 바이크는 그나마 안장이 긴 편이라 셋이서 탈 공간이 간신히 나왔다.

"요즘 이런 건 고딩들도 안 하는데. 뒷자리 위험하니까 열목어 네가 가운데 타라."

"둘 사이에 끼어 타라고? 토 나와."

"우린 뭐 좋은 줄 아냐? 진짜 짜증 나는 애네."

결국 배창준이 지석의 뒤에 올라타고, 손지우가 제일 뒷자리에 앉았다. 성인 셋을 태운 전기 바이크는 뒤뚱대면서 길을 찾았다. 5분도 채 걸리지 않아 A.L 컴퍼니 남부 서버 센터 뒤쪽에 있는 한적한 도로에 도착했다. 오른쪽엔 녹지와 산책로가 있었고, 왼쪽은 개천이었다. 하루에 차 한 대나 다닐까 싶은 길이었다.

"내려."

"어? 여기가 약속 장소라고?"

"정문으로 당당히 들어갈 줄 알았어? 철조망 끊어둔 데 찾아서 주차장으로 갈 거야."

지석은 핸드폰 GPS에 의지해 옆쪽으로 보이는 작은 산책로로 앞장서 들어갔다. 산이라 부르기도 애매하고 숲이라 부르기도 애매한 언덕들이 근처에 많았다. 지석 일행은 밀수꾼들처럼 핸드폰 불빛으로 앞을 밝히며 언덕 하나를 넘어갔다. 낮에 내린 비 때문에 그들의 운동화는 금세 질척해졌다. 언덕을 넘자 철조망 너머로 서버 관리동 건물과 주차장이 눈에 들어왔다.

"저기 있다. 빨간 과자 봉지."

안태규가 말한 표시 아래쪽으로 개구멍만큼 조그맣게 철조망이 끊어진 부분이 보였다. 몸집이 작은 순으로 손지우와 지석, 배창준이 차례로 기어서 넘어갔다.

"야, 잠깐! 파킹봇이다!"

주차장 가운데로 나가려는 손지우의 뒷덜미를 배창준이 확 잡아끌었다. 주차 관리 로봇인 파킹봇이 주차장을 돌아다니고 있었다. 파킹봇의 머리에 달린 CCTV 카메라를 피하기 위해 지석 일행은 주차된 차 뒤에 쪼그려 앉아 몸을 숨겼다. 파킹봇이 차량 번호판 스캔을 끝내고 멀어질 때까지 그들은 숨죽인 채 기다릴 수밖에 없었다. 잠시 후 삐빅-, 하고 차량 문 여는 소리가 건너편에서 들려왔다. 지석이 고개를 빼꼼 내밀고 보니 안태규의 민머리가 가로등 아래 빛나고 있었다. 지석과 눈이 마주친 안태규는 손을 한 번 들어 보이더니 옆에 있는 커다란 승합차 안으로 쏙 들어가 버렸다. 지석 일행도 파킹봇의 눈길을 피해 살금살금 주차장을 한 바퀴 돌아 안태규의 승합차 뒷좌석에 올라탔다.

"반갑습니다. A.L 컴퍼니 서버 관리 B팀 안태규입니다. 이쪽 분은 처음 뵙네요."

손지우는 인사를 받는 둥 마는 둥 하며 차를 한 바퀴 빙 둘러봤다. 차창은 모두 두꺼운 암막 커튼으로 몇 겹이나 가려져 있어 밖에서 안을 들여다볼 수 없게 되어 있었다. 도박장에서나 쓰는 깜깜이차 같았다.

"이쪽은 열목어라고 유명한 체커예요. 본명은 손지우. 우리랑 이 일 같이하기로 했어요."

"씨벌. 내 이름 어떻게 아는 건데, 너는?"

"너희 집 갔을 때 졸업사진에서 봤다. 숨기려면 제대로 숨기든가."

지석이 나서서 소개를 해줬는데도 손지우는 인사 한마디 하지 않았다. 역시 사회성이 많이 떨어지는 녀석이었다.

안태규는 별다른 설명도 없이 가지고 온 큰 가방을 열어 장치들을 꺼냈다. 노트북 한 대와 소형 모니터 한 개, 대체현실 접속기 세 개를 나란히 늘어놨다.

"잠깐, 뭐 하는 거예요?"

"오늘은 시험 접속이 아닙니다. 정식으로 들어가는 거예요. 오늘 뉴랜드에 입주하는 사망자 세 사람이 있는데 여러분이 그 이름으로 몇 시간 앞서서 들어갈 겁니다. 여기선 제가 이 모니터로 시청각을 공유할 거고요."

"여기서 바로 뉴랜드에 들어가겠다고? 그게 가능해요?"

"접속기는 제 사무실에서 돌아가고 있습니다. 세 사람이나 건물에 들어갈 순 없으니까 우리는 여기서 블루투스를 두 번 해킹해서 원격으로 들어갈 거예요."

안태규는 빠르게 기기 세팅을 끝내고 고개를 들어 맞은편의 지석 일행을 보았다.

"여러분이 들어가서 상황을 체크하고 나오면 제가 그걸 토대로 시스템을 검토할 겁니다."

"구체적으로 뭘 체크하라는 거예요?"

"사라지는 사람들에 대한 정보 말이에요. 사망자 시점으로 보고 들으면서 정보를 수집해요."

안태규의 계획은 애매했다. 뉴랜드에 대해 아는 게 거의 없는 상태에서 들어가봤자 핵심적인 정보를 얻을 수 있을지 장담할 수 없었다. 하지만 오늘 같은 기회가 흔치 않은 것도 사실이었다. 지석과 배창준이 머뭇대는 사이 손지우가 먼저 손을 뻗어 접속기 하나를 집었다.

"듣자 하니 아저씨도 뉴랜드 사정은 좆도 모르는 모양이네. 사후세계는 직원들한테도 철저히 비밀이라니까. 맞지?"

"네, 네. 맞습니다."

"그럼 내가 먼저 들어갈게요. 시간 질질 끄는 거 나도 싫어해."

핵심을 찌르는 말이었다. 손지우는 망설임 없이 대체현실 접속기를 머리에 쓰고 의자를 뒤로 젖혀 수면 자세를 취했다.

"좋습니다. 한 분씩 차례대로 접속할게요. 주의할 게 있다면 뉴랜드 내부에서는 접속을 끊을 방법이 없어요. 반드시 제가 여러분을 꺼내줘야 하니까 나오고 싶을 때 저한테 의사 전달을 하세요."

안태규가 기기를 작동시켰다. 손지우의 고개가 한쪽으로 꺾였고, 기기에 작동 상태를 표시하는 램프가 들어왔다. 하지만 모니터에는 검은 화면이 지직거릴 뿐이었다. 접속 장치에 문제가 있는 게 분명했다.

"손지우 씨, 들립니까? 손지우 씨는 남은희라는 사망자 자리에 대신 들어간 겁니다. 91세에 사망했고요, 입양 갔던 아들이 남은희 씨가 죽기 한 달 전에 돌아와서 의료보험을 승계하기로 했습니다."

손지우에게선 아무 대답도 들리지 않았다.

"뭐예요? 왜 여기선 아무것도 안 보이는 거예요?"

"바, 방화벽에 걸려서 화면이랑 소리가 전송되지 않는 것 같아요. 접속 자체는 되고 있어요."

뉴랜드에 들어간 손지우는 그때 허름한 쪽방 풍경을 보고 있었다. 벽지 하나 발라져 있지 않은, 이불 하나만 덩그러니 놓인 시멘트 공간. 무성의한 디자인이었다. 특이한 점은 이 장면이 저화질 동영상처럼 조잡하고 군데군데 모자이크가 된 것처럼 우그러져 보인다는 것이었다.

"이봐! 들려? 화질이 이상해. 뭔가 오류 난 것 같다고!"

하지만 목소리는 공허하게 울릴 뿐이었다. 손지우는 방에서 일어나 밖으로 나왔다. 어두운 방에서 나오니 역시 어두운 복도가 펼쳐져 있었다. 좌우가 좁은 쪽방들이 다닥다닥 붙어 있었고, 그 위를 슬레이트로 덮어놔서 햇빛이 거의 들지 않았다. 우울하기 짝이 없는 공간이었다.

"거기 학생, 어디 가나?"

손지우는 소리 나는 곳을 돌아봤다. 손지우를 부른 것은 노인의 목소리였으나, 그곳에는 작대기 하나가 있을 뿐이었다. 말 그대로 찌그러진 작대기 하나. 그것이 사람이라는 것을 알아차리는 데에는 시간이 걸렸다. 시스템 오류인 모양이었다. 손지우는 복도 끝을 향해 천천히 걸어갔다. 어두운 복도 끝에 흰빛이 들어오고 있었다. 쪽방촌의 입구였다. 손지우는 그쪽을 향해 걸어갔다.

하지만 밖으로 나가자 시야가 온통 하얀 빛으로 뒤덮였다.

"아 씨, 하나도 안 보여. 이게 뭐야? 아무것도 안 들려."

손지우가 보고 있는 것은 말 그대로 흰색의 공허였다.

손지우의 접속 상태를 보던 안태규의 표정이 점점 안 좋아졌다. 접속기에서는 비상 상황을 알리는 빨간 램프가 깜빡이기 시작했다.

"접속이 불안정한 것 같습니다. 위험할 수도 있으니까 끊었다가 나중에 다시 시도할게요."

안태규는 노트북을 조작해 손지우의 접속을 끊었다. 잠시 후 잠에서 깬 손지우가 접속기를 벗어서 앞쪽 좌석에 내려놨다.

"손지우 씨, 뭘 보고 나온 거죠? 우린 교신이 잘 안 돼서 못 봤어요."

"뭐가 보여야 말을 하지. 그냥 쪽방촌 같은 곳인데 화면이 다 찌그러져서 보이지도 않았어."

"뭘 했는데 비상 램프가 들어온 거죠?"

"아무것도 안 했다고! 그냥 걸어 나왔는데."

"네 멘탈이 오락가락하니까 잘 안됐나 보지."

"시, 시간이 없어요. 빨리 다음 분 접속해봅시다."

다음 타자로 배창준이 접속기를 썼다. 그토록 철저하게 계획해서 작전을 진행하던 안태규는 막상 실전에 들어가자 될 대로 되라는 식으로 일을 서둘렀다. 옆에서 보고 있던 지석도 입술이 바짝바짝 탔다.

처음 하는 일인 만큼 순조롭게 흘러가지 않으리라는 건 예상했지만 긴장되는 건 어쩔 수 없었다.

"이번엔 김창희라는 사망자입니다. 89세에 사망했고 보험료는 일시 납부했어요."

배창준이 눈을 뜬 곳은 큰 침실이었다. 다행히 접속이 원활하게 된 건지 이번에는 화면이 말짱하게 보였다. 침대에서 일어서자 거울이 보였고, 그 옆에는 커다랗게 인화된 노부부의 사진이 걸려 있었다. 배창준은 문을 열고 방을 나섰다.

"등록되지 않은 사용자입니다. 신원을 등록해주세요!"

거실에 들어서자마자 배창준에게 말을 건 것은 발밑을 돌아다니던 스팀 청소 로봇이었다. 이 집은 사용자에 감응하게 만든 스마트 하우스 시스템이 정교하게 돌아가고 있었다.

"홍채 정보가 읽히지 않습니다! 침입자로 간주될 수 있으니 주의하세요!"

다음으로 말을 건 것은 TV였다. TV 위에 달린 스마트 스캐너가 배창준을 위아래로 훑으며 자신의 주인인지 아닌지를 감지했다.

"아 참, 얼굴. 얼굴부터 바꿔야지."

배창준은 다시 침실로 도망쳐 들어와 노부부의 사진과 거울을 번갈아 봤다. 체커로서 그의 능력을 발휘하려는 찰나였다. 하지만 아무리 해도 거울 속 배창준의 모습은 그대로였다.

"이봐! 밖에 들려? 못 하겠어. 이상해. 능력을 쓸 수가 없어."

시스템 방화벽을 뚫는 데 실패한 모양이었다. 여전히 바깥과의 교신도 잘되지 않았다. 배창준은 거실로 나와 현관문을 찾았다. 그 짧은 찰나에 집 안의 AI 장치들은 시끄러운 경보음을 울리기 시작했다.

"미등록 침입자! 미등록 침입자!"

배창준은 서둘러 집 밖으로 나왔다. 다행히 복도까지 경보가 울리지는 않았다. 복도는 집처럼 깔끔하고 고풍스러웠다. 이 건물에는 한 층에 딱 한 집만 있었다. 성북동에나 있는 고급 빌라처럼 보였다. 배창준은 엘리베이터에 올라탔다. 하필 엘리베이터에는 다른 주민이 타고 있었다. 얼굴이 새하얀 젊은 여자였다. 얼굴을 마주한 사람이 이미 죽은 망자라는 생각이 들자 배창준은 왠지 긴장이 됐다. 배창준의 숨소리에 당황한 기색이 엿보이자 여자는 분위기를 누그러뜨리려는 듯 먼저 말을 걸었다.

"어머? 4층에 새로 오신 분이군요! 반가워요. 몇 살 때 모습이에요?"

"네? 나이요?"

"여기 들어오실 적에 몇 살 때 모습으로 오셨냐고요."

"에 저… 27살입니다."

"그래요. 사내가 제일 쓸 만한 나이죠."

여자의 얼굴은 20대 초반으로 보였지만 말투는 왠지 모르게 노인 같았다. 배창준은 여자의 말을 들으며 생각난 것이 있었다. A.L 컴퍼니는 사후세계에 들어갈 때 추가 요금을 낸 사람에 한해 원하는 시기의 신체로 변형해주는 서비스를 시행하고 있었다. 하지만 요금이 너무 비싸서 재벌 회장들이나 받는 서비스로 생각했는데, 이 빌라의 주민들에게는 그게 당연한 옵션인 모양이었다. 배창준은 필요한 정보를 캐내기 위해 슬쩍 말을 꺼냈다.

"근데 혹시 사람들 없어지는 일 들어보셨어요?"

"그럼요. 이 단지에만 해도 여럿 있는데."

"네? 정말요?"

"밤에 놀러들 다니느라 텅텅 비잖아요. 여긴 잠을 안 자도 되니까요. 저도 야간 사냥 가는 길이에요."

"아⋯ 그런 얘기가 아니었는데⋯."

"어디 가시는 길이에요?"

"에, 저는⋯ 지금 어디 가는 길이냐면⋯ 사, 산책 갑니다."

여자는 사람들이 사라지는 문제에 대해 전혀 모르는 눈치였다. 배창준은 적당히 얼버무리고 1층에서 내렸다. 건물 밖으로 나가자 커다란 정원이 나왔다. 정원에는 전문가가 다듬은 듯한 특이한 모양의 소나무들과 온천수가 뿜어져 나오는 연못, 그리고 평온한 얼굴을 한 두 쌍의 노루까지 있었다. 바깥과 공유하지 못하는 게 아쉬울 만큼 아름다운 풍경이었다. 울창한 정원을 한참 가로질러 나와서야 비로소 골목길이 나타났다. 내리막길을 따라 고급 빌라들이 쭉 늘어선 것이 보였다. 배창준은 무작정 걷기 시작했다.

배창준의 상태를 확인하던 안태규는 지석 쪽을 보며 접속기를 내밀었다.

"뉴랜드 접속은 잘 되고 있어요. 도지석 씨도 지금 들어가세요. 사망자는 정승호. 61세. 시한부 선고를 받았는데 연명 치료를 포기하고 들어온 경우예요."

드디어 지석의 차례가 왔다. 지석은 망설임 없이 대체현실 접속기를 머리에 쓰고 차창에 고개를 기댔다. 고막을 진동시키는 저주파 파장이 의식을 잠들게 했다.

눈을 뜬 곳은 작은 방이었다. 지석은 몸을 일으켜 집을 둘러봤다. 침대와 책상이 하나씩 있고, 싱크대는 화장실 안에 들어가 있는 공간 착취적인 디자인이었다. 은퇴자 주택으로 보급될 법한 원룸과 고시원 사이의 방이었다. 책상 위 홀로그램 안내판에는 '행복한 근로와 여가'라는 파일이 떠 있었다. 대충 넘겨보니 정승호라는 사망자가 뉴랜드에 들어온 첫날부터 공장 근로자로 배정되었음을 알리는 내용이었다.

지석이 원룸 밖으로 나서자 좁고 긴 복도가 보였다. 마침 지석 말고도 대여섯 명이 집을 나서는 모습이 보였다. 그들은 하나같이 무채색 작업복에 모자를 쓴 채 일렬로 줄지어 어딘가로 향했다. 지석은 이곳이 보통 오피스텔이 아니라 어느 공장의 기숙사일지도 모른다는 생각이 들었다. 아마도 출근 시간인 것 같았다. 지석도 그들에 섞여 계단을 내려갔다. 8층이나 되는 높이지만 엘리베이터는 없었다. 아래층으로 점점 내려갈수록 사람들은 많아졌고, 모두 똑같은 작업복 차림이었다. 2층에 도착하자 강당 같은 곳으로 작업복 행렬이 들어가는 모습이 보였다. 지석은 그들이 들어가는 곳을 유심히 보았다. 어두운 강당 안에는 컨베이어 벨트가 돌아가고 있었는데, 자세히 보니 노동자들은 일렬로 서서 나무판에 빽빽이 못을 박고 있었다. 그것은 제품도 뭣도 아니었다. 단지 반복 작업을 위한 반복 작업일 뿐. 지석은 슬쩍 1층으로 내려가는 줄에 합류했다. 1층에 내려가자 그곳에서도 2층과 마찬가지의 광경이 펼쳐졌다. 1, 2층 전체가 온통 무의미한 생산 라인이 돌아가는 공장이었다. 수백 명의 사람이 유령같이 핏기 없는 얼굴로 수없이 때려대는 망치질 소리. 지석은 소름이 돋았다. 도대체 망자들이 이런 짓을 왜 해야 하는지 도무지 알 수 없었다. 노동만이 인간을 자유롭게 한다, 이건가? 지석은 어디선가 들었던 문장을 떠올리며 대열에서 도망치듯 이탈했다. 밖으로 나가는 출구를 향해 다가서자 문을 지키고 있던 경비원이 벌떡 일어서 지석을 불렀다.

"어이, 이봐! 외출이야?"

경비원이 팔을 잡자 지석은 반사적으로 그를 옆으로 힘껏 밀치고 문을 박찼다. 지석은 공장형 오피스텔 밖의 거리로 나왔다. 아침인데도 거리는 이상할 정도로 텅 비어 있었다. 골목 여기저기에 주차된 차들이 배경처럼 있을 뿐 움직이는 차도, 사람도 안 보였다. 지석은 도로 표지판을 보고 알 수 있었다. 이 거리의 이름은 산음로11길. 희진이 살던 집과 그리 멀지 않은 곳이었다. 두 다리가 점점 빨리 움직였다. 지석은 어느새 텅 빈 거리를 뛰기 시작했다. 사후세계에 들어오기로 마음먹은 이후 지석은 줄곧 이 순간만을 생각했다. 억울하게 사라지는 사람들이 있건 말건, 희진이 괜찮다는 것만 확인하고 싶었다. 지석은 기억 속에 영원히 박제된 병실 침대 위 희진의 모습을 떠올렸다. 어떻게든 건강한 모습의 그녀를 다시 보고 싶었다.

지석은 썰렁한 사후세계 한복판을 가로질러 뛰어갔다. 꽤 큰 도로에 나왔는데도 움직이는 차는 드문드문 보일 뿐이었다. 안태규가 알면 난리가 나겠지만 상관없었다. 자신의 인생을 전부 걸고 저승에 살려 놓은 한 여자. 지석은 그 여자를 잠시만이라도 다시 만나고 싶었다. 아니, 만나야만 했다.

8

베아트리체의 증발

몇 분을 달렸을까. 어느새 지석의 눈앞에 익숙한 건물이 보였다. '금월로1길 레인빌리지.' 바이크를 타고 희진을 데려다줄 때 늘 보았던 풍경이 아직도 지석의 눈에 선했다. 지석은 오피스텔 입구로 들어가 엘리베이터를 타고 11층으로 향했다. 느린 엘리베이터 안에서 희진에게 할 말들을 떠올렸다. 만약 돈 때문에 체커 일을 하다가 죽지도 않은 몸으로 여기에 왔다고 하면 희진이 어떤 표정을 지을지, 지석은 걱정되면서도 기대됐다. 희진이 멍청한 짓이라며 머리를 쥐어박는다면 지석은 오늘 이후로 안태규를 다신 안 볼 참이었다. 엘리베이터가 멈췄다. 희진이 살던 1105호는 모퉁이에 있는 집이었기에 외우기도 쉬웠다.

지석은 두근대는 가슴을 간신히 진정시키며 희진의 집으로 뛰어갔다. 희진이 수없이 지석을 반겨줬던 집. 좁은 방에 나란히 누워 밝은 미래를 약속했지만 결국은 고인의 유품을 수습하던 마지막 기억으로 남은 집. 지금 희진이 반갑게 맞아준다면 지석은 그 자리에 주저앉아 눈물을 쏟을 것 같았다.

그런데 지석이 몸에 익은 기억만으로 달려간 그곳에는 1106호가 있었다. 현관 위에 금빛으로 표시된 호수는 눈을 씻고 봐도 1106이라는 숫자였다. 지석은 뭔가 착각했나 하는 마음에 몸을 돌려 1101호부터 다시 숫자를 세었다. 1102호, 1103호, 1104호. 그런데 복도 끝에 다다르면 어처구니없게도 문 위에는 1106호라고 쓰여 있었다. 지석이 아무리 좌우를 둘러봐도 1105호만 없었다. 이게 무슨 장난이란 말인가. 프로그래밍 오류가 발생해 숫자 5가 전부 6으로 표시되고 있는 걸까? 지석은 참지 못하고 1106호의 벨을 눌렀다.

"희진아! 엄희진! 나야, 지석이야!"

1106호의 문을 열고 나온 것은 레슬러같이 생긴 웬 중년 남자였다.

"뭐야?"

지석은 얼이 빠진 표정으로 가만히 서 있었다. 이곳은 희진이 성인이 된 이후 줄곧 살던 집이고, 사망한 이후에도 배정받은 집이었다. 지석은 남자를 밀치고 집 안으로 들어갔다. 지석이 기억하던 집의 모습은 어디에도 없었다. 창밖의 풍경만 똑같을 뿐이었다. 그때 남자가 지석의 멱살을 잡고 벽으로 밀어붙였다.

"이 개놈이 어딜 쳐들어와?"

지석은 남자의 오른 손목을 두 손으로 잡고 바깥쪽으로 관절을 꺾었다. 남자가 괴로운 표정을 지으며 허물어졌다.

"으아아악!"

"여기 원래 살던 사람 어디 있어! 엄희진이라는 여자 말이야!"

"사, 살던 사람이 어디 있어! 미친놈아 여긴 내가 배정받은 곳이야!"

지석은 남자의 팔을 풀었다. 거짓말을 하는 눈치는 아니었다.

"당신, 언제부터 여기 살았는데!"

"아흐윽. 나는 강원도 인제에 살다가 죽었다고. 뉴랜드에선 서울 빈 집 주소로 배정해줘서 여기로 온 거야."

남자는 다친 손목을 만지며 억울한 듯 말했다. 이럴 리가 없었다. 지석은 도망치듯 복도로 나와 다시 11층을 전부 돌아봤다. 없던 1105호가 생길 리는 없었다. 지석은 미친 사람처럼 비상계단을 오르내리며 위층도, 아래층도 전부 둘러봤다. 이 건물에서 비정상적인 것은 희진이 살던 1105호가 없다는 사실뿐이었다. 안태규의 부모가 사는 집을 조사하러 갔을 때와 비슷한 현상이었다. 지석은 인위적인 조작이라는 확신이 들었다.

"안태규 씨! 보여요? 여기 내 약혼녀가 살던 곳이에요. 사람이 없어 졌다고! 당신 아빠처럼 증발해버렸다고!"

하지만 돌아오는 대답은 없었다.

지석은 "제길, 제길" 소리를 내뱉으며 엘리베이터를 다시 잡아타고 건물을 빠져나왔다. 그때였다. 오피스텔 문 앞에 서 있던 경찰차에서 두 명의 경찰관이 내려 걸어왔다.

"신고받고 왔습니다. 가택 침입 및 폭력 행위…"

지석은 환장할 노릇이었다. 앞을 막아서는 경찰관을 밀치고 반대편으로 도망치려 했지만 옆에 있던 덩치 큰 경찰관이 몸을 날려 지석의 양어깨를 감싸고 눌렀다. 지석은 다리 밑 보도블록을 뚫어지게 쳐다보며 물웅덩이로 바꿔놓으려 했지만 이곳에선 능력이 먹히들 않았다.

지석은 변명할 새도 없이 경찰차로 압송되는 처지가 되었다. 3분 만에 차가 도착한 곳은 서울 북부경찰서였다. 지석의 머릿속에 여러 생각이 스쳐 지나갔다. 어딘가 비정상적으로 흘러가는 것처럼 보이는 뉴랜드였지만 치안 유지는 칼같이 되고 있다는 것이 놀라웠다. 그런데 자신의 정체를 이들에게 들키면 어떻게 되는 걸까? 이쯤에서 접속을 끊고 돌아가야 하는 건 아닐까? 하지만 안태규가 바깥에서 접속을 끊지 않는 이상 지석은 돌아갈 수도 없는 처지였다.

"조서 준비할 테니까 일단 유치장에서 기다리세요."

경찰들이 지석을 끌고 간 곳은 경찰서 지하의 유치장이었다.

'유치장이 이렇게 볕도 안 드는 지하에 있던가?'

지석은 의아했다. 두 명의 경찰관이 지석의 팔을 붙들고 질질 끌고 갔고, 그는 좁은 독방에 그대로 갇혀 버렸다. 독방에 있는 유일한 물건은 변기였는데, 요강인지 변기인지 알 수 없는 허접한 구덩이일 뿐이었다.

"안태규! 내 말 안 들려? 나 이상한 곳에 와 있어."

지석이 외쳤지만 돌아오는 대답은 없었다. 혹시 바깥에서 기기 고장이 생긴 것인지 덜컥 겁이 났다. 산몸으로 이곳 사후세계에 고립되어 버리는 건 아닌지 불안해진 지석은 철창 사이로 주변을 살폈다. 이곳을 돌아보는 경찰관 하나 보이지 않았다. 졸지에 지석은 사후세계 안에서 범죄 피의자가 되게 생긴 것이다. 지석은 지난 몇 분간의 일들이 모두 엉뚱한 악몽 같았다. 계속해서 애타게 안태규를 불렀지만 대답은 돌아오지 않았다. 그렇게 시간이 얼마나 지났을까.

"형씨, 다른 동네에서 온 사람이지?"

소리는 바로 옆방에서 들렸다. 지석은 자신에게 한 말인지 알 수 없어 숨을 죽이고 있었다. 옆방 남자가 벽을 쿵쿵 두드리며 한 번 더 말했다.

"그쪽 형씨 말이야. 어디서 왔냐고?"

"나, 나도 이 동네에서 왔어요. 경찰차 타고 5분도 안 걸렸는데."

"아니, 그런 동네 말고."

"…?"

"이승에서 오지 않았느냐고."

옆방 남자는 예상치 못한 말을 했다. 마치 지석이 뉴랜드에 해킹으로 침입했다는 사실을 아는 것처럼. 지석은 그의 얼굴이라도 보고 얘기하고 싶었지만 그럴 방법이 없었다.

'능력을 쓸 수만 있다면 이런 벽은 순식간에 허물어버릴 텐데.'

지석은 답답했다.

"형씨, 오래 기다려야 할 거요. 여기 경찰은 게으르거든."

"오래요?"

"난 밥 한 번 얻어먹지 못하고 20일을 갇혀 있었다고. 형씨는 왜 왔나?"

"난 사람을 찾으러 왔는데 사라진 상태였어요. 사라진 사람들 행방을 알아요?"

"검열자 앞에 가면 사라지는 거야. 이 뉴랜드 어딘가에 갇혀 있겠지."

"검열자?"

옆방 남자의 말은 점점 알 수 없는 미궁으로 지석을 인도했다. 그는 뉴랜드에서 사람이 실종되는 현상을 알고 있는 것 같았지만 제대로 대답해주지 않았다. 그가 말하는 검열자라는 것이 기관이나 사람을 지칭하는 것인지, 아니면 일종의 추상적인 비유인지 알 수 없었다.

"월요일부터 금요일까지 널 기다려-. 금요일부터 다시 월요일까지 널 기다려-."

지석은 설명을 더 듣고 싶었으나 옆방 남자는 말 대신 갑자기 노래를 부르기 시작했다. 지석도 얼핏 기억나는 오래된 아이돌 노래였다.

"월요일부터 금요일까지 널 기다려-. 금요일부터 다시 월요일까지 널 기다려-. 내 번호를 기억해줄래? 연락해줘. 8327-6565-1957."

"저기요, 그게 무슨 소리냐고요!"

"내 번호를 기억해줄래? 연락해줘. 8327-6565-1957."

"뉴랜드에 대해 아는 게 있어요?"

대화는 이어지지 않았고 옆방 남자의 노래는 멈추지 않고 반복되었다. 지석은 듣고 있기가 괴로웠다. 노랫소리에 머리가 지끈지끈 아파질 무렵 갑자기 텅, 하는 소리와 함께 노래가 끊겼다. 아무래도 옆방의 철창문이 열리는 소리 같았다. 조심스러운 발소리가 옆방에서부터 유치장 복도로 이어지더니 지석의 철창문 앞에 다다랐다. 덩치가 큰 남자였다. 지석은 남자에게 어떻게 된 일인지 물으려 했지만 옆방에서 나온 남자가 손가락을 입에 대고 "쉿-" 하며 저지했다.

"묻고 싶은 게 많은 건 알겠는데 나갈 때까지 입 다물어요."

남자는 조금 전까지 멍청한 노래를 부르던 것과는 전혀 다른 태도로 목소리를 낮게 깔았다. 그는 얇은 클립 두 개를 이용해 전문가처럼 자물쇠를 땄다. 잠긴 문이 열리고 지석은 복도로 나올 수 있었다. 모든 게 갑작스러운 일이라 지석은 방금 남자가 한 경고를 잊어버리고 산더미 같은 질문을 던질 뻔했다. 하지만 그 직후 벌어진 상황은 질문조차 허용하지 않았다. 복도의 불이 일제히 꺼지며 안 그래도 어두웠던 복도가 암흑에 휩싸였다. 위기를 감지한 지석은 본능적으로 상체를 숙이고 주위를 둘러봤다. 고막에 물이 찬 것같이 먹먹해졌고 이명만이 들려왔다.

"저기요, 아저씨? 내 말 들려?"

마치 시간이 멈춘 것처럼 남자는 우두커니 서서 대답이 없었다. 지석은 비상구 표시등으로 눈길을 돌렸다. 그때 초록색 유도등 불빛으로 희미한 사람 형상 하나가 보였다. 옆방 남자가 문을 따고 지석과 함께 탈출을 도모하는 사이 누군가가 이미 복도에 들어와 있었던 것이다. 이곳을 감시하는 경찰관인가 싶었지만 그런 일반적인 느낌이 아니었다. 이유도 없이 소름이 끼쳐 지석은 몸을 더욱 움츠렸다. 비쩍 마르고 날카로운 그림자가 짧은 칼을 손에 쥐고 있었다. 덩치 큰 옆방 남자가 기합을 내지르며 럭비선수처럼 그 그림자에게 달려들었다. 하지만 그림자가 한번 앉았다 일어서며 빠르게 손을 뻗자 옆방 남자는 양다리를 잡으며 무너져내렸고, 그림자는 그의 어깨에 칼을 박은 뒤 질질 끌고 갔다. 순식간의 일이었다. 비록 희미한 형체밖에 안 보였지만 지석은 칼을 든 자가 얼마나 무서운 실력을 지녔는지 알 수 있었다. 열목어가 싸우는 것을 처음 봤을 때처럼 숨 막히는 동작이었다. 남자는 끌려가며 애처로울 정도로 고통스러운 비명을 지르고 있었다. 지석이 진짜 공포를 느낀 것은 그다음 순간이었다. 남자를 제압하는 데 성공한 그림자가 이제 지석을 노려보고 있었다. 어둠 속에서 그림자의 두 안광이 지석을 겨냥했고 곧이어 달려드는 게 보였다. 몸이 굳어버린 지석은 대응할 방법이 떠오르지 않았다. 그때 갑자기 모든 게 뿌옇게 흐려졌다.

지석은 안태규의 승합차 안에서 눈을 떴다. 안태규와 배창준, 손지우가 모두 지석을 빤히 보고 있었다.

"지석 씨, 괜찮아요? 연결을 끊었는데 한참을 못 깨어나서 걱정했어요. 위험하니까 여기까지만 합시다."

지석은 접속기를 머리에서 벗고 일어나 안태규의 멱살을 잡았다.

"이게 끝이라고? 다시 들여보내 줘! 희진이! 희진이가 사라졌어!"

"사라졌다고요? 무슨 일인지 설명해주세요."

"당신 부모가 사라진 것처럼 그렇게 사라졌다고요. 희진이가 살던 집까지 다 사라져버렸어. 1105호가 건물 안에 없었다고."

"아, 알겠어요, 지석 씨. 하지만 일단 오늘은 여기서 멈추겠습니다. 꼬리가 길면 잡혀요."

"집어치워요. 나 다시 들어갈 테니까."

지석이 막무가내로 다시 접속기를 쓰려 하자 안태규는 단호하게 지석의 손을 뿌리쳤다. 금테 안경 너머의 눈이 지석을 매섭게 노려봤다. 지금까지와는 전혀 다른 태도였다.

"우리 다 위험해지면 책임질 겁니까?"

지석은 할 말이 없었다. 운전석의 전자시계를 보니 그들이 사후세계 침투를 시작한 지 벌써 한 시간이나 지나 있었다. 배창준이 지석을 진정시키려 했다.

"희진 씨가 진짜 사라진 건지는 아직 몰라. 서버가 불안정해서 더 들어갈 수도 없고. 이 형씨가 조사해 주겠다니까 흥분하지 말고 오늘은 이만 가자."

안태규는 다급히 장비들을 가방에 챙겼다. 손지우는 흥미를 잃었다는 듯 먼저 일어나려 했다.

"대단한 의뢰인 줄 알았는데 좆도 없네. 잔금은 계좌로 보내요."

손지우가 드르륵-, 하고 승합차 문을 연 순간, 지석 일행은 일제히 얼어붙었다. 승합차 문 바로 앞에 파킹봇이 정면으로 서서 안쪽을 빤히 보고 있었다.

"등록된 주차 시간을 초과했습니다. 추가 등록을 해주세요! 추가 등록을 해주세요!"

파킹봇의 둥그런 머리 한가운데 박힌 CCTV 카메라가 일행을 정면으로 찍고 있었다. 안태규가 장비 가방을 뒤로 숨기며 황급히 나섰다.

"괘, 괜찮아요. 주차 때문에 그래요."

안태규는 차에서 내리며 자신의 사원증을 파킹봇에게 내밀었고, 승합차 문이 닫혔다. 지석 일행은 안태규가 파킹봇을 보낸 다음에야 나올 수 있었다.

9

코드북

지석 일행이 잠시간의 저승 견학을 끝내고 돌아온 지도 한참이 지난 시점이었다. 금방 연락을 준다던 안태규에게선 어째서인지 전화 한 통 없었다. 지석은 혼자 애만 태우며 시간을 허무하게 보냈다. 사라진 희진은 어디로 간 것인지, 지하 유치장에서 만난 그림자는 누구인지, 머릿속이 온통 엉망이었고 일도 손에 잡히지 않았다. 대낮에 하는 수리 기사 일도, 야간에 하는 체커 일도 모두 방치하고 있었다. 정확히 2주째 되는 월요일에야 안태규에게서 연락이 왔다. 안태규의 말소리는 깊은 한숨에 섞여서 들려왔다. 지석의 안 좋은 예감이 딱 들어맞아 버린 것이다.

"꼬리가 길어서 잡힌 것 같아요. 당신 탓도 아니고 제 탓도 아니죠. 시스템이 너무 철저했을 뿐입니다."

"그게 무슨 소리예요?"

"제가… 갑자기 좌천당했습니다. 제 전공도 아닌 생체 뉴런 관리 부서로 옮겨졌어요. 의심스러운 행동을 감지한 거죠. 그래도 전부 발각되진 않은 것 같아요. 더 큰일 나지 않은 게 다행입니다. 도지석 씨, 그동안의 일 죽을 때까지 비밀로 해줄 수 있어요?"

"이봐요, 여기서 그만두겠다는 거예요? 내가 확실한 정황을 잡았다니까요?"

"도지석 씨, 전 이제 힘들어요. 본사에서도 절 집중 감시하고 있을 거예요. 저는 이 일에서 손 떼겠습니다. 그러니까 도지석 씨, 우리 했던 일은 전부 비밀로 해주세요."

"얘기할 데도 없거든요?"

"좋습니다. 저희 다시 볼 일 없을 겁니다."

지석은 힘이 빠져서 전화를 끊었다. 더 따질 수도 있었지만 안태규라는 남자에게 신뢰가 사라져버렸기에 단념했다. 처음에는 지옥까지라도 함께 갈 것처럼 대범하게 제안하더니 자기 목이 위험해지니 다급하게 발을 뺐다. 지석이 상대했던 큰 조직의 일원들은 늘 이런 식이었다. 처음부터 안태규의 전략은 허술했다. 연습이나 시험 작동을 해볼 틈도 없이 번갯불에 콩 구워 먹듯 뉴랜드에 억지로 들어간 데다가 얄팍한 전략들은 모두 실패했다. 체커의 능력은 사후세계에서 통하지도 않았고, 열목어를 비싼 돈 주고 섭외한 의미도 없었다.

안태규의 전화를 받은 날, 지석은 2주 만에 심부름센터 사무실로 출근했다. 대낮에 들렀는데도 배창준은 여전히 사무실에 있었다. 이상할 것도 없는 게, 배창준에겐 집이 없었다. 이곳에서 숙식을 모두 해결하는 처지였다. 지석은 잠이 덜 깬 배창준에게 안태규와의 통화 내용을 전달했다. 이야기를 모두 듣고도 배창준은 대수롭지 않다는 듯 말했다.

"그 빡빡머리 자식 그럴 줄 알았다. 이래서 엘리트들은 믿고 일할 수가 없어. 그냥 돈벌이 한 건 했다 치고 우린 다른 일이나 하자."

"넌 아무렇지도 않아? 희진이가 없어진 걸 내 눈으로 직접 봤다니까?"

"착각이겠지."

"착각 아니라고!"

"그날 오류 계속 났잖아. 서버 에러 때문에 있던 게 없어지고 없던 게 막 생기고 그러는 거 처음 봤어? 그리고 안태규도 발 뺐는데 뭘 더 어떻게 해?"

배창준은 의심하기 시작하면 괴롭기만 할 뿐이라는 것을 본능적으로 알고 있는 눈치였다. 지석은 착각일 뿐이라고 적당히 타협한다면 남은 인생을 걱정 없이 살 수 있지 않을까 잠시 생각했다.

"자자, 우리 사장님 기분도 안 좋아 보이는데 음악 좀 바꿔볼까?"

배창준은 스피커 소리를 키우더니 음악 채널을 바꿨다. 배창준의 모니터에서는 촌스러운 뮤직비디오와 함께 옛날 음악들이 나오기 시작했다. 추억팔이로 복고풍 노래를 틀어주고 있는 채널이었다.

"월요일부터 금요일까지 널 기다려-. 금요일부터 다시 월요일까지 널 기다려-."

"와, 이 노래 진짜 오랜만이네. 세틴걸즈 유일한 히트곡 아냐. 유후-. 기다려-."

흘러나오고 있는 곡은 지석이 사후세계 유치장에서 들었던 그 노래였다. 지석은 옆방 남자가 음치 같은 목소리로 질리도록 반복하던 리듬이 퍼뜩 생각났다.

"금요일부터 다시 월요일까지 널 기다려-. 내 번호를 기억해줄래? 연락해줘. 0101-7140-0135."

지석은 듣고 있자니 이상한 기분이 들어 배창준의 모니터를 다시 봤다. 발랄한 색색의 트레이닝복을 입은 10대 여자아이들이 아크로바틱한 춤을 추고 있었다.

"야, 왜 번호가 달라? 0101-7140…. 저거 맞아?"

"번호가 뭐가 다르단 거야? 이게 원곡인데."

어떤 직감이 지석의 온몸을 관통했다. 유치장에서 들었던 노래는 분명히 달랐다. 아니, 노래는 같았지만 번호가 나오는 부분을 의도적으로 개사해서 부른 거였다. 지석은 재빨리 아무 필기구나 집어 들고 빈 책상 위에 그 번호를 생각나는 대로 적기 시작했다. '8327-6565-1957.' 유치장 옆방 남자가 지독한 음치였기 때문에 노랫말은 더 선명하게 각인되어 있었다.

"이건 암호야. 그 사람이 나한테 뭔가 알려주려고 한 거야!"

"도 사장, 아까부터 뭔 소리야?"

"근데 이 숫자는 뭐지? 8327 6565? 전화번호 같은 건가?"

뮤직비디오 화면 속 걸그룹은 핸드폰을 들고 포즈를 취하고 있었다. 그때 지석의 머릿속에 떠오르는 것이 있었다. 광고 영상.

"창준아, 이 노래 광고에 나왔었지? 어? 세턴걸즈가 찍은 광고가 뭐였지?"

"아… 그거잖아. 잠깐 유행했다 망한 핸드폰. 아, 스냅손 핸드폰! 얘네 그 광고 하나 찍고 은퇴했어!"

대체현실 기능이 삽입된 핸드폰들이 연일 고가를 갱신하고 있을 때 북유럽의 스냅손사는 저가 모델 핸드폰을 출시하며 시장의 빈틈을 노렸다. 스냅손 핸드폰의 특징은 번호 자판으로 글자를 입력한다는 점이었다. 지석은 모든 게 하나로 연결되는 느낌이 들었다. 그는 재빨리 인터넷을 검색해 단종된 스냅손 핸드폰의 입력 자판을 찾았다. 그리고 옆방 남자가 개사해 불렀던 그 번호를 자판에 대입해봤다. '8327-6565-1957.' 그 숫자키에 해당하는 한글을 조합하니 '선포로5길 7'이었다. 명백한 암호였다. 유치장 옆방 남자는 노래를 통해 이 주소를 알려주려 했던 것이다.

"이거 코드북 암호야. 숫자랑 단어를 매치해서 암호를 만든 건데, 그 사람이 나한테 주소를 알려준 거라고. 선포로5길 7, 서울 주소잖아."

"누가 너한테 뭘 알려줘?"

"뉴랜드 연결이 끊기기 직전에 유치장에 끌려갔었어. 옆방 남자가 이 노래를 부르면서 나한테 신호를 보냈어. 그 사람, 내가 그쪽 세계 사람이 아닌 걸 알더라고."

"뭐? 믿을 수 있는 거야? 그리고 뉴랜드에 다시 들어갈 수도 없는데 그런 주소는 알아서 뭐 하게?"

배창준의 말은 구구절절이 옳았다. 실마리를 잡았다 해도 그게 의미가 있긴 할까. 하지만 지석은 두근거리는 심장을 주체할 수가 없었다. 가만히 앉아 있을 수가 없었다. 여기서 뭔가를 하지 않는다면 사후세계에서 겨우 가져온 이 작은 불씨마저 꺼져버릴 것이 분명했다. 지석의 다리가 달달 떨렸고 손가락이 제멋대로 책상을 두드렸다.

"나 오후에 자리 비운다."

지석은 전기 바이크에 시동을 걸고 자동 운행 장치 모니터에 '선포로5길 7'이라는 주소를 입력했다. 바이크는 구시가지의 허름한 골목길로 지석을 데려다줬다. 지석이 태어나기 전부터 쭉 불경기라고 했던 인쇄소 골목의 구석이었다. 지석은 셔터가 내려와 있는 가게 앞에 섰다. 간판에는 '진심 인쇄 공업소'라고 적혀 있었다. 사후세계에서 암호로 전달받은 주소지는 여기가 분명했다. 지석이 셔터를 열려고 끙끙대고 있는 사이, 옆 인쇄소 직원으로 보이는 남자가 밖으로 나와 의아하게 쳐다봤다.

"거기 사람 없어요, 지금. 왜 찾아왔어요?"

어두운 피부색에 부리부리한 눈으로 봐서 외국인 노동자로 보이는 남자가 능숙한 한국말로 지석에게 말을 걸었다.

"저… 여기 사장님 좀 뵈러 왔는데요."

"사장님 없어요. 거기 사장 죽었어요, 작년에."

"저… 그럼 잠깐 들어가 보면 안 될까요? 제가 물건 맡긴 게 있어서요."

"그러세요. 내 가게도 아닌데 뭐."

남자는 지석을 도와 셔터문을 열어줬다. 안쪽에는 의자 몇 개와 낡은 윤전기 하나를 제외하고는 물건도 거의 없었다. 유치장 옆방 남자가 왜 이 주소를 노래로 만들어서 알려준 건지 알 수 없었다.

"저기 있네요. 아저씨가 맡긴 물건 아냐?"

외국인 노동자가 가리킨 곳을 보니 인쇄기 아래에 쌓인 인쇄물 뭉치가 보였다. 이 인쇄소의 마지막 업무였던 것 같았다. 지석은 인쇄물 하나를 빼서 불빛에 비춰 봤다.

'사후세계 뉴랜드의 정보 공개를 위한 시민 서명.'

꽤 충격적인 내용의 인쇄물이었다. 인쇄물에는 A.L 컴퍼니의 분리 정책이 근본적으로 위헌이며, 뉴랜드에 사는 이들의 정보를 유가족에게 투명하게 공개해야 한다는 촉구 내용이 적혀 있었다. 지석은 이런 서명 운동이 전개되었다는 얘기는 전해 들은 적도 없었고, 언론사 보도를 통해서도 접한 적이 없었다. 아마도 뉴랜드에 대한 것을 공론화하려는 계획이 있었으나 중간에 물거품이 된 것 같았다. 미취학 아동들도 네트워크로 의견 교환을 하는 시대에 종이 전단이라니. 지석은 헛웃음이 나왔다. 하지만 이들이 정말로 비밀스러운 조직이라 추적을 피하려 원시적인 기법을 썼다면 말이 안 되는 것도 아니었다. 뉴랜드에서 풀리기 시작한 작은 실밥이 끊어지지 않고 질기게도 이어지는 느낌이었다. 조금만 더 당기면 사후세계의 비밀스러운 옷을 벗겨낼 수도 있을 것 같다는 생각이 들었다. 지석은 인쇄물 뭉치 옆에 붙어 있는 낡은 포스트잇을 봤다. 거기에는 번호와 함께 '정성훈'이라는 의뢰인의 이름이 적혀 있었다. 지석은 핸드폰을 열어 의뢰인의 번호를 저장하려 했다. 번호를 누른 지석은 깜짝 놀라고 말았다. '오성학 교수'라는 이름으로 이미 지석의 핸드폰에 저장된 번호였던 것이다.

"아저씨, 물건 찾았으면 문 닫고 나가요."

지석은 인쇄물 몇 장을 챙긴 뒤 외국인 노동자와 함께 인쇄소 밖으로 나왔다. 셔터를 다시 내리고 바이크에 올라탈 때까지 지석은 머리를 망치로 맞은 것처럼 얼얼한 느낌이 들었다. 오성학이라는 이름 때문이었다.

기억하기 싫은 옛날 일이 떠올랐다. 오성학은 지석이 대학교 학점을 망치는 데 큰 원인을 제공한 전공 교수의 이름이었다. 성적을 고치려 이의제기라도 하려던 찰나에 오성학은 국제적인 연구에 참여한다고 떠벌려대며 학교를 떠나버렸다. 어렵게 핸드폰 번호를 알아내 전화까지 걸어봤지만 소용없었다. 그가 참여한다던 연구의 이름은 '인공 사후세계 프로젝트'였다.

10

교수 오성학

지석과 희진이 대학에 입학했을 때 선택한 과는 '스마트 컴퓨팅 사이언스 단과대학' 소속 'VR 프로그래밍 학과'였다. 다음 해에 그 학과는 '대체현실 엔지니어링 시스템 공학과'로 독립해서 나왔다가 그다음 해에는 '서브스티튜셔널 리얼리티 앤드 스마트 엔지니어링 공학대학'으로 개편되며 'SR 프로그래밍 전공'과 'SR 컨트롤 전공'으로 나뉘었다. 지석이 졸업하던 해에는 더욱 복잡한 이름의 세부 전공이 다섯 개나 더 생겼다. 대체현실 기술의 빠른 변화와 함께 학과도 파도타기를 하듯 변해간 것이다. 전공 이름처럼 학생들은 공부를 하면 할수록 미궁으로 빠졌는데 학생이나 교수들이나 사정은 비슷했다. 졸업할 때쯤엔 전공 이름을 제대로 기억하는 학생을 찾아보기가 힘들었다. 지석에겐 여러 방면에서 혼란스러운 대학 생활이었고, 오성학 교수는 그중에서도 학생들을 가장 혼란스럽게 만드는 사람이었다. 오성학 교수의 1학년 전공필수 수업 이름은 'SR 프로그래밍 비선형설계언어에 대한 수리적 분석'이었다. 과목 이름을 아직도 기억하고 있는 이유는 시험지에 과목명을 틀리게 적으면 0점 처리한다는 교수의 악취미적인 채점방식 때문이었다. 모든 학생이 그를 싫어했으나 학교를 떠난 뒤 오성학은 그야말로 승승장구했다. 인공 사후세계 기술의 초기 연구자 중 유일한 한국인으로 주목받으며 연일 언론에 오르내렸고, 우리나라에 세계 최초로 사후세계 제도를 도입한 일등 공신으로 불렸다. 오성학은 뉴랜드 서울의 책임 개발자로 추대되었지만 무슨 연유였는지 개발 도중 자진 하차했다고 전해졌다. 그 이후로 오성학은 두문분출하며 사람들의 기억에서 잊혀갔다.

요약하자면 지석에게 오성학이란 너무 높은 곳으로 가버려 한때 스승이었던 것조차 잊어버린 존재였다. 난해한 운명의 힘이 다시 지석의 머리채를 잡고 ㄱ 교수에게 끌고 가기 시작했다. 사후세계에서 들은 암호가 인쇄소를 가리켰고, 인쇄소에서 찾아낸 전단 속 연락처가 오성학을 가리켰다. 오성학이 사후세계 프로젝트에 참여한 인물이라는 사실이 이 화살표의 방향이 틀리지 않았다는 믿음을 가지게 했다. 지석이 분명히 알 수는 없지만 뭔가가 일어나고 있었다. 뉴랜드라는 굳건한 기둥에 균열을 일으키는 방향으로.

심부름센터 사무실에 돌아오자마자 지석은 오성학 교수의 번호로 전화를 걸었다. 다행히 통화는 금방 연결되었다.

"7년 전 교수님 강의 들었던 학생입니다. 지금은 SR 출장 수리 기사로 근무 중이고요. 업무 관련해서 여쭤보고 싶은 게 있는데 혹시 찾아뵈어도 될까요?"

오성학이 전화를 받자마자 지석은 준비한 문장을 읊었다. 다짜고짜 업무 때문에 찾아간다고 하는 게 궁색하게 느껴졌지만 딱히 다른 명분을 만들기도 힘들었다.

"내 수업을 들었다고? 이름이 뭔가?"

"아, 제 이름이요? 도지석입니다."

"그래."

통화는 그걸로 끝이었다. 오성학은 지석의 이름을 듣더니 "그래"라고 짧게 답했을 뿐이었다. 지석은 신호가 끊겼나 싶어 다시 통화를 시도했지만 그 뒤로 오성학은 전화를 받지 않았다. 도대체 의도 파악이 안 되는 통화였다. 도지석이라는 학생을 기억했으니 조만간 방문하라는 뜻인지, 아니면 용건 없으니 연락하지 말라는 뜻인지.

"난 그만하는 걸 추천해. 인생 순탄하게 가려면 절대 건드리면 안 되는 말이 세 개 있어. 결사반대, 수사 촉구, 진상 규명. 그 교수는 셋 다 존나게 건드리는 사람 같아."

지석이 가져온 인쇄물을 훑어보던 배창준은 또 지석을 만류했다. 자신을 단념시키고 빨리 본업으로 복귀하게 하려는 마음은 지석도 알았지만 자꾸 들으니 왠지 부아가 치밀었다. 지석은 정색하는 표정으로 입을 다물었고 한참 떠들던 배창준도 민망해졌는지 말을 멈췄다. 그 뒤 몇 시간 동안 둘은 아무 말이 없었다. 사무실에는 신경질적으로 키보드를 두들기는 소리만 가득했다. 어색한 냉기 속에서 허기가 찾아올 때쯤 지석의 핸드폰에 메시지 하나가 도착했다. 오성학이 보낸 약도였다.

'여기서 봅시다. 내일 3시.'

지석은 놀라웠다. 용건도 더 듣지 않고 다짜고짜 만나자고 제안한 것도 놀라웠고, 이 메시지를 보내는데 3시간이 넘게 걸렸다는 것도 놀라웠다. 기억도 별로 안 좋은 은사를 갑자기 만나는 일이 즐겁거나 기대되진 않았다. 다만 지석은 미로 속에 들어온 햄스터처럼 코를 벌름대며 다음 출구를 향해 나아갈 뿐이었다.

오성학이 찍어준 주소는 서울에서 정확히 117킬로미터 떨어져 있는 한적한 동네였다. 촌스러운 카페라도 있겠거니 상상했던 것과는 달리 낡은 단독주택이 하나 나왔고, 오성학은 문 앞에서 지석을 맞았다. 지석은 그의 큰 덩치와 강인한 사각턱을 알아볼 수 있었다. 5년 동안 오성학은 하나도 늙지 않고 더 팽팽해져 있었다.

"도지석 군 맞지? 들어갑시다."

이제는 학생도 아닌 20대 중반의 남자에게 오성학은 '군'이라는 호칭을 붙였다. 지석이 그를 따라 정글 같은 마당을 지나서 집 안으로 들어가 보니 집은 오성학 대신 세월을 다 맞아버린 것처럼 허름하고 먼지가 쌓여 있었다. 거미에게 월세로 빌려준 집이라고 설명해도 믿을 정도였다.

"내 부모님이 살던 곳인데, 팔리지도 않고 월세도 안 나가서 이래. 감안하고 아무 데나 앉게."

지석이 시대극 세트장 같은 거실에 놓인 다 찢어진 가죽 소파에 엉덩이를 걸치자 하얀 먼지 안개가 올라왔다. 오성학은 보리차 한잔 내오지 않고 맞은편 소파에 털썩 앉으며 더 많은 먼지를 일으켰다.

"대학 때 교수님 수업 잘 들었습니다. 저도 전공 살려서 일하고 있고요. 소식은 많이 들었습니다. 워낙 유명인이셨으니까요."

"그래서 본론이 뭔가?"

"그러니까… 이건 개인적으로 좀 궁금한 건데요. A.L 컴퍼니에서 갑자기 나오신 이유가 뭐였습니까? 혹시 회사랑 마찰이 있었다거나…."

"건강 때문에 퇴직했네. 그래서 진짜 본론이 뭔가?"

조심스럽게 오성학을 파악해보려 했던 지석의 시도들이 빗나갔다. 지석은 입술이 메말라가는 것을 느꼈다. 상대의 패를 보기 위해 자신의 패를 먼저 보여야 할 때였다.

"솔직히 일 때문에 의논할 건 없고요, 저 사후세계에 다녀왔습니다."

"그래."

"해킹해서 들어갔는데 뭔가 이상하더라고요. 사람들이 흔적도 없이 사라졌고."

"그래."

"교수님, 저 대학생 때는 사후세계 프로젝트 설계 총괄자로 들어가시더니 몇 년 전에는 A.L 컴퍼니에 정보 공개 운동을 하셨더라고요. 그래서 혹시 우리 편인가 하고 찾아왔습니다. 저, 사후세계가 좀 의심스럽거든요."

"그래."

지석은 본론을 세 마디로 압축해서 전달했는데 오성학은 반응이 없었다. 잠시 침묵만이 흘렀다. 지석은 차라리 아무 말이나 꺼내 화제를 돌리고 싶었다.

"아니면 그냥 가겠습니다. 다 거짓말이니까 잊어버리세요."

"자네 내 수업 D 받았던 학생이지?"

"그, 그걸 어떻게?"

"그 성적 내가 직접 줬으니까 기억하지."

지석을 향해 있던 오성학의 시선이 어딘가로 옮겨가듯 살짝 흔들렸다. 그게 뭘 의미하는지 지석은 미처 알아차리지 못했다. 갑자기 지석의 귀에 훅, 하고 바람 소리가 들리더니, 검은 끈이 얼굴 앞으로 휙 지나가는 것이 보였다. 숨이 막혀왔다. 모든 게 순식간이었다. 누군가 뒤에서 지석의 목을 조르고 있는 것이었다. 지석은 소파 옆쪽 바닥으로 떨어져 신음했다. 엄청난 힘으로 목을 조여오는 끈을 풀기 위해 자연스럽게 지석의 양손이 올라갔고, 오성학은 그 손에 수갑을 채웠다. 지석의 손목에 차가운 금속 감촉이 느껴지자 목을 조르던 끈이 풀렸다. 눈물, 콧물을 쏟으며 버둥대는 사이 뒤쪽에 서 있던 남자가 지석의 발목을 묶고 몸뚱이를 번쩍 들어 다시 소파에 앉혔다. 단 몇 초 만에 지석은 묶인 번데기 신세가 되어버렸다. 지석을 습격한 남자는 덩치가 오성학보다도 컸는데, 까만 트레이닝복에 까만 두건과 스키 마스크를 쓰고 있어 지석의 눈엔 그냥 검은 덩어리로만 보였다. 이 거대한 덩어리가 어떻게 인기척도 없이 등 뒤로 접근했는지 지석은 알 수 없었다. 어쨌든 이 상황에서 저항이 불가능한 건 자명해 보였다.

사지가 포박당한 채로 오성학을 보니 새삼 달라 보였다. 그는 단순히 젊어 보이는 노인이 아니었다. 지하에서 위험한 일을 벌이는 반군조직의 수장으로 손색이 없는 눈빛과 덩치를 가진 남자였다.

'어쩐지 만남이 너무 쉽게 성사되더라니.'

지석은 겨우 수업 몇 번 들어봤다고 이자를 의심하지 않은 것을 자책했다.

"뭐, 뭐 하는 거야! 당신들 뭐야?"

오성학은 대답 없이 핸드폰을 꺼내 뭔가를 한참 들여다보더니 지석쪽으로 상체를 바짝 기울였다.

"도청기나 위치 추적기는 없는 모양이네."

"추적기라니?"

"자네 엉덩이 밑에 세 종류의 탐지 장치와 스캐너가 깔려 있어."

오성학은 자신의 핸드폰 화면을 지석에게 보여줬다. 화면에는 흉측한 해골이 뭔가를 주렁주렁 달고 있는 모습이 보였다. 바로 피부와 살을 생략한 지석의 몸이었다. 주머니 속의 핸드폰과 바이크 열쇠, 쓸개를 떼어낸 자리에 붙어 있는 담즙 생성 장치까지 선명히 보였다.

"어려서 담석이 있었나 보네. 저 자리에 도청 장치를 붙이진 않았겠지."

"빨리 이거나 풀어, 이 돼지 같은 노친네야."

말이 끝나는 것과 동시에 등 뒤에 서 있던 검은 덩치의 손이 지석의 어깨를 눌렀고 오성학은 자신의 얼굴을 지석의 얼굴 앞에 바짝 갖다 댔다. 지석은 척추가 오그라드는 것 같은 느낌이었다.

"도지석 군, 절차란 게 있어. 절차가 싫으면 여기서 자살한 걸로 처리해줄까?"

지석은 더는 말을 할 수가 없었다. 말을 해도 안 통할 게 뻔했다. 오성학은 갑자기 상의 안주머니에서 펜을 꺼냈다. 저걸로 고문이라도 하려는 것인가 하는 찰나 오성학은 펜촉 끝을 지석의 목에다 찔렀다. 아픈 것도 잠시, 지석은 온몸이 나른해지고 눈앞이 흐려지는 것이 느껴졌다. 그리고 갑자기 심문이 시작됐다.

"여기 오는 걸 누구한테 말했나?"

"안 했어요… 말…"

"사후세계에 진짜 들어갔었나? 언제, 누구랑?"

"2주 전에… 안태규랑. A.L 컴퍼니 남부 서버 센터… 서버 관리팀. 배창준이랑… 열목어랑."

"열목어?"

"게임 체커요…. 두 번 만났어…"

"거기엔 무슨 일로 들어간 건가?"

"안태규가… 찾아달랬어…. 가족…. 체커 사무실로 직접."

무슨 약물을 주사한 건지 지석은 오성학이 묻는 말에 대답이 술술 나왔다. 거짓말을 하고 싶어도 할 수가 없었다. 자기가 잠꼬대하는 모습을 보는 기분이었다.

"위험한 놈은 아닌가 본데. 뉴랜드는 어떻던가?"

"몰라요…. 이상했어요…. 내 여자친구 집에 딴 놈이 살았다…. 그리고 철창에 갇혔어…."

"철창?"

"월요일부터 금요일까지 널 기다려-. 금요일부터 다시 월요일까지 널 기다려-."

"이 멍청한 노래는 뭐야?"

지석은 히죽히죽 웃음이 나왔다. 오성학의 잔인해 보이는 사각턱에 더욱 힘이 들어가는 게 느껴졌다.

"도지석 군, 인공 사후세계에 들어가는 게 소멸보다 나은 선택이라고 생각해?"

오성학은 지석이 깊이 생각해본 적 없는 질문을 던졌다. 오성학의 입술이 떨렸고, 마른침을 삼키느라 목젖이 한 번 오르내렸다. 이제 막 이야기가 시작될 분위기였다.

11

뉴랜드 최초의 인간

"처음으로 사후세계에 들어갔던 게 누군지 알고 있나?"

오성학은 말을 이어갔다. 지석도 아는 대로 대답이 나왔다.

"무슨… 그… 암스트롱. 암스트롱."

"그렇게 알고 있겠지. 틀렸어. 최초로 들어간 건 이토 신지였어."

지석이 알기로 용감하게 사후세계에 첫발을 내디딘 사람은 암스트롱이라는 영국인이었다. 달에 최초로 착륙한 사람과 우연히도 성이 같아 화제가 되기도 했었다.

"대중에게는 공개를 안 하고 있어서 몰랐겠지. 워낙 끔찍한 사건이었으니까. 난 연구원으로 가서 직접 목격했어. 암스트롱보다 더 초기 단계에 자원해서 모델 서버로 들어간 사람이 있었단 말이야. 스위스 연구팀원 중 하나였고 난치병에 걸린 상태였어."

"몰라요. 그런 말을 왜 하는데…"

"병이 있었어도 정신적으론 연구실에서 제일 건강했던 사람이었어. 평생 불면증에도 한 번 시달린 적 없을 정도로. 그런 사람이 몸을 버리고 그 세계에 들어가서 어떻게 된 줄 알아? 완전히 돌아버렸어. 단 3일 만에. 겪어본 적도 없는 폐소공포증을 호소하더니 같은 방을 빙빙 돌아다니고 쉴 새 없이 제자리에서 점프했어. 한 달을 채 못 버티고 자길 죽여달라고 울면서 빌었다고. 이미 죽은 사람이 말이야."

"그게 뭐… 뭐가 어쨌다고."

"결국 커넥팅을 끊어버리고 영원히 잠들게 해줬어. 그 서버에 있는 건 이미 이토 신지가 아니었어. 그때보다 기술이 나아져서 교묘히 가리고 있다고 해도 본질은 변하지 않아."

오성학은 검지를 들어 지석의 이마를 툭툭 짚었다. 오성학이 목에 주사한 약 때문인지 점점 몽롱해져 갔다. 지석은 의식이 희미해지는 와중에도 그 손짓이 불쾌했다.

"이 두개골 안에 대단한 게 있을 것 같아? 영혼? 자아? 아니야. 지금 네가 몸으로 감각하는 것만이 영혼이고 자아야. 육체가 죽고 기계로 만든 감각에 의존하는 게 얼마나 취약한 상태인지 사람들은 몰라. 그러니까 내 말은, 뉴랜드가 천국일 리 없다는 거야. 거기에 가족이 있으면 보험료 대납 그만하고 차라리 쉽게 해줘."

오성학은 소파에서 몸을 일으켜 지석을 내려다봤다. 그가 할 말은 다 끝난 것 같았다. 지석은 오성학이 가버리기 전에 마지막 힘을 짜내 입을 열었다. 여기까지 풀어낸 실마리를 놓치고 싶지 않았다.

"인쇄소에서 봤어…. 당신 서명운동. 나… 포기 안 할 거야…. 언론사에 제보한다…. 다 까발릴 거야…"

지석은 그대로 고개를 소파에 파묻고는 기절했다.

얼마나 시간이 지났을까. 지석이 눈을 떴을 때 이미 해는 넘어가고 집 안은 흉가처럼 어둡기만 했다. 묶여 있던 팔과 발목은 이제 자유로웠고, 오성학과 덩치 큰 괴한은 자취를 감춘 후였다. 대신 그들이 남긴 것으로 보이는 쪽지 하나만이 지석의 눈앞에 떨어져 있을 뿐이었다.

'첫 만남에 거칠게 군 것 사과하네. 자네한테 분명히 전달해야 했어. 사후세계 문제는 여기서 포기하는 게 신상에 좋아.'

지석은 허탈한 기분으로 자리에서 일어섰다. 거절할 거면 말로 할 것이지, 사람을 묶을 필요까진 없지 않냐는 생각이 뒤늦게 들어 화가 치밀었다. 아직 약 기운이 가시지 않아 비틀대는 발걸음으로 현관문 앞까지 갔다. 센서등이 들어왔고, 지석은 손에 들고 있던 쪽지를 무심코 다시 내려다봤다. 발견하지 못했던 문장이 아래 접힌 부분에 적혀 있었다.

'추신: 그래도 고집부리고 더 파보겠다면 혼자 나서서 일 망치지 말고 다시 찾아오게.'

특수 재질로 만들어진 종이는 얼마 지나지 않아 검은색으로 변색하더니 불에 태운 것처럼 우그러졌다. 손을 내리자 지석의 눈에 신발장 바닥이 보였다. 뽀얀 먼지 위에 들어오는 방향의 발자국은 있었지만 나가는 방향의 발자국은 지금 지석이 낸 것 외에는 없었다. 그것은 오성학과 덩치 큰 남자가 아직 이 집에 남아 있다는 뜻이기도 했다. 지석은 발길을 돌려 집을 한 바퀴 둘러봤다. 폐가처럼 위장된 1층 부엌 구석에, 진열장으로 가려져 잘 보이지 않는 계단이 있었다. 발견되길 기다리던 것처럼. 계단은 지석에게 오라고 손짓하는 것 같았다. 더 고민해볼 필요도 없었다. 지석은 천천히 층계를 향해 발길을 옮겼다.

먼지로 뒤덮인 1층과 달리 2층은 생활감이 느껴지는 아늑한 공간이었다. 파티션과 커튼을 걷고 안쪽으로 들어가자 은은한 LED 랜턴 조명 앞에 오성학과 덩치 큰 남자가 있었다. 인기척을 느낀 오성학이 고개를 돌려 지석을 봤다.

"여길 올라왔다는 건 위험한 선택을 했다는 거야. 자신 있나?"

"자신이고 뭐고 이미 담보로 잡힌 인생이에요. 여기서 후퇴할 데도 없어요. 영감님이 누구랑 어떻게 싸우고 있든 나도 끼워줘요."

"자네는 생각보다 더 고집불통이군. 여기 앉게."

지석은 오성학의 옆에 다가가 앉았다. 마침 간이의자 하나가 주인을 기다리듯 비어 있었다. 오성학에게는 더 이상 적대적인 태도가 느껴지지 않았다. 자신과 같은 길을 걷겠다는 자에 대해 연민과 냉소가 섞여 있는 말투였다.

"이미 알겠지만 내가 뉴랜드 정보 공개 청구 운동을 했던 건 맞아. 씨알도 안 먹혔지. 보라고. 지금 그걸 알고 있는 사람이 있나."

"그럼 왜 했는데요?"

"자네 같은 사람들 때문이었지. 여자친구 보험료까지 대납하고 있는 건가? 얼마나 됐지?"

"죽은 지 1년이요. 완납까지 29년."

"끝까지 책임지겠다니. 용기가 대단하구먼."

"계속할 용기가 있어서 하는 게 아니에요. 그만둘 용기가 없어서 하는 거지. 그만두면 내 손으로 사형 선고를 내리는 거나 다름없으니까."

"그게 이 제도가 끝나지 않는 이유지. 몸은 이미 죽었는데 소멸의 죄책감은 남은 가족 몫이 되지 않나."

지석은 맞은편에 앉은 두건 쓴 괴한을 쳐다봤다. 아까 졸렸던 목이 다시 아파오는 것 같았다. 자기 목을 만지고 있던 지석을 향해 두건이 대뜸 손을 내밀었다.

"미안했어요. 어디서 나온 사람인지 의심돼서…."

지석은 마지못해 두건과 악수했다. 두건은 검은 장갑까지 끼고 있었다.

"내 아들이야."

"아… 아들?"

"저래 봬도 자네보다 한 살 어려. 작년에 졸업했는데 지병 때문에 취직할 곳이 없어. 전신성 교감신경 발작 증후군이라고 원인 모를 통증이 온 피부에 퍼지는 지독한 병이네."

지석은 오성학의 말을 들으며 두건의 몸을 슬쩍 훑어봤다. 긴 바지에 긴소매, 장갑에 두건까지 쓰고 있어 공기 중에 노출된 부위가 거의 없었다.

"은퇴하고 남은 돈으로 아들이랑 같이 사업에도 손대봤는데 결국 뭐가 남았겠나. 이 집 하나야."

"빚은 없다니 저보단 낫네요."

지석은 2층 실내를 찬찬히 둘러봤다. 벽지에는 그림자와 검은 곰팡이 자국들이 한데 섞여 분간이 되지 않았다. 국물이 덕지덕지 눌어붙은 낡은 전자레인지, 그 옆에 널브러진 일회용 식품 용기들. 너무 익숙해서 친근하기까지 한 풍경이었다.

"사후세계에 있어야 할 사람이 실종됐다…. 그 사실을 알고 있는 건 자네랑 동료 두 명, 그리고 서버 관리팀 소속 의뢰인뿐이라고?"

"네, 총 넷이요. 나 빼고 세 사람은 이제 관심도 없는 것 같고."

"비밀 유지해줄 수 있겠나? 나랑 같이 정보 공개 운동을 하는 사람들도 자세한 사정은 몰라. 의심스러운 데가 있다는 정도만 알지."

"난 뉴랜드 주민한테 듣고 인쇄소에 찾아갔던 거예요. 죽은 사람들이랑 연계가 돼 있는 겁니까?"

"그래. 뉴랜드 안쪽에서 몇몇 사람들이 밖으로 암호문을 보내왔어. 사후에 망자가 보내는 단 한 통의 메시지 안에 필사적으로 암호를 섞은 거야. 구조 요청 메시지였지. 그걸 알아본 유가족이 몇 명 있었고. 이 운동은 그렇게 시작된 거야. 내막을 직접 눈으로 보고 온 사람은 이제까지 자네밖에 없는 셈이야. 이 정보는 절대 새어나가지 않게 하게."

"지금 새어나가고 말고가 문제는 아니잖아요. 이제 어떻게 할 건데요?"

"예전부터 비밀리에 준비 중인 프로젝트가 있어. 나도 뉴랜드에 들어가려고 했지. 하지만 지금 함께하는 사람 중에는 뉴랜드 서버에 무단 침투할 용기를 가진 자도 없고 자네 같은 체커도 없어. 마침 시기가 잘 맞았군."

"거길 어떻게 들어가요? 영감님 초기 개발에만 참여하고 이미 은퇴했잖아요."

"자네, 은사한테 교수님이라고도 못 하나?"

"그건 내 목 조르기 전에나 가능했고. 관뒀잖아요, 교수."

오성학은 잠시 핸드폰을 만지작대더니 지석에게 내밀었다. 핸드폰 화면에는 '뉴랜드 서버 보안 점검 외부 입찰 공고'라는 문서가 떠 있었다. A.L 컴퍼니 한국 지사 홈페이지에 공지된 내용이었다.

"외부 보안 점검팀으로 위장해서 들어가면 며칠간은 감시 안 받고 뉴랜드에 접속할 수 있어. 이중, 삼중으로 된 방화벽도 그때만은 해제해놓을 수 있고 말이야. 점검을 빙자해서 정문으로 당당하게 들어가는 거지. 다행히 우리나라엔 전관예우라는 게 아직 있으니 초기 개발자인 내 회사라면 업체 선정은 문제없네."

"옛날 동료들이 아직 근무하나 보죠? 그거 범죄 아닙니까?"

"내가 쌓아둔 인맥을 활용하는 게 뭐가 잘못인가? 남들만큼 노력하지도 않고 똑같은 걸 바라는 게 범죄지. 난 떳떳하네."

지석은 몇 마디 더 쏘아주려다가 입을 다물었다. 적당히 부패해 오히려 꽤 설득력 있는 계획처럼 들렸기 때문이다.

"그렇게 끗발 있는 양반이 왜 이런 일에 앞장서고 있는데요?"

"복수심일세. 지금 뉴랜드를 운영하는 자들이 얼마나 멍청한지 사람들은 몰라. 입바른 소리 하는 사람하고 일하느니 말 잘 듣는 벼룩을 데려다가 앉힐 놈들이지."

"본인 말 안 들은 데 대한 복수다. 명쾌해서 좋네요. 그럼 하기 전에 구체적으로 침투 목표가 뭔지만 알려줘요."

"뉴랜드에서 무슨 일이 벌어졌는지 조사하고, 증거를 최대한 모아야지."

"그런 미적지근한 짓은 이제 됐어요! 이번에 들어가면 희진이처럼 사라진 사람들부터 전부 복구시킬 거예요. 이것 관련해서 영감님도 아는 게 있겠죠? 모른다면 난 혼자 움직일 거예요."

"성질 급하긴. 뉴랜드 실종 문제는 짚이는 데가 있어. 하지만 지금 알려줄 수는 없네. 조건이 있어."

"조건?"

"앞으로 일주일간 시간을 줄 테니 전에 뉴랜드에 침투했던 멤버들 그대로 다시 모을 수 있겠나? 그리고 그 사람들 정보를 나한테 알려주게. 미리 준비를 해둬야 하니까."

"그 멤버들을 굳이 왜?"

"혼자서는 불가능한 미션이니까. 자네들 말고 다른 사람들을 또 설득해서 끌어들이기엔 시간도 없고 보안상으로도 위험해."

"A.L 컴퍼니 다닌다는 안태규는 못 믿어요. 이미 손 뗀다고 했고, 자기 불리하면 쏙 빠지는 놈이에요."

지석은 오성학에게 다른 두 사람의 정보를 알려주고 자리에서 일어섰다. 숙제가 생겼지만 마음은 놓였다. 퀴퀴한 2층 다락방을 뒤로한 채 먼지 쌓인 1층 거실을 지나 현관문을 열었다. 고요한 시동 소리와 함께 팟, 하고 라이트 불빛이 들어오며 전기 바이크가 지석을 맞이했다. 나서기 전에 뒤돌아보니, 오성학의 집은 불빛 하나 새어 나오지 않는 흉가의 모습 그대로였다. 전기 바이크 위에서 밤바람을 맞으며 지석은 학창 시절을 생각했다. 오성학 교수의 수업에서 무엇을 배웠는지, 왜 D 학점을 받았던 건지. 전조등에 달라붙는 흙먼지처럼 모든 게 뿌옇게 흐려져 떠오르는 것이 없었다.

12

공범들

"설계자라는 사람이 이제는 A.L 컴퍼니랑 맞서는 쪽에 서 있다고? 믿을 만한 거 맞아?"

지석에게 오성학과 만나고 온 일을 전해 들은 배창준이 투덜거렸다. 둘은 모처럼 한적한 바닷가를 거닐고 있었다. 물론 데이터로 만들어진 가짜 바다였다.

"그러니까 더 믿을 만하지. 설계 단계에서 불화가 있어서 스스로 그만둔 사람이야. 누구보다 그쪽 사정을 잘 아니까 안전하게 들어갈 수 있어."

"근데 넌 내가 뜯어말렸는데 기어코 거기에 갔냐? 괜히 이용만 당할 것 같은데."

"나랑 네 가족 구하려고 하는 일이야. 야, 아무튼 일부터 마무리하자."

멀리 서프보드를 타고 떠내려오는 남자가 보였다. 배창준은 어느새 서핑복을 입은 여자 모습으로 둔갑해 그쪽으로 달려가고 있었다. 방금 서핑을 끝낸 남자는 배창준이 팔짱을 끼며 재촉하자 금세 다시 파도를 타러 갔다. 그들이 놀고 있는 수평선 쪽을 바라보던 지석은 손바닥으로 잠시 시야를 가린 뒤 거대한 바위를 머릿속으로 그렸다. 손을 떼자 남자의 서프보드가 향하는 곳에 난데없이 바위섬이 생겼다. 비명과 함께 뾰족한 서프보드 끝이 바위에 꽂혔고, 그 반동으로 남자가 투석기에서 발사되듯 공중에 붕 떴다. 철퍼덕-. 모래사장에 머리부터 곤두박질친 남자는 홀로그램 잔상을 남기며 사라졌다.

"저런 잘생긴 놈이 생태계를 교란하니까 표적이 되는 거 아냐. 꼴좋다."

혼자 유유히 서프보드를 타고 모래사장에 돌아온 배창준이 피식 웃으며 말했다. 이번 의뢰는 대체현실 데이팅 앱에서 경쟁자를 제거해 달라는 것이었다.

게임에서 로그아웃해 사무실로 돌아온 지석과 배창준은 아까 나누던 대화를 이어갔다. 지석은 미적지근한 태도를 보이는 배창준이 답답했다. 사태의 심각성을 실감하지 못하고 있는 것 같았다.

"너도 죽은 동생 걱정되잖아. 보나 마나 네 동생도 희진이처럼 사라졌을걸."

"걱정이야 되지. 근데 걔가 사라졌다고 네가 어떻게 단정해?"

"너나 나나 의료보험 완납 못 했잖아. A.L 컴퍼니가 보기엔 불가촉천민들이지."

"A.L 컴퍼니가 왜, 뭐 하러 그러는데?"

"사람 없어진 걸 내 눈으로 봤다니까. 너도 사실 불안해하고 있잖아. 어쨌든 우리가 돈이 없으니까 우리 가족도 불이익을 받는 거야. 세상이 그래."

배창준은 입을 다물었다. 내심 공감해서일 것이다. 모니터 빈 화면만 멍하니 보고 있던 배창준이 고개를 끄덕였다.

"나도 동생 안전한지 보고는 싶어. 근데 걸리면 어떻게 되는 건데? 안 걸린다는 보장 있어?"

"걸려도 적당히 덮어줄 거야. 오성학이 보안 업체 입찰 따내는 것 자체가 비리니까. A.L 컴퍼니 임원들이랑 아직도 친해서 수주받은 일이란 말이야. 우리가 걸리면 윗선까지 피 보는 거라고."

"알았어. 과정만 안전하면 난 오케이. 근데…."

"또 뭔데?"

"나는 동생한테 신세 진 것도 많고, 사이 안 좋았어도 걘 내 혈육이니까 들어가 볼 수도 있다 쳐. 근데 너랑 희진 씨는 뭔데? 오래 만났다고 해도 결국 남남이잖아. 희진 씨 때문에 인생 걸 자신 있어?"

배창준이 무심코 내뱉은 말에 당황한 지석은 순간적으로 말문이 막혔다.

"그렇잖아. 부부도 주말부부 되면 이혼한다고 하는데 너랑 희진 씨

128

는 저승부부… 아니 부부도 아니었지. 막말로 애가 있는 것도 아니고 죽은 여자친구 때문에 앞으로 30년을 거지 빚쟁이로 살면서 연애도 못 해볼 거야? 그럼 좋은 시절 다 끝나. 너무 인생 걸고 가다간 너…"

한참 떠들던 배창준은 붉게 상기되어 진땀까지 흘리고 있는 지석의 얼굴을 보자 말을 멈췄다. 과열된 채로 주절대다 보니 마음에만 담아 두려고 했던 말이 튀어나와 버렸다. 사실 배창준이 진짜로 궁금해하던 질문이긴 했다. 냉소적이고 현실적인 지석이 연인을 위해 부양 유령이 된 것을 후회하진 않는지. 잠시 냉랭한 침묵이 흐른 뒤 지석은 숨을 길게 내쉬었다.

"나 아직 희진이랑 안 헤어졌어. 이만 가볼게."

"야, 야, 도 사장. 저녁 안 먹고 가?"

배창준이 지석을 불렀지만 헛수고였다. 지석은 성큼성큼 걸어 사무실을 나가버렸다.

지석은 전기 바이크를 타고 정처 없이 시내를 돌아다녔다. 배창준의 질문으로부터 최대한 멀리 도망치고 싶었다. 생각할수록 답도 안 나오는 문제였다. 이제는 볼 수도 없는 연인의 보험료를 대납해야 하는 삶이 처량하고 원망스러우면서도, 병상에서 영양 음료만 겨우 삼키던 희진을 떠올리면 그런 생각을 했다는 사실에 죄책감이 들었다.

유령 도시 같은 거리에는 언제나 그랬듯이 사람 냄새가 나지 않았다. 구형 가솔린 엔진 바이크였다면 힘껏 스로틀을 당겨 폭주라도 해보겠지만, 정속 주행에 신호까지 딱딱 지키도록 전자동 설계된 전기 바이크로는 턱도 없는 일이었다. 우울한 기분은 주체할 수 없이 더 가라앉고 있었다. 더는 갈 곳도 떠오르지 않아 잠시 바이크를 세우고 쉬던 지석은 내비게이션에 저장된 목적지 리스트를 보다가 '암곡로3길 청년타운'을 발견했다. 지석은 터치스크린을 눌러 그곳을 목적지로 설정했다.

40분 만에 도착한 청년타운은 시내보다 더 스산했다. 인적 없는 거리엔 개 짖는 소리 하나 들리지 않았다. 그러나 집마다 전등은 모두 들어와 있었고, 산더미처럼 쌓인 쓰레기 옆엔 새파란 애들이 삼삼오오 모여 담배를 피우고 있어 음산한 기운마저 감돌았다.

아파트 앞에 바이크를 세운 지석은 일전에 한 번 찾아간 적이 있는 열목어, 손지우의 집을 향해 계단을 올랐다. 4층 비상계단에서 복도 쪽으로 몸을 채 돌리기도 전에 지석은 뭔가에 부딪혀 멈춰 섰다. 앞을 보자 놀랍게도 손지우가 서 있었다. 조명 하나 없는 복도였지만 작은 키에 대충 자른 짧은 머리를 보고 지석은 단번에 알아볼 수 있었다.

"아 씨바, 깜짝이야. 왜 왔어, 여기?"

"너 찾으러 왔다."

"스토커냐? 이 시간에 여길?"

"메일은 확인도 안 하지, 전화번호는 모르지. 어떻게 연락하냐, 그럼."

손지우는 경계심을 조금 거두는 눈치였다. 손지우는 이음매를 테이프로 칭칭 감은 슬리퍼를 신고 있었고, 꾀죄죄한 반팔에 반바지 차림이었다.

"먹을 거 사러 가냐?"

"어, 사줄 거 아니면 비켜."

"사줄게."

지석은 말없이 앞장섰다. 단지 입구에 있는 편의점까지 걸어가는 동안 대화 한 마디 없었다. 직직 슬리퍼 끄는 소리만 지석의 뒤를 따를 뿐이었다. 지석과 손지우는 편의점 앞 찐득찐득한 플라스틱 테이블 위에 김밥과 샌드위치를 올려놓고 마주 앉았다. 손지우는 지석의 얼굴을 제대로 보지도 않고 허겁지겁 포장을 벗겨 빵부터 입에 넣었다. 전자레인지에 데워져 눅눅해진 포장지 냄새가 지석의 코를 찔렀다.

"뭐 한다고 이 시간까지 굶냐?"

"용건이나 말해."

"그래. 솔직히 말할게. 일 제안하러 온 거야. 뉴랜드 한 번 더 들어가자. 수고비는 저번만큼 못 줘. 일은 더 길게 해야 하고."

"그 조건엔 절대 안 해. 그리고 넌 왜 날 끌어들이려는 건데? 너랑 네 친구 둘이서 처리하면 되잖아."

"힘이 필요해서 그래. 지난번에 뉴랜드에 들어갔을 때 유치장에서 사람 하나가 끌려가는 걸 봤어. 체커 같은 실력자가 그쪽 세계에도 있어. 너보다 셀지도 몰라."

"웃기지 마. 뉴랜드엔 체커가 없어. 아무리 설득해도 난 안 해."

손지우의 입에서 지석이 예상한 대답이 나왔다. 지석은 랭크 2의 체커 열목어를 설득할 방법이 돈밖에 없다는 것을 처음부터 알고 있었고, 오성학에게는 그럴 돈이 없다는 것도 알고 있었다.

"너 이 의뢰 안 받으면 불법으로 청탁받는 체커라고 네 아이디 게임 회사에 찌르고 다닐 거야. 만약 그러면 어떻게 할래?"

"넌 쫄보라서 절대 못 해. 그러면 나도 너 뉴랜드 들어갔던 거 신고할 거거든."

"됐어, 그럼. 어차피 가망 없는 거 알았는데 혹시나 해서 와본 거였어."

지석은 테이블에 남은 쓰레기를 주워들고 자리에서 일어났다. 손지우도 말없이 일어났다. 야밤의 설득은 그렇게 소득도 없이 끝났다. 이렇게 될 줄 알고 왔으므로 지석은 차라리 마음 편했다. 손지우의 집 쪽으로 돌아가는 내내 손과 입에 남은 텁텁한 일회용 포장 용기 냄새가 찝찝했다. 지석은 아파트 입구에 주차해놓은 전기 바이크 앞에 서서 손지우를 돌아봤다. 손지우는 담배를 꺼내 물고 불을 붙였다.

"궁금한 게 하나 있는데 그거 물어보고 가도 되냐?"

"뭔데?"

"넌 죽은 가족 걱정 안 돼? 보니까 아빠 보험료 내고 있는 것 같던데."

"왜 그렇게 생각하는데?"

"너희 집에 있는 가족사진에 너랑 아빠밖에 없었어."

"멋대로 넘겨짚네. 머릿속에서 신파 하나 찍었겠네."

"아, 아냐? 열목어는 부양 유령이라 돈이면 사족을 못 쓴다던데."

손지우는 눈을 가늘게 뜨며 피식 웃었다. 지석이 처음 보는 표정이었다.

"아빠는 열 살 넘어서는 연락도 안 했어. 고등학교 졸업할 때쯤 한 번 돌아오더니 할머니 집도 팔아버리고 다시 튀었어. 그런 인간 보험료를 내가 낸다고? 미쳤냐?"

"그럼 번 돈은 어디다 쓰고 이런 데 사는 거야?"

"내 집 샀어."

"집?"

"마당 딸린 단독주택. 애완동물도 종류별로 살고, 남쪽 통창으로 남태평양이 보이고, 북쪽 테라스로 나가면 핀란드 겨울 숲이 보여. 32K로 구현한 거라 여기보다 더 선명해. 난 서른다섯에 은퇴해서 집 사 하나 두고 거기서 살 거야."

"대체현실 얘기였냐? 너 거기에 돈을 다 쓰고 있는 거야?"

"네 처지도 마찬가지잖아. 이승 포기하고 사후세계에만 매달리는 인간 아냐?"

손지우의 무심한 말이 지석의 말문을 막았다. 손지우의 담배가 꽁초만 남긴 채 모두 타들어 가고 있었다. 지석은 바이크에 시동을 걸었다. 손지우는 플라스틱 냄새만 풍기는 청년타운의 어둠 속으로 걸어 들어갔다. 둘 사이에는 작별 인사도 없었다. 이렇게 뉴랜드에 재도전할 멤버가 추려졌다.

다음 날 지석은 자신이 소속된 출장 AS 업체에 한 달짜리 휴직계를 제출했다. 특수 고용 노동자인 지석에게 유급 휴직 같은 고상한 제도가 주어질 리 없었다. 무급으로 쉬는데도 눈치를 보게 하려는 것인지 휴직계는 직접 본사 사무실에 가서 경위서와 함께 제출해야 했다.

회사에서 나온 뒤에는 사무실에 들러 배창준을 바이크에 태우고 성당으로 향했다. 오후 미사가 진행 중이었다. 평소 성당 가자는 말을 귓등으로도 안 들은 지석이었지만 오늘만은 엄마를 직접 보고 말하고 싶어 그곳으로 향했다. 지석과 배창준이 꾸며낸 이야기는 둘이서 사업을 새로 시작하기 위해 지방에 있는 공장에 한 달간 일을 배우러 간다는 것이었는데, 원래 아들 일에 별로 관심도 없는 엄마는 대충 그런가 보다 했다. 실제로 둘은 오성학 교수와 합숙하며 뉴랜드 침투 계획을 준비한 뒤, 정확히 29일 뒤에 뉴랜드 점검 작업에 투입될 예정이었다. 일이 잘못되어 뉴랜드 서버실에 경찰이라도 들이닥치면 즉시 구속될 것이고, 그렇게 되면 이것이 엄마에게 인사를 전할 마지막 기회일지도 몰랐다.

지석과 배창준은 조용히 발소리를 죽여 미사 도중 엄마의 뒷자리에 가서 앉았다. 지석의 엄마는 다리까지 쭉 뻗고선 턱을 괸 채 졸고 있었다. 지석이 엄마를 흔들어 깨웠다.

"엄마, 낮잠 자려고 성당 열심히 다니는 거였어?

"저거 다 아는 얘긴데 뭘 또 들어. 너야말로 웬일이냐?"

"여긴 내 친구 배창준이야. 이번에 같이 지방 내려갔다 온다고 했던."

"외국인?"

"아, 아닙니다, 어머니. 저 한국인이에요."

"도지석, 혹시 돈 꾼 건 아니지?"

"나한테 누가 돈을 빌려줘?"

엄마는 지석의 거짓말을 눈치챈 것처럼 날카롭게 지석을 쳐다봤지만 이내 심드렁한 얼굴로 고개를 돌렸다.

"돈 꾸고 도망칠 생각이면 접어라. 네 아빠 보니까 지구 반대편까지 도망쳐도 추심원들이 포기를 안 하더라고. 아예 저승으로 도망치니까 그때 맘 접더라."

"지금은 저승으로 도망칠 수도 없으니까 그럴 일 없어. 아무튼 나 없어도 밥 잘 챙겨 먹고, 엄마. 종종 연락할게."

"너 낳기 전부터 밥은 잘 챙겨 먹었어. 엄마 마저 잔다."

모자의 작별 인사는 간단하게 끝났다.

13

인쇄소 아지트

전기 바이크는 시내 한복판, 낡아가는 인쇄업소 거리로 지석과 배창준을 안내했다. 바로 지석이 처음 오성학 교수의 연락처를 발견했던 곳, 선포로라는 거리였다. 사후세계의 비리를 공유하는 비밀스러운 장소가 왜 하필 인쇄소인지는 알 수 없었지만 일단은 오성학에게 안내받은 대로 움직이기로 했다. 약속 장소로 들어가는 방법도 예사롭진 않았다. 둘은 안내받은 인쇄소 문을 열고 들어간 뒤 창고 뒤쪽 문을 찾아야 했다. 인쇄소는 영업을 정지한 상태라 전등 하나 없이 어두웠고, 그 어둠 속에서도 CCTV로 이쪽을 감시하고 있는 건지 빨간 눈들만이 둘을 따라왔다. 인쇄소 뒷문을 열고 나가자 밖에서는 보이지도 않았던 미로 같은 뒷골목이 등장했다. 핸드폰 조명에 의지해 길을 따라간 지석과 배창준은 방수포로 덮인 입구를 간신히 찾아낼 수 있었다. 입구는 지하로 이어져 있었다.

삐걱거리는 문을 열고 들어가자 윤전기 몇 대가 놓인 지하 인쇄 공장이 나왔다. 안쪽 관제실에 앉아 있는 오성학 교수가 눈에 들어왔다. 그 옆에는 드디어 두건을 벗은 오성학의 아들도 있었다. 190센티미터에 육박하는 키 때문에 지석이 고개를 45도 각도로 들어야 그의 얼굴이 보였다. 지병 때문인지 피부는 벌겋게 상기되어 있었고 인상은 아빠보다도 더 험악했다. 오성학의 아들이 먼저 인사를 건넸다.

"그때 통성명 못 했죠? 저는 오동인… 다른 한 분은?"

"전 도지석이고 이쪽 파마머리는…."

"배창준입니다. 참고로 외국인 아니고요. 파마머리도 아니고. 모태곱슬."

"아, 그리고 또 한 사람은 손지우라고. 얘기는 해봤는데…."

지석은 말끝을 흐렸다. 자리에서 모니터를 들여다보고 있던 오성학도 신경이 쓰이는 듯 고개를 들어 지석을 봤다.

"안 오겠다고 하던가?"

"그 인간은 돈 안 되면 코도 안 푸는 놈이라. 아마 안 올 거예요."

"손지우…. 체커라고 했지? 입단속은 걱정 안 해도 되겠어?"

"자기 일 말고는 관심도 없어요."

"알겠네. 어쩔 수 없지."

의자에서 일어난 오성학은 관제실에서 나와 윤전기 사이로 향했다. 지석과 창준도 들고 온 짐 가방을 관제실 소파에 던져놓고 따라 나왔다.

"문제 하나 내지. 내가 왜 이 인쇄소 골목에서 보자고 했을까?"

"감시할 사람이 없어서?"

"더 중요한 이유가 있어. 여긴 서울에서도 제일 변할 가능성이 적은 골목이기 때문이야. 그래서 개발 제한 구역으로 지정된 다음에 내가 헐값에 인수했네."

"그게 뭔 소리예요?"

"뉴랜드 서울은 5년 전, 설계 당시의 모습으로 정지되어 있어. 하지만 실제 서울은 늘 변하는 도시잖나. 둘 사이에 기준이자 지표가 될 공간이 있어야 한다고 생각했어. 그게 여기야. 여긴 10년이 지나도 뉴랜드와 같은 모습일 거야."

"기준은 왜 필요한데요?"

"사후세계 저항조직의 모임 장소도 여기로 하라고 알려줬네. 그쪽 세계에서도 누구도 얼씬대지 않을 공간이니까."

"저항조직? 저쪽 세계에도 그런 게 있어요?"

"거창한 거 아냐. 밖에 메시지를 보낸 사람들 모임을 그렇게 부르는 거야. 그쪽 메시지를 해독한 사람들 모임이 우리 정보 공개 청구 모임인 거고."

"그쪽 사람들이랑 소통을 많이 했나 보네요."

"턱없이 부족하지. 가족들과 단 한 번 주고받는 메시지 속에서 암호로 전달한 것뿐이니까."

벽처럼 가로막은 윤전기 한 대를 지나치자 뒤쪽 공간에 간이침대 두 대와 대체현실 접속기 두 대, 거기에 연결된 작은 노트북 두 대가 나란히 놓여 있었다.

"자네들이 한 달간 지낼 공간이야. 여기서 대체현실에 접속할 거고, 잠도 잘 거야. 화장실은 1층으로 나가서 골목길 끝에 있네."

먼지 쌓인 윤전기 옆 잠자리를 보니 지석은 한숨부터 나왔다.

"레, 레트로 감성 있으시다. 복고 같잖아. 그렇지?"

배창준이 일부러 호들갑을 떨었지만 환경이 열악하다는 것은 감춰지지 않는 사실이었다.

"바로 접속 한번 해보겠나? 간단한 테스트를 준비했는데."

"테스트?"

"자네들, 체커라고는 했는데 실력이 어느 정도인지 보여준 적이 없지 않나. 이번 목표가 실종자를 구하는 거라면 애매한 실력으론 안 돼."

"뭐 그러시죠. 이래 봬도 의뢰 꽤 많이 받는 팀인데 보고 놀라지나 말아요."

지석은 흔쾌히 제안에 응했다. 어디가 됐든 이 퀴퀴한 지하실보다야 나을 것 같아서였다.

잠시 후 세 사람은 온통 하얀 방 안에서 눈을 떴다. 너무 하얀 방이라 벽과 벽 사이의 모서리조차 분간되지 않았고, 전방의 까만 문 외에는 아무것도 보이지 않았다. 무한히 넓어 보이기도, 한없이 좁아 보이기도 하는 신비로운 방이었다. 오성학은 까만 철제문 앞에 다가가 문에 달린 소형 카메라 앞에 자신의 얼굴을 가까이 댔다. 삐리릭 소리와 함께 잠금장치가 해제되었다.

"이 방에서 나가는 방법은 세 가지네. 내 안면 인식, 내 홍채 인식, 내 지문 인식. 전부 오성학이라는 인간 전용으로 맞춰놨지."

오성학은 다시 문을 잠그고 지석 쪽을 돌아봤다.

"서버 점검 인원으로 투입될 땐 뉴랜드의 방화벽을 해제할 거야. 지난번과는 달리 체킹 행위도 할 수 있다는 거지. 지석 군, 자네는 공간 정보 수리 기사라고 했는데 이 문을 없애고 문밖으로 나갈 수도 있나?"

"없앨 순 있어도 나가는 건 못 해요."

"왜지?"

지석이 손으로 문을 가렸다가 떼자 문이 사라졌다. 하지만 문이 있던 공간에 하얀 벽만 있을 뿐, 나갈 구멍은 없었다.

"저 문 너머에 뭐가 있는지 모르니까 상상을 못 하죠. 게임 서버에서야 공간을 미리 다 알고 가니까 문을 넘어서 갈 수 있어도, 설계자가 뭘 했는지 알 수 없는 이런 데서는 못 해요."

"그럼 저 문 아래에 뜨거운 용암 구덩이를 만들어서 다 녹여버리는 건 어떤가?"

"벽이나 물웅덩이는 만들어도 그건 만들기 힘들어요. 용암 같은 건 성질 자체가 복잡하니까 단순한 공간 데이터가 아녜요."

"그럼 자네 능력은 예습을 다 해둔 다음에 미리 연습한 동선으로 움직일 때나 쓸모 있는 거였군? 말 그대로 출장 수리할 때나 써먹으면 딱 맞겠네."

지석은 발끈했지만 오성학은 반박할 기회를 주지 않고 바로 배창준 쪽을 돌아봤다.

"오히려 이 친구가 가능성 있어 보이는데. 창준 군? 자네는 어떤 모습으로든 변할 수 있다지? 커다란 매머드로 변해서 이 방이랑 저 문을 부술 수도 있나?"

"저… 나보다 큰 놈으론 못 변하는데요. 변한다고 힘이 세지는 것도 아니고."

"그럼 내 모습을 카피해서 이 문을 열 수는 있겠나?"

오성학이 검지를 튕겨 소리를 내자 지석이 없앴던 까만 문이 다시 원상 복구되었다. 배창준은 잠시 얼굴을 가리고 몸을 웅크렸다가 허리를 폈다. 얼굴은 물론 체형까지 오성학과 똑같이 변했다. 배창준은 의기양양하게 문 앞에 다가가 카메라에 얼굴을 스캔했다. 하지만 문에서는 아무 반응도 일어나지 않았다. 카메라에 얼굴을 댔다가, 다시 홍채를 인식시키려 눈을 크게 떠서 대보기도 하고, 그마저도 안 되자 손잡이에 달린 센서에 열 손가락 지문을 다 대보며 문을 열려고 했지만 실패였다. 배창준은 풀이 죽은 표정을 한 채 원래 모습으로 되돌아왔다.

"에이 씨, 이런 것까진 해볼 일이 없었는데."

"요즘 인식 센서 수준은 자네들 생각보다 훨씬 정교해. 눈썹 하나,

주름 하나까지 제대로 카피하지 않는다면 불가능할 거야."

오성학은 문에 등을 기대고 서서 지석과 배창준을 돌아봤다.

"과제는 간단해. 자네 둘만의 힘으로 이 방에서 나가는 거네. 봤다시피 지금 수준으로는 역부족이니까 남은 한 달간 더 배워야 해."

"뭘 더 배워요? 여기서 수업이라도 하게요?"

"스스로 배워야지. 지석 군, 자네가 할 일은 지리를 외우는 거야. 내가 만들어둔 가상의 서울에 들어가서 공공기관이나 그 주변 공간은 전부 머리에 각인시키게. 여기의 공공기관은 뉴랜드에서도 같은 용도로 쓰이는 걸 확인했어. 그리고 랜드마크가 되는 건물들도 외워둬. 어느 사무실 문을 열면 어떻게 생긴 복도가 나오는지까지 기억해두게. 분명 쓸 데가 있을 거야. 창준 군은 얼굴과 지문 카피를 계속 연습해. 내가 확보해둔 보험 완납자 명단을 주겠네."

"완납자는 왜요?"

"뉴랜드 안에서 요직을 차지할 사람이면 적어도 완납자일 거고, 보안을 통과할 때 필요할 거야. 뉴랜드는 인류 최고 지성들이 만들어낸 난공불락의 성이야. 장담하는데 내가 시키는 대로만 연습하면 자네들 체커 랭크도 달라질 걸세. 몸값도 두 배는 올릴 수 있어."

오성학이 다시 손가락을 튕기자 지석과 배창준은 현실로 돌아왔다.

"구체적인 작전도 모르는데 이게 뭐예요? 무술 영화 흉내라도 내는 거예요?"

"작전은 기밀이야. 자네들이 자격이 된다고 생각하면 그때 알려줄 거야."

오성학은 둘만 남겨두고 어디론가 가버렸다. 아들과 지내는 공간은 따로 마련해둔 모양이었다. 먼지 쌓인 윤전기들 사이에 지석과 배창준만 덩그러니 남았다.

인쇄소에서의 첫날 밤 지석은 편히 잘 수가 없었다. 몸은 피곤하고 해야 할 일은 산더미 같았지만 왠지 모를 희망으로 두근거렸다. 늘 반쯤 잠든 얼굴로 푼돈 벌이나 하던 어제와는 분명 다른 내일이 펼쳐질 것이었다. 처음 두 번, 안태규의 의뢰를 받고 들어갔을 때만 해도 본격적이라는 느낌은 없었다. 잠깐 짬을 내서 한 시간도 안 되는 사이에 들어갔다 온 것뿐이니까. 하지만 이제 사정이 달라졌다. 사후세계에 의심을 품은 사람들의 조직 내로 들어왔고, 최전선에서 작전을 펼쳐야 했다. 사후세계의 진실을 캐내는 최초의 탐사대가 된 듯한 기분 때문에 걱정과 기대가 동시에 몰려왔다. 무엇보다 두근거리는 사실은 사라진 희진을 다시 찾아볼 기회가 생겼다는 것이었다.

다음 날부터 아주 단순한 일정이 이어졌다. 인스턴트로 대충 끼니를 때우고 나면 바로 가상세계에 접속했다. 지석은 5년 전 서울을 그대로 옮겨놓은 공간을 한없이 돌아다녔고 배창준은 사망자들의 모습을 카피하며 수십 개의 안면 인식 센서들을 통과했다. 이런 트레이닝은 오성학이 설계 당시에 빼낸 방대한 데이터가 있었기 때문에 가능했다. 공부할 때도 운동할 때도 5분 이상 집중하지 못하는 두 사람이었지만 가상세계 안에서만큼은 달랐다. 유일하게 잘하는 일이었기 때문에 유일하게 즐길 수 있었다.

그렇게 3주가 지났을 때 오성학은 지석과 배창준에게 제안 하나를 했다.

"첫날 내준 테스트 기억나지? 시간은 충분히 줬으니 오늘 도전해보게. 1층 문을 열고 안전하게 나오는 데 성공하면 오늘 저녁은 고기야."

반복된 연습이 슬슬 지겨워지던 지석과 배창준도 흔쾌히 승낙했다.

"소고기로 인당 4인분씩 준비해줘요."

지석과 배창준은 접속기를 쓰고 대체현실에 접속했다.

14

테스트

다시 오성학이 설계한 하얀 방이 나왔다. 지석이 돌아봤을 때 이미 배창준은 오성학의 얼굴로 모습을 바꾼 상태였다. 지난번과 별로 달라 보이지도 않는 모습이어서 지석은 걱정부터 앞섰다.

"딱히 나아진 것도 없어 보이는데. 그걸로 잠금장치 뚫을 수 있겠어?"

배창준은 말없이 검은 문 앞으로 다가가 카메라 렌즈에 얼굴을 가져다 댔다. 삐리릭, 하고 너무 쉽게 잠금장치가 열렸다.

"내가 저 센서가 뭔지 찾아봤거든? 광대뼈랑 미간 넓이가 제일 중요하더라고. 이 형님이 그런 것까지 조사해뒀다는 거야. 밥 먹을 때마다 저 영감님 그 부분만 자세히 봐뒀지. 그래서 내가⋯ 악!"

의기양양하게 떠들면서 문을 열던 배창준의 몸이 바닥으로 쑥 꺼졌다. 지석은 당황해서 달려갔다. 배창준은 문고리를 잡은 채 허공에 대롱대롱 매달려 있었다. 믿기지 않는 광경이었다. 문밖에는 낯익은 풍경이 펼쳐져 있었다. 이곳은 바로 5년 전 서울, 남산이었다. 하얀 방의 문은 남산타워의 꼭대기 층에서 바깥을 향해 나 있었던 것이다.

"뭐라도 내밀어봐, 빨리!"

지석은 팔을 내밀었지만 닿지 않았고, 배창준이 허우적대는 바람에 문이 더 열리며 멀어져 버렸다. 지석은 바닥에 엎드려 다리를 쭉 뻗어 배창준 쪽으로 내밀었다. 지석의 운동화 끈을 붙잡은 배창준이 간신히 문을 당겨 기어 올라올 수 있었다.

"아오, 씨파. 식겁했네. 이게 다 뭐야?"

"교수가 뭐라고 했지? 1층 문 열고 나오라고 했지? 문만 열었다고 끝나는 게 아니었어."

지석과 배창준은 망연자실한 얼굴로 문밖을 내다봤다. 양옆과 위아래가 모두 매끈한 통유리로 된 절벽이라 암벽 등반 장비가 있어도 탈출하기 힘든 구조였다. 막무가내로 뛰어내린다면 그대로 사망 처리가 되어 대체현실 밖으로 튕겨 나갈 것이 분명했다. 게다가 지석은 고소공포증까지 있어 아무리 대체현실 속이더라도 추락사하는 느낌은 피하고 싶었다. 지석은 잠시 생각에 잠겼다. 그리고 오성학이 했던 얘기를 곱씹었다. 서울에서 어느 사무실 문을 열면 어떻게 생긴 복도가 나오는지 외워두라고 했던 말을.

"저 영감님 수업에서 유일하게 기억나는 게 있어. 대체현실은 선형 데이터가 아니라고. 주관과 인식을 기준으로 설정되는 논리니어(non-linear: 비선형) 설계라고."

"이 상황에서 무슨 개소리야 그게?"

"너랑 나랑 처음 일하기 시작했을 때 랭크 3짜리 체커 쫓았던 거 기억해? 그놈 잡으라는 의뢰받고서 지하창고에 몰아넣었는데 결국 놓쳤었잖아."

"몰라. 언제 적 얘기를 하는 건데?"

"분명히 나랑 똑같은 능력의 체커였어. 근데 그놈이 창고 문을 열고 들어가자마자 감쪽같이 사라졌어. 나도 그걸 할 수 있을지도 몰라."

지석은 문고리를 잡고 이 문 너머에 펼쳐져 있을 복도의 이미지를 잠시 상상했다. 뉴랜드의 지도를 다 외우는 것은 역부족이었지만 목표 지점인 이곳 남산타워 1층의 복도만은 선명하게 떠올릴 자신이 있었다. 희진이 죽을병에 걸렸다는 걸 모르던 시절에 마지막으로 놀러 갔던 장소였고, 아직 지석의 핸드폰 사진첩에는 그때의 사진이 저장되어 있었다. 지석은 눈을 감고 그 장소를 떠올렸다. 무거운 문을 밀며 망설임 없이 한 걸음을 내디뎠다.

"야, 야. 뭐 해? 너 떨어져!"

뒤에서 배창준의 다급한 목소리가 들려왔지만 지석의 오른발에는 묵직하게 걸리는 느낌이 전해졌다. 눈을 뜬 지석의 시야에 시멘트 복도와 텅 빈 기념품 상점, 마찬가지로 텅 빈 카페가 들어왔다. 지석이 열고 나온 문은 남산타워 1층 남자 화장실 문으로 바뀌어 있었다. 문

밖으로 걸어 나오자 배창준도 어안이 벙벙한 얼굴로 따라 나왔다.

"수, 순간이동이야 뭐야? 너 이런 것도 할 줄 알았냐?"

지석과 배창준은 아무도 없는 로비를 가로질러 무사히 1층 문을 열고 나왔다. 그 순간 대체현실 연결이 종료되고 둘은 인쇄소 지하로 돌아왔다. 맞은편 간이의자에 앉은 오성학이 들고 있던 얇은 태블릿 화면에서 시선을 거두고 그들을 바라보았다.

"영감님, 떨어져 죽으라고 그렇게 설계한 거예요?"

"이건 아주 초보적인 테스트였어. 자네들 수준 고려해서 배려한 거네."

오성학은 빙긋 웃으며 자리에서 일어났다. 반지하의 방범창 철창 너머로 밤그림자가 스며들어 왔다. 오성학은 인쇄소 문을 열고 계단을 올랐다.

"영감님! 어디 가요?"

"약속대로 밥 먹으러 가야지."

오성학의 말을 들으니 배가 고파왔다. 지석과 배창준도 오성학의 뒤를 따랐다. 가파른 계단을 오르기 시작했을 때 지석의 입에서 자기도 모르게 신음이 흘러나왔다. 무릎과 허리에 갑작스러운 통증이 느껴졌다. 돌이켜보니 이곳에 들어와 있던 시간 동안 지석은 지상으로 10분 이상 나간 적이 없었다. 대체현실 세계에 들어간 지석의 감각이 600제곱킬로미터 면적의 서울시를 홀로 유랑하는 동안 자신의 몸은 지하 시멘트 방 안에 갇혀 있었다는 걸 까맣게 잊고 있었다. 지석은 자신의 가느다란 팔과 다리를 내려다봤다. 늘 이미지화해서 구현되는 대체현실 속 자신의 몸은 이렇게 볼품없지 않았다. 탄탄하고 날렵한 근육질의 몸은 어디까지나 가상세계의 몸일 뿐이었다. 겨우 스무 개의 계단을 헉헉대며 올라가자 골목길 슬레이트 처마에 가려진 각진 하늘이 지석을 내려다보고 있었다. 오성학은 겨우 한 사람 정도 지나갈 정도로 좁은 인쇄소 뒷골목을 따라 걸음을 옮겼다.

"미리 주의시켜둘 게 있는데, 식사 시간 동안 자네들이 사후세계에서 뭘 보고 나왔는지 구체적으로 말하지 말게. 자네들은 거기에 가본 적 없는 거야. 가만히 있다가 묻는 말에만 대답하게."

"예? 그걸 누구한테 말하지 말라는 거예요?"

간이 문을 열고 들어간 오성학을 따라 지석과 배창준이 실내로 들어서자, 스무 개의 눈동자가 동시에 그들을 돌아봤다. 지석은 깜짝 놀라 걸음을 멈췄다.

"말씀드렸던 그 친구들입니다. 실력 있는 체커쥬. 이쪽이 도지석 군, 이쪽이 배창준 군."

인쇄물 창고처럼 보이는 이 공간에 간이 테이블 세 개를 놓고 열 명이 둥글게 앉아 있었다. 모두 처음 보는 얼굴이었다. 창고 구석에서는 오동인이 가스버너에 고기를 굽고 있었다. 앉아 있던 사람 중 뿔테 안경을 낀 중년 여성이 일어나 지석과 배창준에게 악수를 청했다.

"반가워요. 난 정여선이라고 하고, 우린 사후세계 정보 공개 청구 모임이에요. 원래는 스무 명쯤 되는데, 오늘은 이 정도만 모였어요."

그제야 지석은 그들이 왜 이곳에 모였는지 알 수 있었다. 오성학 교수와 함께한다는 저항조직 모임이 회동을 하러 온 것이었다. 대체로 지석보다 나이가 들어 보이는 서글서글한 인상의 사람들이었고, 공통점이라면 옷차림이 남루하다는 것이었다. 우울한 기운 때문에 저항조직이라기보다는 사고의 피해자 모임 같았다. 지석과 배창준은 가운데 자리에 앉았다.

"아하, 그분들이었구나. 반가워요. 이러니까 무슨 독립군 모임 같잖아요. 두근두근하네. 저랑 얘는 체커세계에서 이름만 말하면 아는 고수들이에요. 우리만 믿어도 됩니다."

조금 전 오성학이 주의하라고 한 것을 까맣게 잊어버린 듯 배창준이 또 주책을 떨며 얘기했다. 오동인이 구운 고기를 접시에 가득 담아 지석과 배창준에게 가져왔다. 지석과 배창준 사이에 고개를 들이민 오동인은 과한 악력으로 둘의 어깨를 잡고는 위협적인 목소리로 짧게 경고했다.

"말 아끼세요. 묻는 말에만 답하고."

배창준은 헛기침을 하며 앞을 봤다. 고기가 세팅되자 모두가 젓가락을 들고 식사를 시작했다.

"두 분도 사후세계에 가족이 있으시죠?"

정여선이 슬쩍 질문을 건넸다. 지석이 입안의 음식을 마저 삼키고 대답하려는데, 배창준이 밥알을 신나게 튀기며 지석 몫까지 다 대답해 버렸다.

"저는 남동생이 들어가 있고요, 얘는 약혼녀가 들어가 있어요. 지고지순하죠. 요즘 이런 사람 또 있겠어요?"

"어머, 무뚝뚝하게 생겨서 그렇게 안 보이는데 멋있으시다."

"제가 일하면서 옆에서 봤는데 얘는 열녀비? 아니, 열부비 하나 세워줘야 해요. 여친 죽은 지 1년째인데 딴 여자랑 말도 잘 안 섞고요, 자기 약혼녀밖에 모른다니까요. 이대로 고독사하는 게 인생 목표인 친구예요."

"어머, 어머. 어쩜 그럴까."

"쓸데없는 소리 좀 그만해. 여자를 마주칠 일이 없으니까 말을 안 섞는 거지."

"보셨죠? 보통 진국이 아니에요."

배창준의 지나친 수다에 오성학이 헛기침을 하며 제동을 걸었다.

"이 친구들은 처음 온 거니까, 돌아가면서 지금 어떤 상황인지 얘기들 좀 해볼까요? 아무나 편한 분부터"

오성학의 말에 모두 얼굴이 약간씩은 어두워졌다. 부양 유령 신세인 게 뻔한 그들에게 밝은 사연이 있을 리 없었다. 잠시 무거운 정적이 흐른 뒤 백발이 성성한 남자가 먼저 입을 열었다.

"저… 저는 유기훈이고요, 서른다섯 먹은 딸내미 먼저 그쪽으로 보낸 사람입니다. 아내와 농사지어서 인터넷으로 판매하는데, 보험료도 번번이 밀리고 있습니다. 내가 그 메시지를 처음 확인한 사람이에요. 딸이 뉴랜드에 가서 자기 잘 있다고 처음에 메일을 보냈는데, 느낌이 이상하더라고요. 중간중간에 깨진 것처럼 알파벳이 들어가 있어서 뭔가, 하고 제가 그걸 메모해놨어요. 아무 단어도 아니었는데 영어자판에 그 알파벳을 쳐놓고 한글로 바꿔보니까 뜻이 나오더라고요. '안 보여. 안 보여'라고 쓴 거예요. 그때 가슴이 철렁했죠. 아, 저쪽에 무슨 일이 있구나. 인터넷에 글을 올릴까, A.L 컴퍼니에 메일을 보낼까 하다가 일단 유가족 모임에 나가서 나랑 비슷한 날짜에 메일 받은 사람한테만 이 얘기를 해봤어요."

남자의 말이 끝나자 40대 정도로 보이는 남자가 말을 이었다.

"저는 양대철이고요, 형님한테 그 얘기를 들은 게 접니다. 저도 글자가 깨져서 와서 형님 말대로 해독을 했어요. 우리 아들이 이렇게 써서 보냈더라고요. '도와줘'라고요. 걱정됐죠. 우리 아들, 열여덟 어린 나이에 사고로 죽었는데 그런 얘기 들으니 못 견디겠더라고요. 그래서 또 다음 분한테 알려줬어요."

30대로 보이는 여자가 그 남자의 말을 이어받았다.

"저는 이수경이고요, 저희 엄마 메일에 암호문이 있었어요. 다 붙여보면 '도와줘, 눈이 잘 안 보여'더라고요. 이게 뭐예요? 거기서 뭐가 잘못된 거 아니에요? 근데 왜 정식으로 건의도 못 하고 가족들한테 암호로 이걸 전달하죠? 우린 물어봐도 다음 연락을 받을 수가 없잖아요. 암호를 받은 사람이 더 많을 거예요. 보통은 모르고 넘어갔겠죠."

눈물이 그렁그렁 맺힌 여자의 등을 쓰다듬으며 동년배로 보이는 여자가 말을 시작했다.

"난 김다윤이에요. 우리 아기는 다섯 살 먹은 애라 메일을 보내올 수도 없어요. 여기 분들처럼 메시지는 못 받았는데, 그래도 너무 걱정이 돼서 수경 언니 소개로 온 거예요. 어린애들은 죽으면 뉴랜드 보육 시설에서 키워준다고 들었어요. 차라리 내가 따라 죽어서 돌봐주고 싶은데, 보험료 내려면 그렇게도 못 해요. 그 어린애가 혼자 정말 잘 지내는지… 아무것도 알 수가 없으니 견딜 수가 없어요."

식사 자리는 어느새 얕은 흐느낌과 긴 한숨으로 가득 찼다. 지석은 더 이상 식사를 할 기분이 나지 않아 젓가락을 내려놨다. 찝찝하고 우울한 마음에 입안에서 씹던 고기한테 미안해질 정도였다. 사람들은 각자 마음의 한을 털어내듯 이야기를 이어갔고, 채 10인분도 안 되어 보이던 고기는 덩그러니 접시 위에서 식어갔다. 모인 사람 중에는 죽은 가족에게 직접 메시지를 받은 사람도 있었고, 아기 엄마처럼 사람들의 취지에 공감해 힘을 합친 사람들도 있었다. 그들 중 한 사람이 초기 설계자 오성학 교수에게 찾아가 이 사실을 알린 후부터 A.I. 컴퍼니와 뉴랜드에 의문을 제기하는 사람들의 모임이 시동을 건 것이었다. 이들은 사후세계 유가족에게 보내는 답장 속에 암호를 숨겨 넣었고, 그 결과 약간의 의사소통에 성공했다. 그래봐야 몇 개의 단순한 문장이 전부였지만 말이다. 사후세계에서 온 초기의 메시지들을 붙여보면 아주 단순하지만 절절한 문장이 완성됐다.

'도와주세요. 눈이 잘 안 보여요. 귀가 잘 안 들려요. 아무도 제 말을 듣지 않아요.'

15

삼위일체

식사가 끝난 뒤 울분을 쏟아낸 사람들은 한결 가벼운 얼굴로 자리를 떴다. 그들이 비워낸 무게만큼 지석 일행의 마음은 무거워졌다. 지석과 배창준은 오성학과의 약속대로 자신들이 사후세계에서 목격한 일을 함구했다. 그렇지 않아도 걱정이 많은 가족들 앞에서 사후세계 내의 실종사건까지 말하는 건 아무래도 꺼려지는 일이었다. 모임 회장으로 보이는 정여선이 창고에서 나가기 전 지석과 배창준에게 봉투를 내밀었다. 빳빳한 현금으로 뽑아온 돈 봉투였다. 의뢰비치고는 적지 않은 액수였다.

"십시일반으로 모은 돈이에요. 우리 죽은 가족들 찾아가서 소식 전해달라고 하고 싶은데… 그건 안 바랄게요. 들어가서 무슨 일이 생긴 건지만 꼭 알아봐 줘요."

떠나는 정여선의 뒷모습을 보며 지석의 기분은 더욱 가라앉았다. 돌아오는 골목길에서 지석은 오성학에게 물었다.

"왜 저 사람들한테 사후세계에서 본 걸 말하지 말라고 한 거죠?"

"아직 저들은 의심 단계일 뿐이야. 문제가 있단 걸 확인시켜주면 평정심을 잃고 사고를 칠 수도 있어."

"입단속을 하는 건가요? 왜 더 적극적으로 알리고 공유할 생각을 안 하죠?"

"A.L 컴퍼니와 뉴랜드를 맹신하는 사람이 국민의 80프로야. 여론전은 승산이 없어. 사람들은 믿기 싫은 건 안 믿는 법이니까."

그날 밤, 지석은 희진이 자신에게 보낸 메시지를 다시 떠올리느라 잠을 설쳤다. 그녀의 메일 안에도 구조를 요청하는 암호가 있었지만 미처 알아채지 못했던 것은 아닌지 죄책감과 불안이 뒤섞였다.

한참을 뒤척이다 잠시 산책이라도 하고 올까 하며 간이침대에서 일어나려는 사이, 지석의 머리맡에서 불안한 진동이 느껴졌다. 지석은 핸드폰을 받았다.

"누구세요?"

"도지석?"

목소리를 알아들은 지석은 놀라움을 금할 수 없었다. 다시는 볼 일이 없을 줄 알았던 손지우로부터 걸려 온 전화였다.

"열목어? 무슨 일인데?"

"지난번 얘기 때문에 그래. 지금 어디야? 내가 찾아갈 테니까 주소

찍어줘."

"갑자기 이 시간에 온다고? 뭔 소리야?"

"그거 전화로 하기 힘든 얘기잖아. 내가 간다고."

손지우가 갑자기 만나러 온다는 말이 의심스럽기도 했지만 워낙 예측이 안 되는 인간이라고 생각했기에 오히려 납득이 갔다. 한 명이라도 더 힘을 빌려준다면 손해 볼 일은 없었다. 지석은 인쇄골목 입구 주소를 메시지로 보냈다. 약 30분 후 택시에서 내리는 손지우를 볼 수 있었다.

"너 원래 야밤에 돌아다니냐?"

"어, 중요한 일 같아서. 빠를수록 좋잖아."

"설마 진짜로 내가 제안한 일 하려고 온 거야?

"어, 맞아."

"미리 말했지만 수고비는 많지 않아. 위험한 일이기도 하고."

"알고 왔으니까 앞장이나 서."

지석은 비밀통로가 있는 인쇄소 문을 열고 안으로 들어갔다. 지석이 문을 잠그고 인쇄소 뒤쪽 비밀 문으로 발길을 옮기는 도중, 갑자기 손지우가 개구리처럼 폴짝 뛰어올라 지석의 목을 조르며 매달렸다. 등 뒤로 갑자기 실린 하중 때문에 지석은 휘청대다 뒤로 자빠졌다.

"으악! 뭐야, 너!"

"개새끼야! 네가 신고했지!"

지석은 영문을 모르고 버둥거렸지만 손지우는 지독하게 지석에게 들러붙었다. 손지우의 팔을 푼 지석이 옆으로 굴러서 일어나려 하는데, 손지우는 그 작은 몸집으로 다시 지석의 가슴팍 위에 올라타 한 손으로 목을 눌렀다. 지석이 손지우의 손목을 잡으며 떨쳐내려 했지만 손지우가 오른손에 든 잭나이프의 칼날이 먼저 지석의 왼쪽 눈 앞에 드리웠다. 지석은 동작을 멈출 수밖에 없었다.

"게임 아이디 신고한 거! 네가 한 거지!"

"무슨 소리야! 난 몰라! 무슨 신고 말이야?"

"아이디 전부 한 달이나 정지 먹었다고! 네가 일부러 나 일 못 하게 막은 거 아냐?"

"아냐! 아니라고! 난 몇 주 동안 여기 있느라 그럴 시간도 없었어!"

"지랄하지 마. 나도 너랑 네 친구 아이디 신고해버린다?"

"신고해! 우린 상관없어. 어차피 한 달간 다른 의뢰 받지도 못해."

손지우는 잠시 뭔가를 생각하는 듯 칼을 든 손을 내렸다. 지석은 그 순간을 놓치지 않고 손지우의 양 무릎 밑으로 손을 넣은 뒤 꽉 붙잡고 뒤로 넘겨버렸다. 가벼운 손지우는 뒤로 발라당 넘어갔다. 손지우가 비명을 지르며 바닥을 구르는 사이, 지석은 그녀의 손에서 잭나이프를 빼앗으려 했다. 그런데 손목을 잡으려고 뻗은 손이 엇나가서 그만 칼날 부분을 잡아버렸다. 지석은 눈을 질끈 감았지만 손바닥은 멀쩡했다. 칼날이 둔기처럼 무딘 모형이었다. 손지우는 놀라서 칼을 놓쳤고, 지석은 무딘 칼날을 손에 쥔 채 일어나려 했다. 다시 정신을 차린 손지우가 지석의 다리를 걸어 넘어뜨렸고, 지석은 넘어지며 칼을 놓쳤다. 둘은 장난감 칼을 사이에 두고 추하게 허우적댔다. 지석과 손지우는 치열하게 싸워보기도 전에 금세 숨이 차올라 고장 난 윤전기에 나란히 등을 기댔다. 대체현실과 진짜 현실에서의 싸움은 현저한 수준 차이가 났다. 하아, 하아, 하는 거친 숨소리만이 어두운 실내에 요동쳤다.

"너 진짜 사이코냐? 진짜 칼인 줄 알았잖아."

"네가 진짜 신고 안 한 거 맞아?"

"안 했다고. 그리고 네가 원수진 사람이 한둘이냐?"

지석은 고개를 돌려 손지우의 얼굴을 쳐다봤다. 인쇄소 바닥에 10년간 쌓인 먼지 때문에 둘은 튀김가루에 굴린 닭고기처럼 뽀얘져 있었다. 지석은 손지우가 늦은 시간에 이 먼 곳까지 모형 칼을 들고 쫓아온 것을 생각하니 새삼 무서우면서도 우스워졌다.

"너 겨우 그 칼로 협박하려고 그랬냐? 자백 받아서 뭐 어쩌려고?"

"몰라. 신고한 놈만 찾아서 망하게 하면 돼."

지석은 바닥에서 일어서 바지에 묻은 먼지를 털었다. 입에 씹히는 먼지를 뱉어내며 지석은 오히려 기분이 들뜨는 것을 느꼈다. 이번에야말로 손지우를 합류시키기에 완벽한 환경이 조성된 것 같았기 때문이다.

"너 그럼 한 달간 일거리 없는 거지? 우리랑 같이 일하자."

"또 그 소리냐?"

"오늘 받은 돈 있으니까 거기서 내 몫까지 다 가져가. 그럼 너 평소

받는 돈 정도 돼."

"넌 호구야? 왜 그렇게 하는데?"

"한 명이라도 같이 가는 게 유리해. 난 돈 안 줘도 희진이 찾으러 들어갈 거였어."

"왜 하필 난데?"

"너 어차피 의료보험료도 안 내고 있다며. 발각돼서 뉴랜드 못 들어가게 돼도 손해 볼 것 없잖아. 내가 너라면 당장 하겠다."

손지우는 솔깃했지만 여전히 의심을 거두지 않은 얼굴이었다. 지석은 손을 내밀어 손지우를 먼지 바닥에서 일으켜 세웠다. 인쇄소 아지트로 손지우를 데리고 온 지석은 시끄럽게 이를 갈며 자던 배창준을 깨워 돈 얘기부터 꺼냈다. 배창준은 아직도 꿈속에서 헤매는 듯 보였다.

"쟤가 여길 왜 온 거야?"

"쟤도 이제부터 한 팀이야. 아까 받은 돈 있지? 지금 삼등분하자."

"뭐? 누구 맘대로?"

"너랑 나만 가면 역부족이야. 알잖아."

배창준은 짜증스러운 표정으로 베개 아래에서 돈 봉투를 꺼냈다. 배창준의 몫을 뺀 현금을 건네받자마자 지석은 즉시 손지우에게 봉투를 통으로 건넸다. 배창준은 눈을 휘둥그렇게 뜨고 지석을 봤다.

"아니, 왜 이래? 얘한테 빚졌어?"

어이없어하는 배창준에게 등을 돌린 지석은 곧바로 침대에 누워 이 불을 뒤집어썼다. 남은 둘이 구시렁대는 소리가 등 뒤에서 들렸지만 지석은 귀를 막고 잠을 청했다. 건넨 돈이 아까워서 그쪽은 쳐다보기도 싫었다. 하지만 희진을 생각하면 조금이라도 성공률을 높여야 한다고 판단했기에 지석은 꾹 참았다.

다음 날 아침, 관제실 소파에서 자던 손지우를 오성학 부자가 발견했다. 지석이 중간에서 어색하게 소개했다.

"열목어라고 체커들 사이에선 유명해요. 몸값도 비싼 앤데 싼값에 해주겠다고 어젯밤에 왔어요."

"어제 받은 건 선불이고요, 수익 남으면 쉐어."

"뭐, 수익이 남으면 나눌 거고 명예가 남으면 그것도 나누겠네. 남을지는 모르겠지만."

복잡했던 설득 과정에 비해 손지우는 손쉽게 팀에 합류했다. 어차피 손지우에게는 돈벌이가 필요했고 오성학에게는 사람이 필요했으니 문제 될 것은 없었다.

16

감각의 거래

지석과 배창준이 쓰는 자리에서 윤전기 하나를 지나면 나오는 모퉁이에 손지우의 간이침대와 대체현실 접속기가 설치됐다. 뉴랜드 침투를 겨우 일주일 남겨둔 시점이었다.

"손지우 양은 랭크 2 체커라고 했으니 바로 진도 따라잡을 수 있겠지. 이제 본격적으로 뉴랜드에 관해 설명해주겠네. 일단 들어오게."

세 사람은 곧바로 대체현실에 접속했다. 주위를 둘러보니 그들은 썰렁한 도로 위에 있었다. 차들은 도로 위에 그대로 정지해 있었고, 운전자도 행인도 보이지 않았다. 오성학이 그들 앞에 서서 도로 끝으로 걸음을 천천히 옮겼다.

"따라오게. 여긴 뉴랜드 서울 설계 당시에 썼던 공간 데이터를 그대로 가져온 곳이야. 이미 들었겠지만 뉴랜드에선 물리현상이 바깥과 대부분 똑같이 적용되네. 돌을 던지면 유리창이 깨지고 불에 기름을 부으면 활활 타지."

지석이 도로 표지판을 보니 '우면산로'라는 도로였다. 도로를 다 건넌 오성학은 인도로 올라오더니 한쪽 손을 쭉 뻗었다.

"자, 이 손 건너편은 경기도야. 뉴랜드의 범위는 서울까지지. 그럼 경계선에선 어떤 일이 일어날까? 지석 군? 건너가 보게."

지석은 오성학이 가리키는 건너편을 향해 팔을 휘저었다. 투명한 아크릴판 같은 거라도 있을 줄 알았지만 그런 경계선은 느껴지지 않았다. 눈에 보이는 건너편의 풍경도 바깥세상과 똑같이 느껴졌다. 지석은 경계선 너머로 걸어갔다. 생각 없이 걷다가 이상한 기분이 들었다. 지석의 다리는 분명 지면을 걷고 있는데 눈에 보이는 풍경, 사물들과의 거리가 변하지 않았다. 지석은 경계선을 건너기 위해 걷는 속도를 점점 빨리하다가 뛰기 시작했다.

"러닝머신 하냐?"

배창준의 웃음소리가 바로 옆에서 들렸다.

"봤지? 경계선에서는 그냥 헛걸음만 할 뿐이야. 그럼 물건을 던지면? 손지우 양, 뭐라도 던져보겠나?"

손지우는 꺾어 신고 있던 더러운 운동화를 힘껏 차서 날렸다. 운동화는 경계선에서 그대로 고도만 높아지더니 잠시 후 힘을 잃고 바닥에 툭 떨어졌다. x축을 생략하고 y축의 움직임만 그려놓은 그래프 같았다.

"자, 이게 뉴랜드의 끝에서 일어나는 일이야. 저 너머론 갈 수가 없어. 그러면 여기서 질문. 지금 우리가 있는 곳은 서울 남쪽 끝 양재동이지. 같은 날 죽어서 들어온 친구는 서울 북쪽 끝 도봉동에 살고 있다. 뉴랜드에선 어떻게 만나러 갈까?"

"어떻게 가기는요? 보니까 차들 서 있던데, 차 타고 가거나…. 아니면 지하철?"

오성학은 손가락을 한 번 튕겼다. 공간은 인근의 양재 시민의 숲 지하철역으로 바뀌었다. 오성학은 지하철 역사 안으로 앞장서 들어갔다. 역 내부 공간도 현실세계와 똑같긴 마찬가지였다. 다만 사람이 아무도 없을 뿐. 오성학은 개찰구 앞에 뜬 홀로그램을 터치해 목적지를 입력했다. '도봉산역'. 지석 일행도 똑같은 목적지를 입력했다. 개찰구 셔터가 열리고 네 사람이 줄줄이 들어갔다. 그리고 곧이어 그들은 놀라운 경험을 했다. 개찰구 너머로 걸어왔는가 싶었는데 이미 도봉산역 개찰구에서 빠져나오고 있었다.

"어? 뭐야, 이게?"

"복잡한 지하공간까지 구현하면 서버 처리용량에 부담이 가지. 의미도 없고 말이야. 그래서 생략했네. 대신 소요 시간은 정확히 반영했어. 뉴랜드엔 이런 식으로 작동하는 것들이 많아."

지석이 시간을 확인해보니 눈 깜짝할 새에 1시간 10분이 지나 있었다. 네 명 모두가 1시간 10분의 시간을 건너뛰어 서울 끝에서 끝으로 전송된 것이다. 사후세계에서의 이동 수단이란 이런 식이었다.

"바깥 세계라면 교통비로 인당 3,000원 정도가 나오겠지. 그러면 여기서 또 질문. 사후세계 주민들은 이 돈을 어떻게 낼까? 그쪽에도 화폐가 있을까?"

"어차피 죽은 사람들인데 돈이 무슨 의미예요. 그냥 다 공짜로 이용하게 해주는 거 아녜요?"

배창준의 단순무식한 대답에 오성학은 피식하고 웃었다.

"틀렸어. 실없는 놈들이 이유도 없이 하루에 수백 개의 역을 마구 돌아다니면 어떻게 되겠나? 그 공간정보를 처리해주느라 서버가 과열되면 어떡하라고?"

오성학은 계단을 올라 역 밖으로 발길을 옮기며 설명을 이어갔다.

"자네들, 뉴랜드 운영의 가장 큰 어려움이 무엇일 것 같나?"

"돈?"

"그렇지. 더 정확히 말하면 용량이야. 현재 처리 수준인 초당 120제타바이트로는 뉴랜드 서울을 감당하기 힘든 상태네. 게다가 뉴랜드에는 매년 사망자 수십만 명이 새로 유입되지. 한번 들어온 사람은 나가지도 않으니 곧 이 나라를 전부 서버 센터로 만들어도 부족할 거야. 그럼 사후세계에서 바람직한 생활방식은 뭘까? 죽은 이들이 어떻게 살아야 관리자들이 편해지지?"

"죽은 듯이 살아야겠지."

손지우의 대답에 오성학은 만족스러운 미소를 지었다.

"자네가 그나마 이 중에 제일 스마트하군. 그래, 맞아. 죽은 자들이니 죽은 듯이 사는 걸 권장해야지. 살아도 죽은 듯이 사는 자네들처럼 말이야."

"우리야 돈이 없어서 그런다 쳐도 거긴 대체현실 속인데 무슨 돈이 있어요? 뒤질 때 갖고 들어갈 수도 없고."

"뉴랜드의 화폐는 시간이야. 그래서 근로 장려 시스템이 있는 거지. 일을 시켜야 눈곱만 한 성취감도 주고 데이터 낭비도 막거든. 뉴랜드 곳곳에 공동작업장이 있어. 거기서 채우는 시간만큼 물건을 구매할 수 있지. 이건 일의 대가가 아니고 데이터를 절약한 대가야."

"작업장? 뭘 만드는데요?"

"생산과정을 만들어주는 것도 용량 낭비야. 이를테면 여럿이 어두운 공간에 모여서 간단한 퍼즐 풀기 같은 걸 하는 거지. 의미 없지만 시간은 많이 잡아먹는 일들 말이야. 그렇게 행동을 억제해서 서버 폭주를 막는 거지."

지석은 죽은 사람의 신분으로 뉴랜드에 잠입해 들어갔을 때 목격한 것들을 떠올렸다. 공동작업장으로 유령처럼 들어가던 수많은 사람들. 그들이 하던 무의미한 못 박기 같은 일들.

"여기서 또 다음 질문. 뉴랜드에선 왜 돈이 필요할까? 죽어서까지 일하고 싶진 않을 텐데 왜들 일을 하게 되지? 지하철이나 실컷 타려고? 그게 아냐. A.L 컴퍼니는 모든 감각의 구현에 값을 매겼네."

"감각의 구현?"

오성학은 주머니에서 귤 세 개를 꺼내 지석 일행에게 하나씩 줬다.

지석은 귤껍질을 벗겨 한 조각을 입에 넣었다. 귤은 입에 넣는 순간 사라질 뿐, 맛도 식감도 느껴지지 않았다. 예상했던 결과였다. 이곳은 시각과 청각, 기초적인 촉각만을 재현한 대체현실이니까. 대체현실 속에서 음식을 먹기 위해선 미각과 후각을 자극하는 비싼 특수 센서가 필요했다.

"몸이 없으니 이곳 사람들은 감각이 없지. 배고픔도 피곤도 몰라. 하지만 그게 살아 있는 건가? 살아 있다고 느끼고 싶지 않을까? 그 하나하나의 항목을 살 수가 있어."

"산다고요? 누구한테 뭘 사요?"

"A.L 컴퍼니 본사가 감각 항목을 만들어서 파는 거네. 감각을 느끼는 사람한테 큰 처리용량이 할애되는 거니까 노동시간을 감각으로 교환하게 만든 거야. 죽기 전에 먹어본 싱싱한 귤을 다시 먹고 싶으면 자네가 근로한 시간 몇 분 정도와 교환해서 사 먹는 거지. 뜨거운 온천욕을 즐기고 싶다. 그것도 사는 거지. 섹스를 하고 싶다면 더 비싸겠지."

일행은 오성학을 따라 도봉산역을 나와 넓은 공원으로 걸었다. 가짜 숲길과 가짜 나무들이 야속할 정도로 생명력 있어 보였다. 지석은 오성학의 말을 들으며 침울해졌다. 쪼들려 사는 삶이란 게 어째 죽어서도 끝나지 않을 것 같았다.

"근데 이제 제일 중요한 얘기할 때 안됐어요? 뉴랜드에서 실종된 사람들은 어디서 찾아야 하죠?"

"그래, 본론으로 들어가지."

오성학은 손가락을 튕겼다. 딱, 소리와 함께 모두 현실세계로 돌아왔다. 말없이 관제실 안으로 발길을 옮긴 오성학은 일행에게 들어오라고 손짓했다. 세 사람이 소파에 앉자 오성학은 캐비닛 비밀번호를 누르고 그 안에서 잠금장치가 달린 서류가방을 꺼냈다. 이 순간만을 위해 귀중한 비밀을 숨겨왔다는 듯 그의 손동작은 조심스럽고 신중했다. 몇 겹으로 보호되어 있던 가방 속에서 꺼낸 것은 인쇄골목에서나 구경할 수 있는 구시대의 유물인 한 장의 종이였다. 해킹에 대한 두려움 때문인지 오성학은 종이 위에 빽빽이 적힌 글자들로 비밀을 전달하려 했다.

'미납자 폭증. 감각 상실 심해짐.'

'사람 흔적 없어짐. 실종. 증발.'

'임시저장소. 위치 추정 불가.'

적은 단어 안에 많은 의미를 눌러 담으려는 노력이 보이는 글자들이 종이에 적혀 있었다.

"혹시 이게 뉴랜드 사람들이랑 주고받은 암호문이에요?"

"그래, 수기로 직접 옮겨 적은 내용이네. 현재까지 수집한 정보에 따르면 실종자는 임시저장소라는 곳에 갇혀 있어. 사라졌지만 완전히 삭제되진 않고 압축상태로 잠들어 있는 거야. 컴퓨터의 휴지통처럼. 거길 들어갔다 나온 사람들이 있고, 그 사람들이 보낸 메시지로 알아낸 사실이야."

"임시저장소? 사람들이 거기 갇혀 있단 말이죠? 위치는 어딥니까?"

확실히 암호문 목록에서 임시저장소는 여러 번 반복되는 키워드였다. 오성학은 손가락으로 암호문 가장 아랫줄에 있는 메시지를 가리켰다.

'781마 1616. 흰색 디지털수사대 승합차. 100미터 직진. 진동.'

"우리가 받은 마지막 메시지네. 뉴랜드에서 임시저장소에 갔던 사람들이 공통으로 증언하는 게 있어. 거기로 이동할 땐 꼭 한 종류의 차량만 타고 이동한다고."

"뭘 타고 가는지가 왜 중요해요? 어디인지가 중요하지."

"걸어서 갈 수 있는 장소가 아니야. 이스터에그라고 들어봤나? 게임에서 개발자가 감춰놓은 재미 요소지. 특별한 조건을 만족시키면 숨겨진 스테이지가 나오는 거야."

게임을 업으로 삼아온 지석에게는 낯선 개념이 아니었다. 어느 게임이든 정식 코스가 아닌 특수한 놀잇거리를 숨겨놓는 법이었다. 이를테면 특정한 무기를 들고 마을 구석으로 가서 점프를 다섯 번 하면 비밀 던전의 문이 열리며 새로운 사냥터가 나타나는 식으로 말이다.

"뉴랜드에 그런 짓을 했다고요?"

"편리성 때문이야. 사람들을 사라지게 하려고 매번 시스템 밖에서 개입한다면 번거로울뿐더러 보안프로그램에 안 잡힐 수가 없거든. 하지만 안에서 일어나는 일상적인 일 속에 숨겨놓으면 관리하는 사람들도 낌새를 못 알아차리겠지. 저 차 안에 임시저장소 문을 여는 코드가 숨어 있어."

"이걸 타고, 그다음에는요?"

"이 차를 타고 어디로 가야 하는지는 아직 보안 사항이니 작전 당일에 알려주겠네. 임시저장소가 자물쇠라면 승합차는 열쇠야. 열쇠를 먼저 손에 넣어야 해."

"뉴랜드에 들어가서 저 차를 찾기엔 시간이 모자라요."

"미리 찾으면 돼. 그 차는 아까 자네들이 들어갔던 뉴랜드 공간 데이터 안에 있어. 눈에 띄게 새 코드를 짜 넣진 않았을 테니 기존 데이터에 있는 차량이 쓰일 거야. 앞으로 할 일이 뭔지는 알겠지? 지석 군, 지금 자네가 가진 능력이면 가능해."

철옹성 같은 사후세계에서 간신히 쥐어 짜낸 미약한 정보들이 다음 목적지를 가리키고 있었다. 지석 일행은 이제 뉴랜드의 숨겨진 통로를 열기 위해 이스터에그의 요소들을 모아야 했다.

세 사람은 그 첫 번째 요소인 승합차를 찾으러 오성학이 만든 가이 서울 서버에 들어갔다. 그들 앞에 펼쳐진 8차선 대로가 쓸데없이 광활해 보였다.

"여기서 일일이 찾으란 말이야? 경찰차가 서울에 5,000대는 있을 텐데 그런 생노가다를 언제 해?"

지석은 뉴랜드에서 경찰에게 연행되었던 기억을 떠올렸다. 경찰이라는 기관이 뉴랜드 안에서도 일종의 치안 유지 기능을 하는 것 같았지만 수적으로 많아 보이진 않았다. 세 사람이 체커의 힘을 쓴다면 보안을 뚫고 차를 훔치는 것도 불가능한 일 같진 않았다. 문제는 차를 찾는 것이었다. 서울 시내의 경찰서들을 일일이 찾아다니는 것 외에는 뾰족한 수가 안 보였다.

셋은 목표물인 수사대 차량을 찾기 위해 대체현실 속을 걷고 또 걸으며 탐색했다. 이 힘 빠지는 여정을 진행하는 반나절 동안 그들은 세 군데의 경찰서를 뒤졌고 각각의 주차장에 서 있는 차량을 100대 넘게 확인했다. 하지만 암호문에 나온 '흰색 디지털수사대 승합차'는 구경도 할 수 없었다. 게다가 수사 차량이 늘 청사 주차장에만 있을 리도 없었다. 결국 모든 도로를 뒤져야 한다는 결론에 이르렀고, 생각이 거기까지 미치자 지석 일행은 자포자기해 주저앉았다. 지석이 번번이 문을 열고 공간을 이동하며 찾아다닌다고 해도 역부족일 터였다.

"무리야, 무리. 이미지 필터링 툴이라도 사 와서 찾든가."

"그게 되면 우리한테 시켰겠어? 여기선 외부 프로그램이 안 통해."

한참을 가만히 앉아 있던 손지우가 뭔가를 떠올린 듯 입을 열었다.

"금방 찾을지도 몰라."

"뭐? 어떻게?"

"뉴랜드 프로젝트 시작할 때면 우리 고등학교 졸업한 해 아냐? 그땐 디지털수사대라는 부서가 거의 없었어. 전부 사이버수사대였지. 그 차는 완전 째뼁이라는 거야."

"네가 그걸 어떻게 알아? 경찰 시험이라도 쳤어?"

"예전에 수사받다가 이관돼 봐서 알아."

둘은 바로 납득했다. 돌파구는 늘 의외의 방향에서 찾아지는 법이었다.

17

죽음이여 만세

지석 일행은 무작정 찾기를 중단하고 차근차근 정보를 모으기 시작했다. 경찰청 공식 페이지에서 5년 전 공문들을 찾아보니 사이버수사대의 과중한 업무를 분담하기 위해 디지털수사대를 신설한다는 보도자료가 있었다. 손지우의 말이 맞았다. 그해에 서울시에서 디지털수사대가 신설된 경찰서는 총 세 곳뿐이었다. 3D 화상으로 저장된 5년 전 서울시의 공간 데이터가 지금도 뉴랜드에서 사용되고 있으니, 몇 대 없던 디지털수사대 승합차를 찾아내는 것도 발품을 팔면 할 수 있는 일이었다.

후보를 좁힌 지석 일행은 대체현실 속 서울로 돌아가 세 곳의 경찰서 부근을 샅샅이 뒤졌다. 서촌경찰서 주차장에서 찾아낸 디지털수사대 차량은 구형에 푸른색이었고, 북부경찰서 뒷골목에 서 있던 차량은 사이버수사대 글자 위에 스티커만 붙인 승용차였다. 며칠이 더 걸려서야 그들은 동암경찰서에서 3킬로미터 떨어진 관할도로에서 하얀 수사차량을 찾을 수 있었다. 외형부터 차량번호까지 암호문에 묘사된 승합차와 똑같았다. 배창준은 다짜고짜 차 문을 열어보려 했지만 정지화면이니 당연히 열리진 않았다. 긴 수고 끝에 결국 찾아낸 하나의 단서 앞에서 일행은 오히려 허망해졌다.

"막상 보니까 실감이 안 나네."

"됐어. 드디어 찾았네. 동암경찰서 소속 차량인 거 알았으니까 뉴랜드에서도 찾을 수 있어."

"이걸 타야 임시저장소에 갈 수 있는 거 확실할까?"

"우린 정보도, 기회도 적어. 여기에 걸어보는 수밖에 없어."

"그래도 왠지 찜찜해. 그때 유가족들 만났을 때도 입단속시키질 않나…. 뭔가 위험한 게 더 있는데 저 영감님이 우릴 총알받이 삼는 건 아닌가 해서 말이야."

배창준이 약한 소릴 하자 지석이 발끈하며 화를 냈다.

"우린 체커니까 당연히 총알받이로 들어가는 거지. 아닌 것 같다 싶으면 중간에 언제라도 빠져. 난 혼자 뉴랜드 다 뒤져서라도 희진이 찾을 거니까."

작전 개시를 며칠도 채 안 남긴 시점이어서 지석도 전에 없이 신경이 곤두서 있었다.

그날 밤 배창준은 조용히 숙소를 나가더니 봉지 두 개를 들고 돌아왔다. 편의점 봉지에는 술과 싸구려 안주들이 들어 있었다. 배창준 나름의 화해의 제스처였다.

"바깥공기 좀 쐴래?"

세 사람은 지하 인쇄소에서 나와 골목길로 나갔다. 골목길 슬레이트 처마 밑에 마침 낡은 벤치 하나가 놓여 있었다. 먼지 쌓인 벤치 위에 세 사람이 나란히 궁둥이를 붙였다. 천연재료 하나 없이 공장에서 화학식만으로 만들어낸 발포주를 각자 들고는 비닐수지에 향료를 발라 만든 껌을 입에 하나씩 넣었다. 씹을 때마다 맛이 변하는 껌은 매운 떡볶이 맛을 내다가 바비큐 닭고기 맛을 내다가 또 생크림 케이크의 단맛을 냈다. 그들이 머리털 나고부터 익숙해진 플라스틱 세계의 맛이었다.

"누가 우주여행 보내주겠다 하면 갈 거냐? 공짜로."

배창준이 검은 하늘을 보며 말했다. 손지우는 씹던 껌을 바닥에 찍 뱉고는 또 다른 껌을 꺼내 씹었다.

"미쳤냐? 가봤자 돌덩이만 떠다니는데."

"우리 이대로는 좁은 방에서 곰팡내나 맡으면서 한 50년 살다가, 죽으면 더 좁은 서랍에 들어가서 환각이나 보면서 살 거 아냐. 그 전에 넓은 데라도 한번 나가보면 좋지 않겠냐?"

"우주 나가려면 더 좁은 데 들어가야 해, 바보 새끼야. 처박혀서 게임이나 해. 그게 제일 이득이야."

지석은 배창준과 손지우가 말하는 것을 가만히 듣고만 있었다. 걱정거리 하나만 있어도 좀처럼 미소가 지어지지 않는 자신과 달리 이 두 사람은 머릿속 회로가 망가진 건지, 성격이 좋은 건지 큰일을 앞두고도 금세 웃고 떠들 수 있는 것 같았다. 불행하게도 지석과 희진은 그런 종류의 인간이 못 되었다. 두 사람은 살아가는 일이 종종 무서웠고 늘 불안했다. 희진을 떠올리면 지석은 먹먹했다. 지석이 또 우울해진 것을 눈치챘는지 배창준이 재빨리 다른 말을 꺼냈다.

"근데 너는 연애 안 하냐?"

"안 해."

"뭐, 잠깐 사귄 사람도 없고?"

"없는데."

"그럼 이 나이까지 뭐 했냐?"

"닥쳐."

손지우는 발끈했고 배창준은 입을 다물었다. 지석은 배창준의 얼굴을 힐끔 봤다. 그는 오묘한 표정을 짓고 있었다. 입만 열면 섹스 얘기를 하는 배창준 본인도 정작 이 나이까지 여자와 사귀어본 적이 없었다. 40대까지 솔로인 사람이 인구의 절반을 넘었으니 흠될 것도 아니었다. 연애는 요란한 취미생활에 가까웠고, 결혼은 정말로 별종이나 하는 짓이었다. 하물며 자식을 낳는 것은 둘 중 하나, 인생 포기한 구제 불능이거나 돈 자랑 하고 싶어 안달이 난 부자들뿐이었다. 실제 세계가 수도원처럼 정숙해지는 만큼, 가상세계에는 음탕한 욕망이 넘쳐났다. 그러니 지석의 기억에 새겨진 현실 연애라는 감각은 각별하긴 한 것이었다.

지석은 두 사람을 남겨두고 먼저 일어났다. 하늘이 휘청했다. 지석은 알딸딸한 기분에 취해 최대한 천천히 걸었다. 하늘에서 빛나는 것이 꼬리를 남기며 떨어졌다.

'별똥별이 아니라 위성이겠지.'

지석은 쓴웃음을 지었다. 하나의 위성이 100개의 위성이 하던 역할을 도맡아서 하는 시대니, 나머지 99개의 위성은 힘없이 떠돌다 죽어갔다. 사람에게도 정확히 같은 일이 일어나고 있었다. 출산은 희박하고 늙은이들만 바글바글한 세상엔 사망률만이 높아졌다. 이대로라면 의료보험을 지탱해줄 이들도, 서버를 운영해줄 이들도 남지 않아 결국 뉴랜드마저 끝장날 것이 자명했지만 알면서도 모두가 외면했다. 삶에 대한 사람들의 애착이 크면 클수록 세상이 죽음을 향해 다가가는 속도도 빨라졌다. 죽어가는 것들, 곧 죽을 존재들, 이미 죽은 사람들, 죽음 그 자체. 생각할수록 울렁거려 지석은 빨리 속을 비우고 싶었다. 상체를 고꾸라트리고 시멘트 바닥을 향해 몇 번이나 끓는 가래를 뱉었지만 구토는 나오지 않았다. 플라스틱 맛밖에 나지 않는 침과 눈물만이 무력하게 뚝뚝 떨어졌다.

"술 마셨어요?"

고개를 돌리자 거대한 검은 덩치가 옆에 서 있었다. 오동인이었다. 오동인은 말없이 지석을 부축해 인쇄소 지하 간이침대까지 데려다줬다. 오동인의 몸이 하도 커서 지석은 부축을 받는다기보다 소형차량

옆구리에 딸려가는 기분이 들었다. 운동이라도 하고 온 사람처럼 오동인의 몸은 이상하게 뜨거웠고, 옷 밑으로 축축한 땀이 느껴졌다. 지석을 자리에 눕힌 후 오동인은 옆에 놓인 대체현실 접속기를 집어 들었다. 그는 비뚤어진 접속기 헤드를 분리했다가 다시 끼웠다. 그 동작이 기기를 많이 다뤄본 사람처럼 익숙해 보였다.

"밤에 뭐 하다 온 거예요? 어디서 달리기라도?"

"일이요."

"무슨 일 하는데요?"

"그쪽이랑 비슷한 일."

"떳떳한 일은 아닌가 보네. 보험료 때문에?"

오동인은 고개를 끄덕였다. 지석은 저도 모르게 한숨과 푸념이 나왔다.

"빌어먹을 보험료."

"난 좋은데. 이거 버리고 빨리 들어갈 생각하면."

지석은 그가 한 말이 하도 희한해서 술이 깨는 느낌이었다. 그가 버린다고 한 것이 자기 목숨인지, 이승인지, 아니면 세상 전부인지 알 수 없었지만 어느 쪽이라고 해도 이상한 것은 마찬가지였다. 지석이 다음 말을 망설이는 사이 오동인은 시큰둥한 얼굴로 계단을 올라가 시야에서 사라졌다.

뉴랜드 서버 점검일이 며칠 앞으로 다가왔다. 얼마 전 오동인은 윤전기에 쌓인 먼지를 털어내고 뭔가 작업을 하고 있었다. 바로 회사의 허위 서류를 만드는 것이었다. 폐업한 회사에서 몰래 사 온 장부를 날짜와 회사명만 바꾼 뒤 인쇄해서 파일철로 만들어뒀고, 가짜 조직도도 만들었다. 오동인은 생김새에 어울리게 범죄 영역의 일들을 척척 해냈다. 그렇게 준비한 가짜 서류로 외부 점검 업체 입찰에 참가한 뒤 사업을 따낸다는 오성학의 계획은 무리 없이 성공한 것으로 보였다. 오동인은 인쇄소 한쪽 벽을 가린 채 스튜디오를 설치하고 지석과 팀원들의 사진을 찍더니, 잠시 후 카드 제조 기기로 사원증 세 개를 뚝딱 만들어냈다. '비바 네트워킹'. 이들이 소속된 것으로 꾸민 가짜 보안 점검 업체의 명칭이었다. 오성학은 고문, 오동인은 대표, 지석과 손지우, 배창준은 사원이었다. 이제는 정말로 뉴랜드에 들어간다는 실감이 지석의 불안을 가중했다.

그날 밤 오성학은 지석을 따로 불렀다. 인쇄소 뒷골목을 걸어가다 셔터에 난 간이 문을 열자 오성학과 오동인이 그동안 기거했던 방이 나왔다. 휑한 시멘트 창고에는 소파 한 개와 간이침대 두 개, 캐리어 두 개만 있었다. 긴팔을 입은 오동인은 구석에 놓인 간이침대에 엎드려 죽은 듯 자고 있었다. 밖으로 드러난 오동인의 뒷덜미 피부는 온통 붉어진 가운데 허연 수포가 수십 군데 솟아 있어 보는 것만으로도 괴로워졌다. 침대 밑에 굴러다니는 빈 주사기와 진통제로 보이는 유리병 두 개 덕분에 그는 깊은 잠을 잘 수 있는 것처럼 보였다. 지석은 신경 쓰지 않으려 했지만 자기도 모르게 표정이 굳었다. 이 풍경이 일상적인 듯 오성학은 자연스럽게 약통 하나를 열더니 약을 한 알 꺼내 물도 없이 꿀꺽 삼켜버렸다. 그러고는 한 알을 더 꺼내 지석에게도 권했다.

"불안하지? 자네만 유독 예민한 성격이라 잠도 못 자는 것 같던데. 먹게."

"마약이에요?"

"말버릇은 여전하군. 내가 처방받은 안정제야. 도움이 될 거야."

지석은 오성학에게 받은 알약을 조심스럽게 입에 넣고 삼켰다.

"자네가 저 친구들 잘 이끌어주게. 작전 당일엔 안태규 군도 우리와 함께할 거야."

"그 빡빡머리를 설득했어요? 자기만 살겠다고 꽁무니 뺐던 놈인데 또 어떻게 나올 줄 알고."

"점검 전후 처리를 하려면 내부자가 필요하잖나. 그래도 내가 근본적으로 신뢰하는 건 자네뿐이야. 여기까지 제 발로 찾아온 사람은 자네 하나니까."

"그런데요, 영감님. 이번 일로 뉴랜드를 근본적으로 바꿀 수 있을 것 같아요? 기껏 사람들 구해냈는데 다시 예전처럼 돌아가면 어째요?"

오성학은 그런 고민을 기다렸다는 듯이 서랍장에서 뭔가를 꺼냈다. 여드름 패치처럼 생긴 작고 동그란 살구색 테이프였다.

"이건 일종의 보험이지만 꼭 하고 가게. 자네 몸 네 군데에 부착하면 사방의 영상을 기록하고 녹음할 수 있어. 이걸로 찍은 영상은 편집도 할 수 없고 증거 가치가 충분해. 만약 구조 미션에 실패해도 우린 A.L

컴퍼니의 약점을 잡는 거야."

지석은 녹화장치라는 그 물건을 손으로 만졌다. 디자인은 동그란 반창고 같았지만 만져보니 안쪽엔 딱딱한 기계 부위가 있었다.

"이게 내 출구전략이네. 총이 언제 가장 큰 힘을 지니는지 아나? 방아쇠에 손가락만 얹고 있을 때야. 난 A.L 컴퍼니와 협상할 거야."

"협상을?"

"조건은 간단하네. 나와 아들, 자네들과 가족들. 여기 정보 공개 청구 모임 가족들까지. 뉴랜드에서 안락한 삶을 보장하라는 거야."

"우리가 죽고 나서까지 그놈들이 약속을 지키겠어요?"

"난 우리 조직을 영원히 영속되는 협상 체제로 만들 생각이야. 우리가 확보한 자료들, 터트리지 않고 대대손손 보관하면서 A.L 컴퍼니가 허튼짓 못 하게 할 거야. 감시와 견제. 그걸 하려면 협상카드가 하나라도 있어야 할 거 아닌가."

얼핏 철저해 보였지만 곰곰이 생각해보면 오성학의 계획에는 근본적으로 의아한 구석이 있었다. 그가 말하는 영속적인 협상이란 A.L 컴퍼니의 부패한 자들이 계속 자리를 지켜야 가능한 일이자, 뉴랜드의 비밀이 영원히 유지되는 것을 전제로 한 일이었기 때문이다. 정보 공개 청구 모임의 유가족들은 이 계획을 어떻게 받아들일 것인가? 모두를 위한 실용적인 결단으로 받아들일 수 있을까? 지석의 생각이 위험한 부분까지 미쳤지만 입 밖으로 내진 않았다. 약은 효능이 좋았다. 지석은 소파 등받이에 가만히 상체를 기댔다. 큰 미션을 앞두고 생각을 복잡하게 만들고 싶지 않았다.

"영감님. 만약에, 정말 만약에 일이 다 잘못되면 어떻게 되는 거죠?"

"징역을 받고 돈도 못 벌고 뉴랜드엔 영영 못 들어간 채로 결국엔 사라지겠지. 사라지는 게 무섭나?"

"무섭겠죠. 근데 지금은 아니에요. 일부러 그런 생각은 피하고 있어요. 진짜로 사라질 때가 오면 그 직전에 걱정하면 되겠죠."

"나도 무서워. 근데 우리 부모님도, 그 부모님의 부모님도 겪은 일이고, 공자와 부처와 예수도 겪은 일이야. 여기 살다 간 수천억 생물들이다."

지석은 지하 윤전기 옆으로 돌아와 웅크렸다. 그날 밤은 편히 잘 수 있었다.

지석이 이 지하 인쇄소로 들어온 지 정확히 29일이 지난 날이었다. 각자 캐리어를 다시 챙겼고, 인쇄소에 널린 모든 흔적들은 다섯 개의 대형 쓰레기봉투 속으로 사라졌다. 해가 지고 난 뒤, 오동인이 빌려온 승합차에 다섯 명의 멤버들이 모두 올라탔다. 결전의 날이었다. 이들은 이제 비바 네트워킹의 직원 자격으로 A.L 컴퍼니 서버 센터에 들어갈 예정이었다.

"야, 다리 그만 떨어."

손지우가 지석을 노려봤다. 지석은 그제야 자신이 다리를 떨고 있다는 것을 알아챘다. 모두가 긴장한 듯 경직된 얼굴이었다. 늘 유쾌하던 배창준도 턱을 괴고 창밖만 보고 있었다. 오동인이 거치대에 놓인 핸드폰을 조작해 인터넷 방송을 틀었다. 남녀 패널들이 실시간으로 시청자들과 수다를 떨며 난센스 퀴즈를 맞히는 채널이 나왔다.

"자, 다음 문제 갈게요. 천국으로 가는 문이랑 지옥으로 가는 문이 있어. 문 앞에는 천사랑 악마가 서 있거든? 근데 문도 똑같이 생기고 천사랑 악마도 똑같이 생겨서 구분이 안 되고, 꼭 천사가 천국문 앞에 서 있는 것도 아냐. 근데 분명한 건 천사는 진실만 말하고 악마는 거짓만 말한다는 거야. 얘네 앞에서 질문을 딱 하나만 해서 천국의 문을 찾아야 해. 무슨 질문을 해야 할까?"

지석은 곰곰이 생각해봤다. 예전에 어디선가 들은 퀴즈였는데 답이 떠오르지 않았다. 손지우가 느닷없이 입을 열었다.

"난 질문 안 하고 아무거나 열고 들어가. 지옥 가는 것도 억울한데 내가 멍청해서 갔다고 해봐. 열 배는 억울하잖아."

"천잰데?"

손지우와 배창준은 만담이라도 하듯 멍청한 소리를 주고받았다.

"나 같으면 그 앞에서 자리 펴고 살아. 지옥보단 낫잖아. 어쩌면 천국보다도 나을지 몰라."

"천잰데?"

"저기 좀 닥쳐줄래?"

지석은 문제의 답을 알고 싶었지만 바보 같은 대화에 묻혀 정답을 놓치고 말았다. 지석은 차에 타 있는 내내 그 질문에 대해 생각했지만 끝내 답은 알 수 없었다.

잠시 후 승합차는 남부 서버 센터 입구의 관문들을 수월하게 통과해 주차장까지 들어갔다. 오성학의 계획은 그렇게 시작되고 있었다.

18

선수의 피로

지석 일행이 주차를 마치고 나오자 주차장 입구에 낯익은 민머리 남자가 마중을 나와 있었다. 지석을 처음으로 이 일에 끌어들인 장본인, 안태규였다. 지석 일행이 침투 연습을 하는 사이 오성학은 정말로 서버 담당자를 설득해 아군으로 끌어들인 것이었다.

"세 분 오랜만이네요. 오 교수님한테 말씀 들었습니다. 잘됐네요."

"다시 볼 일 없다고 하지 않았어요? 우리가 제안하는 건 우습고 교수가 제안하는 건 오케이 합니까?"

"지, 지석 씨. 나쁘게 받아들이지 마세요. 저도 그동안 좌천당해서 고생했어요. 바쁜 시기에 갑자기 결원이 생겨서 다시 복귀해 도와드리는 거예요."

"그래, 안태규 군도 자기 자리 걸고서 도와주는 거야."

지석은 한마디 더 얹고 싶었지만 그만뒀다. 서버 관리팀 안태규, 뉴랜드의 설계자 오성학, 유령회사의 대표 오동인, 체커 도지석, 배창준, 손지우. 총 여섯 명의 멤버들이 주차장을 지나 서울 남부 서버 센터의 서버 관리동, 죽은 자들의 건물에 들어섰다. 이들은 역사상 최대 규모의 기업인 A.L 컴퍼니에 반기를 든 최초의 저항군이자, 저승을 기록하기 위해 모험을 떠나는 최초의 탐사대였다.

안태규는 지난번 시도에서 지석을 안내했던 허접한 당직실이 아닌, 정식 서버 관제실 문을 열었다. 나사 우주기지를 동경하는 설계자가 만든 방인지, 반구형 유리창 너머로 끝이 보이지 않는 서버실이 한눈에 들어왔고, 양옆으로 상태를 표시하는 수십 개의 홀로그램 창이 떠 있었다. 서버실에는 사람 하나 없이 서랍장 같은 서버용 컴퓨터들만 쌓여 있었다. 수천 개의 작은 불빛들만이 어둠 속에서 깜빡거리고 있었다. 우주선에서 은하수를 내려다보는 듯한 장관이었다. 오동인과 안태규는 커넥팅 기기들을 연결해 진입 준비를 시작했다. 오성학은 관제실 컴퓨터에 연결한 모니터를 가리키며 작전을 설명하기 시작했다. 모니터에는 서울시 지도가 떠 있었다.

"점검 시간은 오늘과 내일, 이틀간이야. 뉴랜드에 들어가면 지석 군 자네는 우선 우리가 합숙했던 인쇄소로 찾아가. 마지막 메시지를 보낸 사람이 그 아지트에 있을 거야. 우리가 미처 못 들은 임시저장소에 대한 얘기를 직접 듣고 찾아가게."

대체현실 접속기를 착용하는 짧은 찰나에 지석은 늘 해온 것처럼 임무 내용을 되새겼다. 특별히 어려울 일도 없었다. 배창준과 게임 의뢰를 받을 때도 체커들이 감금한 10여 명의 플레이어들을 구조한 적이 있었다. 오늘은 열목어라는 든든한 우군도 함께 있으니 마음이 놓였다. 큰 명분은 전원 구조였지만 지석의 진짜 목표는 희진, 단 하나였다. 지난 한 달을 지석은 희진을 만나는 순간만을 떠올리며 버텼다.

지석은 인쇄골목에서 멀지 않은 청계천 다리 밑에서 눈을 떴다. 이곳 뉴랜드에 세 번째로 온 지석이지만 늘 어딘가 스산하고 낯선 기분이 들었다. 천변을 산책하는 사람이 있을 법도 한데, 누구도 보이지 않았다. 차라리 잘된 일이었다. 지석은 다리 밑 그늘에 몸을 숨긴 채 재빨리 장비들을 점검했다. 촬영기기 역할을 할 손톱만 한 패치를 양쪽 귀밑과 이마, 그리고 목뒤에 붙였다. 지석은 주머니를 뒤져 핸드폰을 꺼냈다. 5년 전 유행한 핸드폰 기종이었다. 남의 눈에 띄지 않도록 서버실과의 통신 장비는 최대한 평범해 보이는 물건으로 선택했다. 지석은 핸드폰을 들고 상황을 점검했다.

"영감님, 진입했어요. 카메라 잘 보여요?"

"그래. 문제없어. 아지트로 가게."

지석은 핸드폰을 주머니에 넣고 산책로 위쪽 길로 올라왔다. 시내 중심가인 주변 거리엔 사람들과 차량이 드문드문 보였지만 가게들은 대부분 문을 닫은 상태였다. 지석은 긴장되는 마음을 억지로 누그러뜨리며 인쇄소 골목을 향해 걸었다. 찾아가는 길은 순조로웠다. 15분 동안 걷는 사이 맞은편에서 걸어오는 사람 두 명을 마주친 게 전부였다. 사거리 건너편에서 경찰차를 맞닥뜨린 것은 조금 간 떨리는 일이었지만 그들 역시 문제없이 지나쳤다.

지석은 무사히 인쇄소 골목을 찾아냈다. 오성학의 말대로 인쇄소 골목은 현재의 모습 그대로였다. 지석은 몸이 기억하는 대로 문 닫은 인쇄소를 찾아 들어간 뒤 뒷문을 통해 좁은 골목길로 나가 방수비닐로 덮인 지하 입구를 찾아냈다. 어두운 시멘트 계단을 내려가는 동안 가슴이 두근거렸다. 사후세계의 비밀조직과 이승의 비밀조직이 처음으로 접선하는 운명적인 순간이었다. 어쩌면 사라졌던 희진도 이곳에 숨어 있지 않을까 하는 생각이 지석의 마음속에 불쑥 비집고 들어와 괜한 기대감을 부풀렸다. 그도 그럴 것이 건강했던 시절의 희진은 당한 것은 꼭 갚아주는 성격이었기 때문에 저승에서도 이런 일에 가담할 만했다. 하지만 문을 열었을 때 펼쳐진 광경은 지석을 갸우뚱하게 했다.

낡은 윤전기 사이에 그물침대 하나가 매달려 있었는데, 그 위에 키가 지석보다 한 뼘은 더 커 보이는 여자가 늘어져 자고 있었다. 그 여자 외에는 쥐새끼 하나 보이지 않았다. 지석은 여자에게 한 걸음씩 다가가며 이상하게도 낯익은 느낌을 받았다. 그럴 리는 없겠지만 지석이 아는 사람인 것만 같은 느낌. 잠든 여자의 옆얼굴을 내려다본 순간 기억 속에서 한 얼굴이 퍼뜩 떠올랐다. 지석은 자기도 모르게 살짝 흥분해 여자를 흔들어 깨웠다.

"저기요, 유해민 선수 아니에요? 배구선수 유해민."

그녀는 지석이 어렸을 때 유명했던 스포츠 스타였다. 엄마가 배구장 청소 일을 하던 시절 공짜로 구한 티켓 덕분에 지석은 몇 번인가 유해민 선수의 경기를 관람한 적이 있었다. 영리한 리베로였던 유해민 선수는 팬들도 많았지만 영리함이 지나쳤던 탓인지 협회의 부조리를 폭로한 뒤 코트에서 자취를 감춰버렸다. 그 뒤에 들려왔던 소식은 은퇴 후 중고교 배구 교실을 운영하다가 불치병에 걸렸고, 결국 향년 35세의 나이로 세상을 떴다는 것뿐이었다.

"뭐야, 너?"

유해민은 살짝 눈을 떠서 지석을 봤다. 그제야 지석은 자신이 여기에 온 목적을 기억해내고 재빨리 말을 꺼냈다.

"저는 뉴랜드 밖에서 왔어요. 그러니까 아직 안 죽은 사람이라는 얘기죠. 저… 오성학 교수 아시죠? 아, 이렇게 말하면 모르시려나…. 어쨌든 사라진 사람들이 갔다는 임시저장소를 찾아내려고 온 거예요. 그러니까 아는 정보가 있으면 자세히 좀 말해주세요."

지석은 횡설수설하긴 했지만 이 정도면 충분히 알아듣고 대답할 수 있을 것으로 생각했다. 하지만 유해민의 다음 반응은 정말이지 예상치 못한 것이었다. 유해민은 대꾸도 없이 눈만 끔뻑끔뻑하더니 고개를 획 돌리곤 더 자기 시작했다. 그녀의 해석할 수 없는 행동을 지석은 꿀 먹은 벙어리처럼 멍하니 바라만 봤다.

"저 해민 선수? 임시저장소에 대해 아는 거 없어요? 뉴랜드에서 실종된 사람들이 다 거기로 갔다면서요."

"당연히 알지. 여기 있던 사람들도 다 거기로 잡혀갔으니까."

"특수한 차를 타야지만 거기 갈 수 있다는 거, 해민 선수가 보낸 메시지 아니에요? 아는 대로 다 말해줘요."

"네 말 다 알아들었어. 근데 나 해줄 말 없다."

"뭐라고요?"

유해민은 여전히 눈을 감은 채로 무성의하게 말했다. 지석은 다시 말문이 막혀버렸다. 시간은 없는데 예상 못 한 복병이 계획에 차질을 가져왔다.

지석과 찢어져서 뉴랜드의 다른 곳에 떨어진 손지우는 그때 지하주차장 앞을 어슬렁대고 있었다. 그녀가 있는 곳은 동암경찰서. 목표물인 디지털수사대 승합차는 이곳 주차장에 있을 확률이 가장 높았다. 하지만 철제 차단문이 입구를 막고 있어 멀리서는 확인조차 불가능했다. 곧이어 바닥이 높은 수사용 승합차 한 대가 길을 막고 있는 손지우 앞에 급정거했다. 운전석 차창이 열리며 사나운 인상의 남자가 얼굴을 내밀었다.

"뭐냐? 치고 가라고?"

손지우는 잠시 깊은숨을 들이마시고 주차장 출입문을 돌아봤다. 손지우와 운전자 사이에 막 격투가 시작될 것만 같은 묘한 긴장감이 흘렀다.

"죄송합니다, 죄송합니다."

하지만 다음 순간 손지우는 무해하고 모자란 사람처럼 고개를 연신 숙이며 차 옆으로 비켜섰다. 바닥이 높은 승합차가 들어서자 차단 문이 비프음을 내며 재빨리 열렸다. 문이 순식간에 닫혀 안을 확인할 수는 없었다. 발길을 돌린 손지우는 얌전히 경찰서 1층 민원실 옆 화장실로 들어갔다. 배설 활동을 굳이 만들어놓지 않은 뉴랜드이니만큼 화장실을 이용하는 사람이 있을 리 없었다. 쓸모없는 공간 데이터 쪼가리에 불과한 변기 위에 앉아 손지우는 조용히 핸드폰을 꺼냈다. 그리고 누군가의 연락을 기다렸다. 미리 확인한 바에 따르면 지하 주차장의 비상구는 안면 인식 장치가 아니라 경찰 신분증을 인식하는 구식 카드키로 열 수 있게 되어 있었다. 덕분에 소란스럽지 않게 침투할 방법이 묘연한 상황이었다. 하지만 걱정 없었다. 조금 전, 손지우가 길을 막은 그 짧은 찰나를 틈타 동료가 승합차에 무임승차하는 데 성공했으니까.

배창준은 승합차 바닥에 매달려 있었다. 그가 입고 있는 옷은 빌딩 등반가로 유명한 기인이 CF에 나와 입었던 흡착식 빨판 타이츠였다. 승합차가 동암경찰서 지하 주차장에 주차를 마치기까지 걸린 시간은 고작 3분이었지만 그사이 배창준의 몸은 세 개의 과속방지턱에 걸렸다. 덜컹 소리와 함께 어깨가 부서질 것 같은 통증이 느껴졌고 배창준은 하마터면 비명을 지를 뻔했다. 사후세계에는 고통이 없다던 광고가 거짓이었다는 것을 배창준은 이를 꽉 문 채로 깨달았다. 첫 진입 때부터 뉴랜드는 뭐 하나 예상대로 되는 곳이 아니었다. 다행인 것은 그때와는 달리 체커의 능력을 쓸 수 있다는 점이었다. 오성학 덕분에 서버 방화벽은 무사히 풀린 것 같았다. 주차를 마친 차에서 운전자가 내렸고, 배창준은 차 밑에서 고개를 살짝 내밀어 그의 인상착의를 살폈다. 곧이어 배창준은 그 운전자의 얼굴과 정복을 카피한 모습으로 차 밑에서 나왔다. 얼굴의 한쪽 면만 목격한 탓에 반대쪽 얼굴은 살구색으로 뭉개져 있었다. 배창준은 한쪽 뺨을 가리고는 주차된 차들을 재빨리 살피기 시작했다. 지하 1층은 승합차 한 대와 승용차 세 대만 놓인 휑한 모습이었다. 나선형 통로를 돌아 내려가 지하 2층을 살피고 다시 지하 3층까지 내려가서야 배창준은 목표물인 디지털수사대 승합차를 찾을 수 있었다. 배창준은 안도의 한숨을 내쉬었다. 여기까지 작전은 차질 없이 진행되고 있었다. 남은 관문은 차 문을 열고 시동을 거는 것이었다. 당시 경찰에 도입된 이 신형 모델은 차창의 스크린 패널을 통해 안면 인식으로 열리는 방식이었다. 배창준의 바뀐 얼굴은 당연히 인식되지 않았다. 배창준은 연습할 때 외워뒀던 완납자들의 얼굴로 몇 번이나 바꿔가며 문을 열려고 했지만 문은 끄떡도 하지 않았다. 특별한 조치가 필요했다. 배창준은 핸드폰을 들어 손지우를 불렀다.

"야, 시동이 안 걸려. 네가 가줘야겠어."

"뭐가 필요한데?"

"어이, 거기서 뭐 해?"

배창준은 깜짝 놀라 핸드폰을 재빨리 내렸다. 차창에 비친 뒤쪽으로 정복을 입은 경찰의 모습이 보였다. 배창준은 기억을 더듬어 승합차를 운전했던 남자의 얼굴로 재빨리 모습을 다시 바꿨다. 배창준은 어정쩡하게 돌아서며 경찰에게 대꾸했다.

"아, 저 차 신형이라 구경 좀 하려고."

"태영 씨, 말이 짧네?"

"아니, 구경하려고요."

"허, 실없이 왜 돌아다녀? 빨리 올라가자."

경찰은 난데없이 배창준의 어깨에 손을 얹고 어깨동무를 했다. 뭉개진 상태의 얼굴 반쪽을 들킬까 두려워 배창준은 손바닥으로 얼굴을 가렸다.

"왜 그래? 어디 아파?"

"아픈 건 아닌데요, 그냥 갑자기 멀미가."

"또 실없는 소리 하네. 여기서 멀미가 날 리가 있어?"

"그런데요, 저 차 말입니다. 시동도 안면 인식으로 걸리는 거죠?"

"그렇지. 신형이라 저쪽 팀 애들만 열 수 있지."

둘의 목소리는 스피커 모드 상태로 배창준의 주머니에 들어가 있는 핸드폰을 통해 손지우에게 전달되고 있었다. 미세한 그들의 말소리를 알아들은 손지우는 자신이 다음에 해야 할 일을 알 수 있었다. 디지털수사대 차량 탈취를 위해 그 팀원들의 얼굴 정보를 배창준에게 가져다줘야 했다. 일행에게 말하지는 않았지만 그녀가 해킹 피의자로 처음 조사를 받고 벌금을 낸 곳이 바로 이곳 동암경찰서였다. 그래서 몇 층

어디에 디지털수사대가 있는지도 생생하게 기억하고 있었다. 손지우는
변기에서 일어나 고개를 좌우로 꺾어 몸을 풀었다.

19

이스터에그

지석은 마른침을 꿀꺽 삼키며 유해민의 대답을 기다리고 있었다. 그녀는 여전히 눈을 뜰 생각이 없어 보였고 지석은 문득 자신이 방금 삼킨 침이 이쪽 사후세계에 실제로 존재하는 현상인지 아니면 습관일 뿐인지 헷갈렸다. 지석의 침도 유해민의 잠도 실존하는 것은 아닐 거라고 지석은 생각했다.

"해민 선수, 시간이 없어요. 내 친구들이 벌써 그 차를 훔치러 갔어요. 어디로 가야 하는지 위치를 알아내서 빨리 합류해야 해요."

"너희가 임시저장소에 가서 뭘 어쩌게?"

"내 여자친구를 풀어주러 온 거예요. 엄희진이라고."

지석의 말에 반응한 건지 유해민은 눈을 뜨고 처음으로 상체를 일으켜 해먹에 걸터앉았다. 그녀의 앉은키가 지석의 가슴팍 높이까지 닿았다.

"엄희진이 네 애인이라고? 어쩐지."

"희진이를 알아요?"

"알지. 여기서 제일 설치는 부류였으니까. 솔직히 나도 너 도와주고 싶은데 지금은 그렇게 못하겠네."

"왜요? 무슨 문제가 있어요?"

"있지. 너 지금 이것도 다 녹화하고 있을 거 아냐. 그렇지?"

지석은 유해민이 말하는 것이 무엇인지 정확히 알 수 있었다. 그녀는 기록이 남아 이쪽 세계에서 불이익을 당할까 두려워하고 있었다.

"이 패치가 녹음이랑 녹화장치예요. 중단할 테니까 뭐든 얘기 좀 해 주세요."

지석은 옆쪽 관제실로 들어가 네 군데 붙인 녹화장치를 뗀 뒤 다시 돌아왔다. 지석이 양손과 소매를 확인시켜 녹화장치가 없다는 것까지 보여주자 유해민은 고개를 끄덕였다.

"직접적으로는 말 못 하니까 귓구멍 열고 알아서 잘 들어. 임시저장소가 어디 있냐고? 경기도다."

"말도 안 돼. 뉴랜드는 서울이 전부잖아요."

"경기도 맞아. 절대로 걸어서 못 가는 데 있다고. 우리도 거길 찾으려고 온 서울을 다 뒤지고 다녔는데 못 찾았어. 결국 못 찾고 하나씩 다 끌려갔다."

"걸어서 못 간다니 그게 무슨…"

"후… 못 알아듣겠냐? 경기도는 경기도인데 서울이야. 서울은 서울인데 경기도야. 나도 끌려갈 때 엿들은 정보야."

"누구한테 들었는데요?"

"거기로 운반하는 놈들이 자기들끼리 떠드는 걸 들었어."

"그리고요? 좀 더 자세히 말해줘요."

"없어. 내가 들은 것도 이게 전부고 이 이상은 자세히 말 못 해. 또 끌려가기 싫거든."

다시 누운 유해민을 뒤로한 채 지석은 관제실로 들어갔다. 작전을 위해 뛰어다녀도 모자랄 판에 난센스 퀴즈를 풀고 있어야 한다는 것이 속을 타들어 가게 만들었다. 하지만 유해민에게 이 이상의 협조를 바랄 수는 없었다. 지석은 간이의자에 앉아 닫힌 문을 마주 보며 손톱을 물어뜯었다. 문득 수리 기사 일을 할 때 겪었던 상황들이 떠올랐다. 다수의 출장 수리 경험에 비추어볼 때 대부분의 오류라는 것은 시스템이 뭔가를 누락시켜서가 아니라 너무 정직하게 반영해서 생겼다. 수리는 난센스 퀴즈와 비슷하게 어려운 풀이를 요구하지 않는 법이라, 제일 단순한 방법으로 찾는 것이 늘 정답에 가까웠다. 지석은 핸드폰을 들었다. 그리고 한 달의 연습 기간 동안 지겹도록 들여다봤던 뉴랜드 설계 지도를 열었다. 희미하지만 짚이는 것이 있었다. 늦기 전에 답을 찾아내야 했다.

동암경찰서 본관 2층 사무실에 손지우가 들어섰다. 영화에 나오는 분주한 경찰서 풍경 대신 어두운 사무실에서 태블릿을 붙잡고 시시껄 렁한 게임을 하는 사람들이 보였다. 이곳도 결국 어떤 망자들의 일터 일 뿐이었다. 손지우는 디지털수사대 안내판이 걸려 있는 자리로 단숨 에 다가갔다. 세상에서 제일 나태한 표정을 한 세 사람이 자리에 앉아 졸고 있었다. 손지우는 턱을 괴고 자는 형사의 몸에 손을 뻗어 그의 목에 걸린 경찰 신분증을 빼내려 했다. 신분증에는 작은 증명사진이 붙어 있었다. 하지만 손지우의 기색을 눈치챈 형사가 먼저 눈을 떴다.

"어? 너 뭔데? 남의 자리에서."

손지우는 아직 잠에서 덜 깬 형사를 차가운 눈빛으로 내려다봤다. 그녀의 머릿속에 좋은 생각이 떠올랐다. 손지우가 입을 열었다.

"뭐긴. 밖에서 네 가족이 보내서 왔어. 따라 나와."

손지우가 등을 돌리자 형사는 난데없는 말에 잠이 깬 듯 눈을 커다 랗게 떴다.

"뭐? 저 계집애가 뭐라는 거야?"

형사는 자리에서 일어나 손지우를 따라갔다. 손지우는 도망치듯 빠 른 걸음으로 비상계단 문을 열고 사라졌고, 형사는 넓은 어깨를 건들 대며 비상계단으로 갔다. 비상계단 문이 열린 순간, 문 뒤에서 기다리 고 있던 손지우의 날카로운 주먹이 형사의 명치와 미간에 차례대로 파 고들었다. 형사의 눈에는 그 움직임이 너무 빨라 하얀 끈 같은 것이 공중에 휙휙 펼쳐지는 것같이 보였다. 무슨 일이 일어난 것인지 의식 하기도 전에 형사의 몸이 고꾸라졌다. 손지우는 형사의 와이셔츠 옷깃을 잡고 뒤에서 다리를 걸어 넘어뜨렸다. 형사는 요란한 소리를 내며 계단을 구르더니 비상구 표시등에 머리를 박고 고개가 꺾였다. 죽은 사람의 모습이었다. 하지만 뉴랜드의 형사는 이미 죽은 자이니 다시 죽을 일도 없었다. 형사는 미세하게 꿈틀댔고, 손지우는 계단을 내려가 미세하게 꿈틀대는 형사를 다시 걷어차 아래층으로 굴렸다. 형사가 지하 2층까지 굴렀을 때 비상계단에서는 두 명의 형사가 담배를 피우고 있었다. 굴러떨어진 동료와 계단 위에서 살기를 띠고 있는 손지우를 번갈아 본 두 사람은 상황을 파악하고 손지우에게 달려들었다. 상체를 낮춘 손지우가 계단 중간 부분을 손바닥으로 짚으며 몸을 튕겼고, 그 반동으로 그녀의 오른발이 풍차처럼 돌아 솟구치며 앞서 오던 형사의 얼굴에 부딪혔다. 카포에이라 같은 동작의 발차기에 맞은 형사의 몸이 날아가며 그 뒤의 동료도 함께 굴러떨어졌다. 순식간에 벌어진 일이었다. 손지우가 착지하고 나서야 형사가 떨어뜨린 두 대의 담배가 계단 위로 툭툭 떨어졌다. 이윽고 거대한 덩치가 층계를 구르는 소리가 지하 3층까지 다다랐다. 형사의 신분증으로 비상구 출입문을 연 손지우는 드디어 목적지인 지하 주차장에 도착했다. 마침 손지우의 앞에 얼굴을 반쯤 가린 배창준과, 그의 어깨에 손을 올리고 있는 또 다른 형사가 서 있었다. 비쩍 마른 여자아이가 커다란 덩치의 남자를 부축하는 모습을 본 형사가 미처 놀라기도 전에 손지우는 손바닥으로 형사의 턱 끝을 힘껏 올려 쳤다. 옷걸이가 넘어지듯 형사의 몸이 수평을 유지한 채 그대로 바닥에 쓰러졌다. 손지우는 안도한 배창준을 향해 덩치 큰 형사의 머리채를 잡아 들었다.

"야, 이 사람 디지털수사대야. 얼굴 똑똑히 외워."

기절한 두 형사를 전기실 안에 구겨 넣은 손지우와 배창준은 빠른 걸음으로 주차장을 가로질렀다. 덩치 큰 형사의 얼굴로 바뀐 배창준이 차창에 얼굴을 가까이 대자 안면 인식을 완료한 승합차가 반응하기 시작했다. 두 사람은 각각 운전석과 조수석에 올라탔다. 차창 패널이 배창준의 얼굴을 인식하자 차는 스스로 사이드 브레이크를 풀고 시동을 걸었다. 손지우는 내비게이션을 조작해 이전 목적지를 살폈지만 모든 기록은 삭제되어 있었다.

"차는 찾았는데 네 친구 언제 와? 이걸 몰고 어디로 가냐고?"

"그게 문제가 아냐, 지금."

손지우는 운전석의 배창준이 보고 있는 쪽으로 고개를 돌렸다. 한 무리의 사람들이 비상계단 출입구를 열고 주차장으로 나오고 있었다. 그들은 모두 검은색의 경찰 특공대 복장을 하고 있었다.

"빨리 수동 모드로 차부터 몰아!"

배창준이 어설픈 실력으로 운전을 시작하는 사이, 룸미러를 통해 경찰 특공대가 무릎을 굽히고 앉아 소총으로 이쪽을 겨냥하는 모습이 보였다. 손지우는 배창준의 머리를 눌렀다. 총탄이 뒤쪽 차창을 깨며 날아들었고, 차는 비틀대며 폭주했다.

지석은 여전히 인쇄소 관제실에서 지도를 들여다보고 있었다. 조급한 마음에 다리가 떨렸지만 지석은 꾹 참고 톱니처럼 들쭉날쭉한 서울시 경계면을 천천히 훑었다. 몇 분이나 부동자세로 들여다본 끝에 지석은 의심 가는 한 지점을 발견했다. 서울시 관악구 대학동. 좌표는 37°26'12.4"N 126°56'35.0"E. 북위 37도 26분 12.4초 동경 126도 56분 35초. 이곳의 북쪽과 서쪽은 안양시 만안구에, 동쪽과 남쪽은 안양시 동안구에 포위되어 서울이지만 경기도 안에 섬처럼 고립된 지역이었다. 산 중턱이라 의미 없는 행정 구분이긴 해도, 설계 기준이 된 지도에 표시되어 있으니 뉴랜드 서울 안에도 고스란히 재현되어 들어갔을 것이 자명했다. 경기도인데 서울이고, 걸어서는 못 가는 곳. 그것은 난센스 퀴즈도, 말장난도 아니었다. 엄연히 존재하는 장소였다. 지석은 녹화장치를 다시 몸에 부착하고 일어나 인쇄소 관제실의 문고리를 잡았다. 약속된 장소로 가야 했다.

지석이 문을 열고 나온 곳은 동암경찰서 지하 2층 전기실 문밖이었다. 배창준과 손지우의 행방을 찾을 필요도 없었다. 총알 자국에 옆구리가 너덜너덜해진 승합차 한 대가 나선형 통로를 돌아 지석 쪽으로 올라오고 있었다. '디지털수사대'라는 글자가 차 옆면에 분명히 적혀 있었다. 지석이 손을 흔들었다. 뒤따라 올라온 새까만 승합차가 창밖으로 총을 난사하며 따라붙었다. 지석은 본능적으로 자세를 낮췄다. 배창준과 손지우가 운전하는 차가 뒷좌석 문을 열고 지석의 옆을 스쳐 지나갔다. 그 순간 지석은 뛰어들어 좌석에 앉으려 했지만 차가 너무 빨라 타이밍이 엇나갔다. 허공에 뜬 지석의 손에 걸린 것은 뒷좌석

문짝이었다. 지석을 어정쩡하게 매단 상태로 승합차는 통로를 올라 지하 1층으로 향했다. 뒤에선 지석을 향해 총알이 빗발치고 있었다.

"멈추지 말고 그냥 가! 입구까지!"

배창준은 잠시 뗐던 발을 액셀에 다시 가져갔다. 차가 차단문을 향해 돌진했고, 차 문에 매달린 지석은 차단문이 올라가는 것을 보고 손바닥으로 자신의 시야를 가렸다. 다행히 차단문 밖에서는 빛이 정면으로 쏟아져 들어오고 있어 다른 장소를 떠올리기 수월했다. 지석이 떠올린 곳은 목표 지점과 일직선으로 놓인 서울대학교 캠퍼스 내 도로였다.

지석이 손을 치운 것과 동시에 승합차는 굉음을 내며 공중으로 솟구쳤다. 차는 건물 정문의 유리창을 뚫고 나와 그 앞 계단 네 개를 밟고 도로에 올라섰다. 붕 떠올랐다가 떨어진 충격 때문에 승합차 앞 범퍼가 분리되어 바닥에 떨어졌다.

"아니, 왜 차를 사람 출입구로 나오게 한 건데?"

배창준이 불평했지만 불평 상대인 지석은 바닥에 떨어져 구르고 있었다. 아스팔트 바닥에는 깨진 유리창과 차 부품이 사방에 널려 있었다. 지석이 비틀대며 뒷좌석에 올라탔다.

"사후세계인데 더럽게 아프네."

"근데 여기가 어디야? 대학교? 왜 여기로 온 건데?"

"자동 운행 모드로 돌려. 여기서 쭉 직진하면 돼."

배창준은 대시보드에 설치된 단말기를 조작해 자동 모드를 켰다.

차는 잠깐 아무 반응이 없었다. 차에 탄 세 사람은 숨소리조차 내지 않았다. 모두에게 직감적인 불안감이 스쳐 지나갔다. 오성학에게 이 작전을 처음 들었을 때부터 머릿속 어딘가에 똬리를 틀고 있던 의심. 정부 자금이 투입된 뉴랜드에 게임에나 있을 법한 이스터에그라니. 게다가 사람들을 가둬두는 임시저장소라니. 이 모든 게 착각이고 망상일 뿐일지도 모른다는 생각이 들었지만 누구도 입 밖에 내진 않고 있었다.

"혹시 이 방법이 아니면 어쩌려… 어?"

불안을 못 이긴 배창준이 입을 연 순간, 갑자기 계기판의 RPM 게이지가 순식간에 빨간색 영역까지 치고 올라가는 것이 보였다. 등받이가 세 사람의 등짝에 둔탁하게 충돌하는 것이 느껴졌다. 승합차는 총알처럼 튕겨 나갔고 곧이어 내비게이션 화면이 켜졌다.

"맞아…. 제대로 가고 있는 것 같아."

내비게이션에는 불과 50미터 남짓 떨어진 도로 끝 지점이 목표지로 등록되어 있었다.

20

임시저장소

순식간에 속도를 높인 승합차는 길 끝에 다다랐다. 도로와 산길 사이의 도랑에 빠져버리기 직전, 갑자기 그들의 차 앞에 거울 같은 형상이 나타났다. 불과 50센티미터 앞에서 똑같은 승합차가 달려드는 모습이 보이자 셋은 반사적으로 눈을 감아버렸다.

지긴 깊은 진동이 차를 관통해 지나갔다. 찰나가 지나자 그들이 탄 차는 어느새 큰 터널 속을 달리고 있었다. 거울은 비밀공간으로 이동하는 일종의 워프게이트였던 것이다. 그들이 달리는 곳은 일반적인 터널과 똑같이 생겼지만 한 가지 차이점은 내부에 조명이 하나도 없다는 것이었다. 헤드라이트가 비치는 곳 외에는 전부 캄캄한 칠흑이었다. 그래서 승합차가 불을 밝히는 곳에 길이 저절로 생겨나고 있는 것 같은 착시가 생겼다. 차 안의 모두가 이 신기한 광경을 숨죽인 채 지켜보고 있었다.

"뉴랜드 들어온 지 얼마나 됐지?"

"겨우 한 시간 좀 넘었어. 나 이렇게 일 잘 풀린 적 처음이야."

차는 약 5분을 달려 터널을 빠져나왔다. 밝은 빛이 비쳤고 큰 건물 하나가 보였다. 지석 일행은 믿기지 않는 듯 차창 밖을 둘러봤다. 나무가 우거진 관악산 중턱에 잘 다듬어놓은 도로가 생뚱하게 놓여 있었고, 그 도로 끝에 네모반듯한 콘크리트 건물 하나가 보였다. 이렇다 할 디자인도 색깔도 없어 삭막하기 그지없었다.

"저, 저긴가? 임시저장소라는 데가?"

지석은 차를 멈추고 잠깐 작전회의라도 하고 싶었지만 자동 운행 모드로 되어 있는 차는 바로 건물 안까지 들어가 버렸다. 텅 빈 지하 주차장 구석에 자동 주차를 마치는 동안 마주친 사람은 아무도 없었다. 어디에도 이 건물의 용도를 알 수 있을 만한 글자가 적혀 있지 않았다. 그 흔한 주차장 안내문구조차 없었다.

"일단 뚫을 수 있는 데까지 뚫고 들어가자. 소란 피우지 말고."

지석 일행은 차에서 내려 건물 현관으로 진입을 시도했다. 배창준의 바뀐 얼굴로 셋은 문의 안면 인식 장치를 무사통과했고, 비상계단을 통해 수월하게 1층 로비까지 갈 수 있었다. 너무 순조로워 지석은 오히려 불안해졌다.

로비는 흔히 공공기관에서 볼 수 있는 회색 대리석 타일로 꾸며져 있었고, 중앙 계단으로 들어가는 입구에는 검색대가 설치되어 있었다.

특이한 점이 있다면 실내조명까지 전부 장식품인 듯 불이 들어오지 않는다는 것이었다. 외부의 울창한 나무에 가려서인지 실내엔 빛이 들지 않아 지하 동굴처럼 어두웠다. 역시 그 어디에서도 글자나 표지판은 찾아볼 수 없었다. 지석 일행은 검색대를 통과해 중앙의 원형계단을 올라갔다. 지석이 처음 이 건물에 들어설 때부터 느꼈던 불길한 이질감이 점점 더 커졌다. 이 건물 전체가 죽어 있다는 느낌. 이곳에 희진이 있을 리가 없다는 직감. 지석은 점점 발길을 서둘렀다. 2층은 더욱 기이한 모습을 하고 있었다. 임시저장소라는 이름 하에 망자들의 영혼을 가둬두고 있는 참혹한 철창, 아니면 음산한 서버 센터를 상상했지만 그것과는 달랐다. 이곳은 도서관이었다.

"이게 뭐야? 그냥 자투리 데이터 가져다 붙인 거 아냐?"

지석은 이곳이 시립중앙도서관을 그대로 옮겨온 곳임을 알 수 있었다. 지석이 잠긴 열람실 문을 지워버리고 안으로 들어갔다. 흔한 안내 데스크, 흔한 책장들이었지만 그 어떤 안내판이나 책 표지에도 글자는 없었다. 이곳은 활자가 없는 도서관이었다. 전부 모양만 있고 내용은 없는 껍데기뿐이었다.

"이제 어떡할 건데? 여기가 임시저장소 맞아?"

"모르겠어. 층마다 흩어져서 찾자."

지석은 2층 열람실을 손지우에게 맡기고 계단으로 뛰어갔다. 3층과 4층도 2층을 복사한 공간일 뿐이었다. 4층에 혼자 다다른 지석은 망연자실했다. 사라진 사람들이 모여 있는 곳이라고 하더니, 사방 어디에도 구조할 사람은커녕 숨소리마저 없어 적막했다. 지석은 빈 열람실 안을 무턱대고 걸었다. 혹시나 하는 마음에 진열된 책들을 빼내려 해봤지만 아무리 힘을 줘도 꿈쩍도 하지 않았다.

어두운 열람실을 한 바퀴 다 돌아본 지석은 창밖을 내다봤다. 유리창은 두꺼운 필름으로 코팅되어 있어 창밖의 나무들은 윤곽만 겨우 보일 뿐이었다. 전부 데이터로 만들어진 가짜 형상일 것이다. 지석이 고개를 돌리려는 찰나, 짧게 반짝하는 빛이 시야에 들어왔다. 지석은 다시 창을 보며 그 빛을 찾으려 했다. 창밖으로 보이는 고정된 풍경을 한참 들여다보던 지석은 문득 생각했다.

'등 뒤?'

빛이 비친 곳은 창밖이 아니라 창에 비친 내부일지도 모른다는 생각이 들었다. 지석은 뒤를 돌아봤다. 대리석 타일로 된 삭막한 벽이 있었다. 하지만 다가가 자세히 보니 타일과 타일 사이에 뜬 공간이 눈에 들어왔다.

한편 3층 열람실 책장을 뒤지던 배창준은 어딘가에 시선을 빼앗겼다. 열람실 구석의 복사실 앞에는 사서가 앉는 데스크가 있었고, 나이를 추정할 수 없는 여자가 앉아 있었다. 그녀는 이 도서관의 모든 물건처럼 테두리만 있고 내용은 없는 상태였다. 긴 생머리의 여자 실루엣. 그 실루엣 안은 모두 까맣기만 해, 말 그대로 그림자 같았다. 배창준은 소름이 끼쳤다. 공간 데이터만 따다 놓은 이곳에 왜 사람이, 그것도 단한 사람만이 있는 것인지 이해할 수 없었다. 그리고 불행히도 배창준의 궁금증은 금세 풀렸다. 가만히 있던 여자 그림자가 잠시 후 휙 하고 고개를 돌리며 배창준을 봤다. 그림자와 얼굴을 마주친 순간 배창준은 본능적으로 피해야 한다는 것을 알았다. 책장 사이에 있던 배창준이 곧장 몸을 돌려 도망치려 했지만, 바로 다음 순간 고개를 들자 여자 그림자는 그의 앞에 서 있었다. 그림자는 가느다란 손을 뻗어 배창준의 목을 졸랐다. 그림자가 어떤 존재인지 배창준은 이해할 수 없었다. 단지 엄청난 힘으로 그의 몸을 들어 올리는 그녀의 태도가 적대적이라는 것만은 알 수 있었다. 배창준은 발버둥 쳤지만 여자 그림자는 그의 머리가 천장에 닿을 때까지 들어 올렸다. 그림자의 길이는 어느새 엿가락처럼 늘어나 2미터 50센티는 되어 보였다. 발로 그림자를 차서 겨우 떨쳐낸 배창준은 책장 건너편으로 굴러떨어졌다. 정신없이 뛰어나온 배창준이 뒤를 돌아봤을 때 더욱 소름 끼치는 모습이 보였다. 수십 명으로 늘어난 여자 그림자가 책장 사이에서 배창준을 보며 천천히 걸어 나오고 있었다. 배창준은 머릿속이 하얘지는 것을 느꼈다. 조용한 도서관을 보며 아무런 감시요원이 없을 거라 여긴 것은 안일한 생각이었다.

　지석이 벽을 옆으로 밀자 다락방 같은 공간이 나왔다. 안 쓰는 책수레들이 자리 잡은 창고 구석엔 역사책에나 등장할 법한 구형 컴퓨터 한 대가 놓여 있었다. 반짝거리는 것은 컴퓨터 본체에서 나오는 빛이었다. 지석은 마우스를 움직여 화면을 켰다. 볼록한 구형 모니터 화면에는 표가 떠 있었다. 사람들의 이름과 주소가 빼곡히 담긴 표를 들여다보다가 지석은 깨달았다. 이것이 바로 사라진 사람들의 리스트라는 것을. 표 한쪽에는 이들이 사망해 뉴랜드에 들어온 날짜와 시간이 표시되어 있었다. 지석의 심장이 요동치기 시작했다. 지석은 희진의 이름을 찾기 위해 마우스 스크롤을 계속 내렸다. 하지만 아무리 내려가도 표는 끝나지 않았다. 화면 우측에 표시된 리스트의 길이를 보고 지석의 손이 순간 멈췄다. 정신을 차리고 리스트의 끝으로 이동해보니 한 줄에 한 명씩 적힌 행이 5만 개가 넘었다. 게다가 그것이 겨우 'ㄱ'으로 시작하는 이름의 시트 하나일 뿐이었다. 전체 리스트는 족히 수십만 명에 달할 것처럼 보였다. 희진의 이름을 찾기 위해 단축키를 눌러보았으나 아무 반응이 없었고, 찾기 메뉴도 발견하지 못했다. 지석은 어찌할 바를 모르고 우왕좌왕했다. 마우스로 화면 여기저기를 클릭해보고, 키보드도 두들겨봤지만 표를 수정할 수 없었다.

'전원을 꺼야 하나? 그러면 사라진 사람들이 해방되는 걸까? 그랬다가 증발해버리는 건 아닌가?'

답이 안 나오는 질문들을 떠올리며 데스크톱 본체를 뒤지던 지석의 시선이 본체 뒷면에 이르러 멈췄다. 거기에 꽂혀 있던 보안토큰 하나가 지석의 눈에 들어왔다.

그때였다. 아래층에서 지진이 난 듯 무언가 무너지는 소리가 들렸다. 뒤이어 누군가의 비명인 듯한 소리도 들려왔다. 배창준의 목소리가 분명했다.

"지석아! 빨리 도망쳐야 해!"

아래에선 난리가 난 모양이었다. 지석은 마음이 다급해졌다. 그는 결단을 내렸다. 본체에서 보안토큰을 빼내기로 한 것이다. 지석이 이 컴퓨터에 영향을 끼칠 방법은 그게 전부였다. 지석은 떨리는 손끝을 본체 뒷면으로 가져갔다. 보안토큰을 뺀 순간 컴퓨터는 수명을 다한 듯 화면이 픽 꺼졌다. 지석은 자신이 방금 한 행동이 어떤 결과를 가져 왔을지 예측할 수 없었다. 부담감에 속이 울렁거렸다. 갑자기 그 자리 에서 구토를 하고 싶을 정도로 멀미가 났다. 하지만 멈춰 생각할 시간 은 없었다. 달려야 했다.

열람실로 빠져나온 지석은 재빨리 테이블 위에 올라타 바닥에 손을 뻗었다. 테이블 넓이만큼 바닥이 사라졌고, 지석과 테이블은 곧장 4층 에서 3층 바닥으로 낙하했다. 그 충격으로 테이블 다리가 부서져 사방 으로 날렸고 톱밥 먼지가 지석을 휘감았다. 열람실 입구 쪽으로 정체 를 알 수 없는 그림자 무리가 달려들고 있었다. 어둠 속에서 달려드는 그들은 사람이 아닌 유령 같았다.

"지석아!"

이름을 부르는 소리에 고개를 돌리니 옆 진열장에 배창준이 몸을 숨기고 있었다.

"일단 올라타!"

배창준이 몸을 바짝 숙이며 테이블 상판에 오르자, 3층 바닥이 꺼지며 테이블이 2층 열람실로 추락했다. 2층에선 손지우가 그림자 무리에게 쫓기고 있었다. 높이가 3미터는 되는 책장 위를 뛰어가는 손지우를 잡으러 수십 개의 그림자가 책장을 기어오르고 있었다. 지석을 발견한 손지우는 책장 끝부분을 발로 차며 공중제비를 돌았다. 책장은 도미노처럼 우르르 무너지며 그림자들을 깔아뭉갰고, 손지우는 테이블 상판에 착지했다.

세 사람이 탄 테이블 상판은 그대로 로비를 지나 지하 주차장으로 수직 낙하했다. 하필 떨어진 곳이 그들이 타고 온 승합차 위였다. 몇 번이나 추락한 테이블 상판은 기어이 부서져 산산조각이 났고, 세 사람은 사방으로 튕겨 나갔다. 손지우가 고개를 들어 4층까지 일렬로 뚫린 구멍을 보니, 층마다 그들을 쫓아온 그림자들이 일제히 아래쪽을 내려다보고 있었다. 소름 끼치는 모습이었다. 지석 일행은 황급히 승합차에 올라탔고, 시동을 채 걸기도 전에 그림자들은 지석이 뚫어놓은 구멍으로 뛰어내리기 시작했다. 검은 사람들의 비가 승합차 위로 쏟아져 내렸다. 얇은 차 지붕이 충격으로 움푹 들어가고, 앞 차창에 한 놈이 달라붙고 나서야 승합차는 출발했다. 벌떼처럼 붙은 그림자들을 떨쳐내며 승합차는 다시 터널을 향해 달렸다. 지석이 뒤를 돌아보니 어디선가 나타난 승합차가 그림자들을 줄줄이 태우며 쫓아오고 있었다.

"저게 뭔데 쫓아오는 거야?"

"나라고 알겠냐? 여기 지키는 놈들이겠지."

지석은 쿵쾅대는 심장을 느끼며 뒤따라오는 검은색 승합차를 노려
보았다.

21

잠든 자와 깨어난 자

배창준이 수동 운전 모드로 바꿔 풀 액셀을 밟고 도망치자 추격하는 차와의 거리가 점점 멀어졌다. 승합차가 터널로 들어서고 나서 지석 일행은 한숨을 돌렸다.

"어휴, 간신히 살았네. 근데 여기에 지진도 있어? 왜 이렇게 흔들리지? 안에서 무슨 일이라도 있었어?"

모두가 지진을 느끼고 있었다. 지석은 자신이 아까부터 느꼈던 울렁증이 단지 긴장 때문이 아니란 것을 깨달았다.

"보안토큰…."

그제야 지석은 지진을 촉발한 게 자신이라는 사실을 깨달았다. 지석은 주머니에서 보안토큰을 꺼냈다.

"이거 때문일 거야. 4층 컴퓨터가 임시저장소였어."

"뭐? 그걸 어떻게 한 건데?"

"내가 보안키를 뽑아버렸어. 이 안에 갇혀 있던 사람들 전부 다 돌아온 거라고."

"이 지진은 뭔데?"

"서버랙일 거야. 여기 갇혔던 사람들이 갑자기 제자리로 돌아가면서 서버가 불안정해진 거지. 영감님이 한 말 생각 안 나? 뉴랜드는 늘 과부하 상태였다고."

"그럼 이제 일 다 끝난 거야? 우리 돌아가도 되는 거지?"

"너흰 영감님이 꺼내줄 때까지 지하 인쇄소에서 기다려. 난 할 일이 있으니까."

"뭐? 혹시 너 희진 씨라도 찾아가려고?"

그 순간 룸미러를 본 지석이 흠칫 놀랐다. 한참 떨어져 있었던 승합차가 마치 순간이동을 한 것처럼 바로 뒤까지 따라와 있었다. 서버랙 때문에 멀리 있는 것처럼 보인 모양이었다. 승합차는 쿵, 하고 지석 일행의 차를 들이받아 버렸다. 배창준이 당황하며 핸들을 이리저리 꺾었지만 한번 잃은 중심은 다시 돌아오지 않았다. 지석은 비틀대며 뒤쪽 차창으로 다가가 뭔가를 해보려 했다. 작은 언덕이라도 만들어서 따라붙는 승합차를 막아야 했다. 하지만 손을 뻗는 것과 동시에 시야가 90도로 뒤집혀버렸다. 차가 옆으로 누워버린 것이다. 차 안은 셋의 비명으로 가득 찼고 지석은 사방에 머리를 부딪히며 몇 바퀴 굴렀다. 정신을 차렸을 때 이미 뒤에선 그림자 무리가 다가오고 있었다. 다급해진 지석은 앞 좌석을 봤다. 배창준과 손지우는 온데간데없고, 자신의 다친 얼굴이 반사되어 보였다. 그것은 터널에 처음 진입할 때 통과했던 워프게이트 표면이었다. 전복되어 미끄러진 승합차가 절묘하게 워프게이트에서 멈춰 선 것이다. 지석은 눈앞에 보이는 통로를 향해 필사적으로 기어가 거울 너머로 사라졌다.

지석은 낯선 아스팔트 바닥으로 곤두박질쳤다. 비틀대며 일어나 주위를 둘러봤지만 어디인지 도무지 알 수 없었다. 처음 와본 서울 어딘가의 골목이었다. 서버랙의 영향인지 눈에 보이는 것들은 지석이 움직이는 것과 약 0.5초 정도의 시차를 두고 움직였다. 모든 감각이 조금씩 둔하게 움직였다. 그 와중에도 다친 몸의 통증만은 선명하게 느껴졌다.

지석은 바깥과의 유일한 통신수단인 핸드폰을 꺼냈다. 차가 전복될 때 망가진 것인지 핸드폰은 먹통이었고, 액정화면은 아무리 눌러도 반응하지 않았다. 지석은 당황했다. 같이 터널을 넘어 온 배창준과 손지우는 어디에 있는 것인지 보이지도 않았고, 충분히 목적을 달성했을 텐데도 밖에선 아직 지석을 깨우지 않고 있었다.

지석은 전봇대 옆에 쪼그려 앉아 잠시 숨을 돌렸다. 한 손에는 고장 난 핸드폰을 들고 한 손으로는 멀미 때문에 지끈거리는 머리를 감싸고 있었다. 그 상태로 얼마나 시간이 지났을까, 서버 자동 안정화 시스템이 작동한 것인지 어지럼증이 그런대로 호전된 것이 느껴졌다. 고개를 들자 주변과의 속도 차이도 견딜 만한 수준으로 돌아와 있었다.

상황이 진정되자 지석의 머릿속에는 이것이 오히려 기회라는 생각이 스쳤다. 지석이 임시저장소를 해제한 것이 맞다면 희진도 제자리로 돌아왔을 것이다. 이번이 희진을 만날 절호의 기회이자 마지막 기회일지도 모를 일이었다. 지석은 잠시라도 희진을 만나 그녀가 무사한 것을 확인하면 맘 편히 현실로 돌아갈 수 있을 것 같았다. 사라진 동료들을 찾는 것보다, 주어진 미션을 끝내고 현실로 돌아가는 일보다 더 간절했다.

지석은 몸을 일으켜 문을 찾았다. 허름한 문짝이라도 하나 있다면 충분했다. 지석은 오래된 상가 건물로 들어가 공용화장실의 문을 찾았다. 문고리를 잡은 순간부터 지석의 기억은 이미 희진의 곁으로 달려가고 있었다. 희진이 살던 그 오피스텔의 복도는 아직도 눈에 선했다.

지석이 연인을 만나겠다는 꿈에 부풀어 있던 사이 A.L 컴퍼니 서버 관제실 안에서는 각종 경보음이 요란하게 울리고 있었다. 홀로그램 계기판들이 빨간 불빛을 내고, 뉴랜드 서버의 초당 처리 용량 그래프가 한계치를 넘어갔다. 안태규가 걱정스러운 얼굴로 오성학을 봤다.

"괘, 괜찮을까요, 교수님?"

"다 예상했던 일이야. 저 친구들이 일을 제대로 해줬군."

"근데… 지금 세 사람 위치 추적이 안 돼요. 터널 경계를 통과할 때 좌표가 익명화됐어요. 보안 때문에 그렇게 설계된 모양이에요."

"큰 문제는 아냐. 우리한테 중요한 건 결과뿐이야."

오성학은 정신이 뉴랜드에서 길을 잃고 헤매고 있을 지석 일행의 몸을 내려다봤다. 잠들어 있는 세 사람에게는 이들의 대화가 들리지 않았다.

한편 배창준과 손지우는 어느 지하철역 한구석에 떨어졌다. 승합차가 전복되며 터널 끝까지 다다른 건 좋았으나 자신들이 왜 여기에 떨어졌는지는 알 수 없었다. 또한 뉴랜드에 들어와 사라진 사람들을 복구해놨는데도 왜 자신들이 현실로 못 돌아가고 있는지도 알 수 없었다. 배창준은 덜컥 무서운 생각이 들었다. 혹시 접속을 끊었음에도 서버 트래픽에 과부하가 걸려 저쪽 세계로 넘어가는 데 실패한 건 아닌가 하는 생각이었다. 그렇다면 이들은 산 채로 사후세계에 남겨져 버리는 셈이다. 게다가 외부와의 통신수단을 지닌 지석은 온데간데없이 사라졌다.

"네 친구는 어디 갔어?"

"몰라. 야, 지석아! 도 사장! 설마 거기서 아직 못 나온 거 아냐?"

배창준은 역을 둘러보며 지석의 흔적이라도 찾으려 했지만 허사였다. 기다려도 기다려도 지석은 나타나지 않았고 세상에서 버려진 것 같은 고요한 시간이 흘러갔다. 이 사태를 침착하게 파악한 두 사람은 이성적인 결론에 이르렀다. 뉴랜드 안에서 유일하게 약속된 장소인 지하 인쇄소로 가서 동료를 기다리기로 한 것이다.

이성을 잃은 이는 지석뿐이었다. 그의 머릿속에는 희진 생각뿐이었다. 지석이 화장실 문고리를 당기자 눈앞에는 익숙한 복도가 펼쳐져 있었다. 지석은 기어이 희진이 살던 오피스텔 복도로 다시 와버렸다. 고개를 돌리니 전에 찾아왔을 때는 흔적도 없이 사라졌던 1105호가 제자리에 있었다. 가슴이 울렁거렸다. 지석은 구름 위를 걷는 것 같았다. 그는 1년 전 어느 날처럼 자연스럽게 걸어가 1105호의 문을 열었다. 문고리를 잡은 손이 떨려왔고 하얀빛이 쏟아졌다. 지석은 잠시 시간이 멈춘 것 같은 착각을 느꼈다. 지난 몇 달간의 기묘했던 모험이 바로 이 순간을 위해 존재했다는 확신이 들었다.

가구가 별로 없는 원룸이 보였다. 벽에 붙어 있는 네모난 테이블과 그 앞의 사무용 의자. 그 의자 위에 한 여자가 보였다. 여자가 지석을 돌아봤다. 짙은 눈썹, 쌍꺼풀 없는 긴 눈, 각지고 날카로운 턱선. 희진이었다. 희진은 멍한 눈으로 지석을 바라보고만 있었다. 반가워하는 표정인지, 놀라서 어쩔 줄 몰라 하는 표정인지 알 수 없었다. 희진의 미적지근한 반응 내눈에 지석은 말문이 막혔다. 자신을 못 알아보고 있는 것은 아닐까 하는 이상한 생각까지 들었다.

"나, 저기 나, 아직 안 죽었어."

생과 사의 경계를 건넌 운명적인 재회의 순간치고는 너무 볼품없는 인사말이 지석의 입에서 튀어나왔다. 지석은 자신이 원망스러웠다.

"아니, 그러니까… 나 아무도 모르게 잠입해서 들어온 거야. 갑자기 바깥세상으로 다시 튕겨 나갈 수도 있어. 잘 지냈어? 전에 찾아왔을

217

땐 네가 여기에 없었어. 그래서 다시 찾으러 들어온 거야."

희진은 뒤늦게 입을 열었다.

"도지석… 맞아?"

"희진아, 나 몰라보겠어?"

"네가 그런 거야?"

"그, 그래. 우리가 임시저장소라는 데에 들어가서 갇혀 있던 사람들을 다 원상 복구했다고. 희진아, 너도 거기에 있었던 거지? 다신 못 볼줄 알고 얼마나 조마조마했는데."

지석은 희진의 표정과 태도에서 알 수 없는 이질감을 느꼈다. 그리고 다음 순간 희진이 무슨 말인가를 했지만 정말로 저승에서 들려오는 소리처럼 아득하게만 들려 그 뜻을 알 수 없었다. 지석이 희진에게 되물었고, 그 말뜻을 알아들은 뒤 지석은 목덜미에 전류가 흐르는 것 같은 기이하고 소름 끼치는 느낌이 들었다.

"뭐, 뭐라고 했어, 희진아?"

"왜 쓸데없는 짓을 했냐고!"

지석은 도무지 이해할 수가 없었다. 살아 있을 때도 희진은 표현을 직설적으로 하는 타입이긴 했다. 하지만 이번에는 너무 경우가 달라보였다.

"희진아, 그게 무슨 얘기인지 자세히 말을 좀…."

"어차피 금방 원상 복구될 거야."

"누가 원상 복구를 한다는 거야?"

"100명, 1,000명이 덤벼들어도 소용없어. 그놈한테는."

"그놈이 누군데?"

"너보다 먼저 들어온 체커가 있어. 여길 단속하는 놈이야."

지석은 이 대화가 어디로 흘러가는지 종잡을 수 없어 애꿎은 입술만 물어뜯으며 희진의 다음 말을 초조하게 기다렸다.

"체, 체커라니? 우리 말고 또 있다고?"

"우린 검열자라고 불러. 우리 전부 그놈한테 잡혀가서 당했어."

"검열자?"

검열이라는 말에 어떤 기억이 떠올랐다.

"우린 검열자 앞으로 다시 끌려갈 거야. 여기서 사라지겠지."

뉴랜드의 유치장에 갇혀 있을 때 옆방 남자가 했던 말이었다. 그때는 수수께끼 같았던 말의 의미가 이곳에 와서 연결되고 있었다.

"검열자가 사람들을 임시저장소에 가둔 놈이지? 그 한 놈한테 수십만 명이 전부 잡혀간 거야?"

"거기에 몇 명이 있었는지는 몰라도 열에 아홉은 자기가 원해서 들어간 사람들이야. 제 발로 다시 들어갈 거고."

"원했다고? 누가 그걸 원하는데?"

"거래야. 1년간 임시저장소에 들어갔다 나오면 한 달은 사람처럼 살수 있는 돈이 나와. 맛도 느낄 수 있고, 눈도 잘 보이고, 소리도 잘 들리고."

희진은 초점 없는 눈으로 창밖을 봤다. 지석도 따라서 그곳을 봤다.

서울 도심의 쾌청한 하늘이 창밖에 있었다.

"여기가 어떤 곳이라고 생각한 건데? 난 지금 네 얼굴도 잘 보이지 않아. 목소리도 분간을 못 하고. 거기 갈색 덩어리 하나가 있고, 창틀 위에 파란 덩어리만 걸려 있어. 맛이란 걸 느껴본 게 여섯 달 전이야."

"희진아. 내, 내가 잘 안 보여? 언제부터 그랬어?"

"나만 겪는 게 아냐. 여기선 흔한 일이야. 감각을 차단한 것처럼 뿌옇게 되는 거. 서버 용량 절약하려고 일부러 꾸민 일이겠지."

지석은 그제야 정보 공개 청구 모임 사람들이 죽은 이들에게 받은 메시지의 의미를 이해할 수 있었다.

"이 문제로 목소리를 한번 내보자는 사람들이 모였어. 많을 땐 100명까지. 근데 다 소용없는 일이었어."

"희진아, 괜찮아. 내가 해결할 수 있어. 여기 나 말고 다른 체커도 둘이나 더 들어와 있다고."

"아니, 누가 와도 못 해. 지석아, 밖에 나가면 총을 구해. 양미간 사이, 코뼈가 시작되는 위치에 겨냥해서 쏴. 그럼 자아 뉴런이 파괴돼서 이 꼴 안 보고 사라질 테니까."

희진의 태도에 지석은 갑자기 익숙한 기분이 들어 기시감을 느꼈다. 숨이 턱 막혀오는 기분. 가슴 위에 쇠기둥을 올려놓은 듯한 답답함. 병실에서 죽음만 기다리던 희진이 세상 모든 걸 원망하고 저주하는 말을 쏟아내면 상투적인 말로 위로해줄 수밖에 없었던 그때의 감정이었다. 희진의 마음은 그때보다도 더 쪼그라들어 있었다. 지석은 희

진의 손을 덥석 잡았다. 온기는 전해지지 않았다. 희진은 감전이라도
된 사람처럼 손을 빼내며 어깨를 움츠렸다.

"만지지 마! 만지지 마! 만지지 마!"

희진의 반응에 놀란 지석이 그녀를 진정시키려 어깨에 손을 뻗었
다. 지석의 몸짓은 역효과를 가져왔다. 희진은 괴성을 지르며 지석의
팔을 쳐내고 몸을 바들바들 떨었다. 그녀는 급기야 책상 밑으로 쪼그
리고 들어가 양팔을 벅벅 긁어댔다.

"희진아, 왜 그래?"

"미안해, 미안해. 나한테 손대지 말아줘. 그냥 여기서 나가줘. 내 의
료보험도 끊고, 제발. 제발 나 사라져버리고 싶어. 부탁이야."

겁먹은 짐승 같은 희진의 모습이 지석은 믿기지 않았다. 희진은 냉
소적이긴 했어도 강인한 사람이었다. 절망적인 병과 고통스러운 치료
과정 속에서도 이런 모습까지는 보인 적이 없었다. 희진의 반응은 패닉
을 넘어 정신적으로 붕괴된 사람의 그것이었다. 분노가 치밀어올랐다.

"그 검열자라는 놈한테 끌려갔을 때 무슨 일 당했어? 나한테 얘기
좀 해봐!"

"나한테 얘기하라고 하지 마! 생각도. 생각도 하기 싫어. 그냥 여기
서 나가!"

희진은 양팔로 무릎을 끌어안고는 더욱더 작게 몸을 웅크렸다. 그
러다 갑자기 자신의 귀를 막고 놀란 토끼 눈이 되었다.

"온다, 왔어. 그게 와. 저 문밖에 와 있어. 이 소리, 이 소리 안 들

려?"

지석의 귀에도 반복적인 소리가 들려왔다. 아니, 정확히 말하자면 그것은 소리가 아니었다. 주기적인 무음 상태였다. 갑자기 리모컨의 음소거 버튼을 눌렀다 뗀 것처럼, 아무것도 들리지 않는 순간이 몇 초에 한 번씩 반복되었다. 깜빡, 깜빡, 하는 빈 공간의 소리. 그 무음은 점점 더 짧은 주기로 다가오고 있었다. 무언가 다가오고 있다는 사실을 지석도 알 수 있었다.

22

랭크 1

지석은 즉시 손을 뻗어 희진의 집 현관문을 지우고 콘크리트 벽을 만들었다. 그리고 탈출구가 될 만한 문을 찾아 주위를 둘러봤다. 에어컨 실외기실의 문이 눈에 들어왔다.

"희진아, 빨리! 나랑 같이 도망치자!"

지석이 손을 내밀었지만 희진은 책상 밑에서 나올 생각이 없어 보였다. 그때 지석이 눈을 의심하게 하는 광경이 펼쳐졌다. 복도 쪽에서 벽을 뚫고 톱니가 붙어 있는 칼날이 나왔다. 소리도 기척도 없이, 그 칼날은 데운 푸딩을 자르듯 부드럽게 네모난 모양을 그리며 벽을 잘랐다. 콘크리트 벽이 쿵, 하고 떨어지자 복도에 서 있는 사람의 모습이 보였다. 희진의 날카로운 비명을 통해 그의 정체를 알 수 있었다. 검열자였다. 해골처럼 비쩍 마른 얼굴에 껑충한 키, 공격적으로 튀어나온 광대뼈와 움푹 들어간 눈이 기이한 느낌을 주었다. 검열자는 올백으로 넘긴 머리를 좌우로 까딱대며 지석을 노려봤다. 그의 얼굴은 낯설었지만 지석은 그와 초면이 아니라는 사실을 본능적으로 알 수 있었다. 유치장 복도에서 옆방 남자를 순식간에 해치운 그림자. 그가 바로 여기에 서 있었다.

"너희들 밖에서 무단 침입했지?"

"네가 검열자?"

검열자는 한 손에 든 30센티미터 정도 길이의 톱날 달린 칼로 지석을 겨누며 집 안으로 들어왔다. 지석은 검열자의 한쪽 다리가 벽의 구멍을 채 넘어오기 전에 손을 뻗었다. 구멍 난 벽이 원상 복구되며 검열자의 다리가 벽에 끼어버렸다.

"아, 아. 이런. 이런 짜증 나는 새끼."

검열자는 한쪽 발로 서서 이리저리 휘청대며 욕을 해댔다. 검열자의 말과 목소리에서는 카리스마도, 품위도 찾아볼 수 없었다. 철없는 중학생이 내뱉는 욕설처럼 우스꽝스럽게 들릴 뿐이었다. 검열자가 톱날 칼로 벽을 썰어 발을 빼내려는 사이, 지석은 희진의 팔을 붙잡고 책상 밑에서 끄집어냈다. 땅에 붙어 떨어지지 않으려는 희진을 억지로 잡아끌며 지석은 실외기실의 문을 열었다. 맞은편에 어두운 공간이 나왔다. 지석이 먼저 건너편으로 넘어가 희진을 끌어당겼다. 하지만 뒤쪽에서 누군가 희진을 당기는 것이 느껴졌다. 왼쪽 발목에 시멘트 조각을 달고 있는 검열자가 어느새 다가와 희진의 뒷덜미를 끌어당기고 있었다. 예상 못 한 강한 힘에 지석은 희진의 손목을 놓쳐버렸고, 희진은 순식간에 문 너머로 빨려 들어갔다.

"안 돼! 희진아!"

지석이 뒤늦게 다시 손을 뻗었지만 그 손을 잡은 것은 검열자였다. 검열자는 문틈으로 고개를 불쑥 내밀고는 지석을 조롱하듯 말했다.

"네 애인 구하고 싶으면 네놈 친구들 다 데리고 와. 내일 해 뜨기 전까지."

말을 마치면서 검열자는 지석의 손바닥을 톱날 칼로 쓱 베어 내렸다. 그 순간 지석은 태어나서 처음 경험해보는 어떤 감각이 온몸을 관통하는 것을 느꼈다. 극한의 통증이었다. 단지 칼에 베인 것이 아니라 살점을 도려내고 그 위로 뜨거운 용암을 부은 것 같은 참을 수 없는 고통이 손바닥에서 올라왔다. 베인 자리에 벌어진 세포 하나하나가 오그라들며 익어가는 듯한 느낌. 격통은 손바닥을 지나 뼈와 손등까지 통과하는 것 같았다. 지석이 할 수 있는 것은 오른손을 감싸고 주저앉아 비명을 지르는 것밖에 없었다. 흔들리는 지석의 시야에 희진이 머리채를 붙잡혀 끌려가는 것이 보였다. 희진은 울먹이면서도 실외기 문을 발로 차서 닫아버렸다. 지석은 다시 희진을 구하러 갈 정신이 없었다. 바닥을 데굴데굴 구르고, 온몸 여기저기를 꼬집고 긁으며 이 통증을 잊으려 발광할 뿐이었다. 고통은 쉽게 끝나지 않았다. 그 뒤로 몇 분간을 벌레처럼 구른 끝에야 겨우 생각이란 걸 할 수 있을 정도로 통증이 잦아들었다. 지석이 대체현실 속에서 겪어본 적이 없는 일이었다. 피학성애자가 아니고서야 고통의 감각을 굳이 느끼고 싶어 하는 사람은 없기 때문에 대체현실 접속기의 감각 센서에서 통증은 거의 느껴지지 않도록 조절되어 있다. 하지만 검열자의 공격은 그 통제범위를 훨씬 넘어서 현실의 통증보다도 무시무시하게 와닿았다. 지석은 검열자라는 체커의 능력을 어렴풋이 알 수 있었다. 그는 통증센서를 해킹할 수 있는 체커였다.

지석은 겨우 몸을 일으켰다. 지석이 혼자 도망쳐 온 이곳은 인쇄소 뒷골목으로 통하는 인쇄소 안이었다. 지석은 아직 통증이 남아 화끈거리는 오른손으로 다시 문손잡이를 잡았다. 문을 열어젖히고 희진의 방으로 다시 가보았지만 이미 검열자도, 희진도 남아 있지 않았다. 집 밖으로 뛰쳐나가 복도도, 엘리베이터도 뒤져봤지만 텅 비어 있긴 마찬가지였다. 등줄기가 서늘해졌다. 지석은 희진이 겪은 일을 짐작할 수 있었다. 조금 베인 것만으로도 그 정도의 고통을 주는 놈에게 붙잡혀 괴롭힘을 당한다면… 상상하기도 싫었다. 지석은 다시 희진의 방으로 돌아와 실외기실 문을 연 채 오도 가도 못하고 망연자실해 있었다.

"도 사장, 한참 기다렸어. 어디 갔다 온 거야?"

고개를 들어보니 인쇄소에 먼저 도착한 배창준과 손지우가 서 있었다.

"잡혀갔어, 희진이가! 그 새끼한테 잡혀갔다고!"

"누굴 말하는 거야? 누구한테 잡혀가?"

"검열자한테. 우리 말고도 여기 들어와 있는 체커가 있어. 그 새끼를 찾아야 한다고!"

배창준과 손지우는 지석의 말을 이해할 수 없다는 듯 서로의 얼굴만 쳐다봤다.

"오른손에 그 상처는 뭐야?"

"그 새끼한테 당했어. 톱날 달린 칼로 그었는데 아직도 더럽게 아파. 통증센서를 해킹할 수 있는 새끼 같아."

"이, 일단 진정하고 이리 와. 사람들이 기다리고 있어."

"누가 기다리고 있다는 건데?"

"뉴랜드 저항조직 말이야. 저장소에서 풀려난 다음에 다들 여기로 찾아왔어."

지석은 실외기실 문을 닫고 그들을 따라 나갔다. 꾸준히 바깥 세계에 뉴랜드의 현실을 알려온 저항조직 사람들이라면 검열자에 대해 알고 있으리라는 생각이 들었다. 배창준은 익숙해진 인쇄소 뒤쪽 비밀문 대신 앞문을 열고 나왔다.

"뒤쪽 통로 놔두고 어디로 가?"

"정보 새어 나갈까 봐 매번 옮긴대. 멀지 않아."

배창준은 건너편 인쇄소 문으로 들어가더니 몇 개의 문을 더 지나 또 다른 뒷골목으로 통하는 문을 열고 나왔다. 좁은 골목엔 줄지어서 쪼그려 앉은 사람들이 보였다. 지석이 보안토큰을 빼버렸을 때 임시저장소에서 풀려나온 사람들인 모양이었다. 그들은 하나같이 거지꼴이었고, 희진처럼 눈이 잘 안 보이는 듯 잔뜩 눈을 찌푸리며 지석 일행을 쳐다봤다. 그 눈빛이 의도치 않게 적대적으로 보였다.

"저항조직이라고? 저 사람들이?"

"쉿, 말조심. 이분들이 암호를 보내신 거야. 여기선 다들 화요일 모임이라고 부른대. 화요일 밤에 모여서 일을 꾸민다고."

지석 일행은 열댓 명의 사람들을 지나쳐 지하 계단으로 내려갔다. 지석 일행이 묵었던 곳과 위치는 다르지만 거의 똑같은 구조의 지하 인쇄소가 나왔다. 의도적인 설계인지 우연인지는 몰라도 추적을 피하기에는 안성맞춤인 공간 같았다. 내부에는 서른 명 정도의 사람들이 시멘트 바닥에 아무렇게나 널브러져 있었다. 유해민 선수 역시 그들 사이에 누워 있었다. 난민 대피소 같은 풍경을 지나쳐 배창준이 관제실 문을 열었다. 관제실 의자에선 작달막한 할머니 하나가 그들을 맞이했다. 지석을 본 할머니의 표정이 썩 밝지 않았다.

"그쪽이에요? 임시저장소에서 일을 벌였다는 사람이?"

"네, 제가 맞긴 한데…."

"좀 더 조심스럽게 처리하지 그랬어요. 이제 여긴 난리가 날 텐데. 그래서 다들 무서워하고 있어요."

"조심스럽게 하라니? 그럼 다 실종된 채로 두란 말이에요?"

"긴 얘기는 일단 앉아서 해요. 내 이름은 홍세정이에요. 이 화요일 모임의 리더라면 리더고."

홍세정이라는 할머니는 젊었을 때 책깨나 읽었던 사람인 듯, 눈빛과 언어가 모두 날카로웠다.

"당신 친구들한테 얘긴 다 들었어요. 당신들이 우리가 기다리던 사람들이라는 거죠. 이승에서 우릴 도와주러 온."

"이 사람들이 다 임시저장소에서 풀려난 거예요? 거기 몇 명이 있었나요?"

"만 명 정도로 추정하고 있어요."

"내가 본 리스트엔 적어도 수십만 명이 있던데."

"들어간 사람이 아니라 앞으로 들어갈 사람 명단일지도 모르죠. 최근 사라지는 사람들이 늘고 있어요. 스스로 들어간 사람, 우리처럼 잡혀간 사람, 흔적도 없이 실종된 사람. 검열자는 임시저장소를 계속 확장하고 있어요. 더는 임시가 아닌 거죠."

지석은 머리가 지끈거렸다. 이곳에 무슨 음모가 도사리고 있던 건지, 검열자라는 놈이 얼마나 대단한 놈이기에 뉴랜드의 수십만 명을 임시저장소에 가둔다는 건지 이해할 수 없었다. 지석의 머릿속에는 희진의 마지막 모습만이 맴돌았다.

"긴 얘기할 거 없고 검열자가 있는 곳이 어딥니까?"

"어디인지는 알지만 그쪽으로 접근하는 건 방향이 틀렸어요. 여기서 얌전히 기다리고 있다가 바깥으로 나가서 오늘 본 일들을 기록하고 증거를 모아요. 그 증거로…."

"그 개새끼가 지금 내 여자친구를 납치했다고요! 어느 세월에 뭘 해결해요!"

"우린 고통에 익숙해졌으니 기다릴 수 있어요. 희진이도 그럴 거고."

"누가 익숙해졌다고…! 이미 망가져 있었다고요, 사람이."

지석은 숨이 막히는 듯 가슴을 쾅쾅 내리쳤고, 배창준은 그의 어깨에 손을 얹었다.

"진정 좀 해. 어떻게 된 상황인지 얘기해봐."

"희진이 집에 찾아갔는데 그놈이 갑자기 들이닥쳤어. 희진이를 데리고 가면서 너희들 다 데리고 자길 찾아오랬어. 그러니까 가서 찾아와야 한다고!"

"침입자들을 제거하는 게 검열자의 목적이에요. 그러니 그쪽이 뉴랜드 서버에서 제 발로 나가야 제일 피해가 적을 거예요."

"희진이는 어쩌고요?"

"우린 어차피 다시 끌려갈 거예요. 화가 풀릴 때까지 괴롭힘당하다가 다시 갇히면 그만이에요. 어차피 죽을 육체도 없으니 걱정할 것도 없지."

"그게 대체….'"

"그만해! 어차피 우리 셋이 덤벼도 못 이겨."

손지우가 내뱉은 말에 모두가 조용해졌다. 지석은 뭔가 알고 있다는 투로 말하는 손지우를 쏘아봤다.

"그놈을 알아?"

"검열자라는 이름은 몰라도 쓰는 능력은 알아. 톱날 달린 칼 쓰는 놈이라며. 그 새끼는 벽에서든 바닥에서든 칼날을 뽑을 수 있어. 우리나라에 다섯 명밖에 없는 랭크 1짜리 체커 중 한 명이고, 주로 정부 기관에 고용돼서 일한대.”

“누구한테 들었어?”

“몇 달 전에 조폐 공사 서버에서 장난질하려고 한 머저리들이 있었
어. 게네들도 랭크 2, 3짜리 체커들이었는데 전부 그 한 놈한테 작살
났어. 이젠 활동도 못 하지. 죽었으니까.”

“죽었다니….”

“대체현실에서만 죽은 게 아니라 몸이 죽었어. 통증이 너무 심해서
쇼크사한 거래. 사태 파악이 돼? 그 새끼한테 걸리면 실제로 뒈질 수
도 있다고.”

지석과 배창준은 할 말을 잃었다. 대체현실에서의 죽음이 실제 죽
음으로 이어진다는 것은 상상해본 적도 없는 일이었다. 이 싸움이 가
상세계의 대결을 벗어나 실제 전쟁 영역으로 들어간다는 것을 뜻했다.
지석은 검열자의 칼에 베였던 오른손의 감각을 다시 떠올리고 몸서리
쳤다. 통증 때문에 죽는다는 얘기도 무리는 아닌 것 같았다.

“김열사를 고용된 해결사쯤으로 보면 오산이에요. 이 뉴랜드에 암
흑기를 만든 장본인이고 설계자지. 임시저장소라는 감옥이 생긴 것도,
통증이라는 감각이 풀려난 것도 전부 놈이 나타나면서 벌어진 일이에
요. 모든 감각이 무뎌진 와중에 통증만은 실제 세계처럼 살아난 거예
요. 서버 용량이 걱정된다면서 왜 그렇게 했을까? 이곳을 통제하려는
거지.”

“통제요?”

"검열자는 한 손에는 화폐라는 당근을 쥐고, 한 손에는 고통이라는 채찍을 쥐고 있어요. 열 명 중 아홉 명은 당근으로 길들일 수 있지. 하지만 여기 화요일 모임 사람들처럼 뻬딱한 별종들이 있기 마련이죠. 이런 사람들 때문에 바깥세상에 비리가 알려지면 큰일이겠죠? 고통은 우리 같은 별종들을 길들이기 위해 필요한 거예요. 여기서 검열자는 고통의 신이고, 곧 악마란 말이에요."

홍세정의 말이 지석 일행을 더욱 절망스럽게 만들었다. 지석은 그동안 까맣게 잊고 살았던 자신의 죽음에 대해 생각했다. 지석이 오늘 갑자기 죽는다면 그의 의료보험료를 대납해줄 사람은 세상에 없다. 엄마의 벌이로는 턱도 없는 일이다. 그렇게 되면 뉴랜드의 문턱도 못 밟아보고 말 그대로 영혼이 공중 분해되어 무의 상태로 돌아가는 수밖에 없었다. 코드가 뽑힌 컴퓨터처럼 멎어버리는 것이다.

"나, 나는 그런 놈이랑 못 싸워. 도 사장, 일단 여기서 기다리자."

"나도 못 싸워. 어차피 내일 점검 시간 끝나면 밖으로 튕겨 나갈 테니까 그때까지 기다릴 거야."

배창준과 손지우는 포기를 선언했다. 지석은 혼자라도 가서 희진을 구해오겠다는 말을 하고 싶었지만 입이 떨어지지 않았다. 두려움이 첫 번째 이유였고, 싸울 방도가 보이지 않는 것이 두 번째 이유였다.

"우리가 밖으로 암호를 보낸 지 1년 만에 첫 답장이 도착했어요. 나한 명이 시작한 이 짓에 100명이 동참하기까지 또 1년이 걸렸던 거고. 서둘러서 될 일이 아니에요."

홍세정의 말은 지혜로웠지만 위로가 되진 않았다. 오히려 희진에 대해선 걱정조차 하지 않는 듯한 태도가 매정하게 느껴졌다.

더 이상 이곳에 있을 이유를 찾을 수 없었던 지석은 자리에서 일어났다.

23

망자의 부패

지석이 지하 인쇄소 밖으로 나가자 배창준과 손지우가 따라 나왔다. 셋은 인쇄소 뒷골목 끝으로 향했다. 그들은 인적이 드문 곳에 나란히 앉아 숨을 돌렸다. 아무도 말이 없었다. 지석은 혹시나 하는 마음에 핸드폰을 다시 꺼내 확인해보았다. 하지만 역시 아무런 반응이 없었다. 한참 뒤 침묵을 깨고 배창준이 입을 열었다.

"지석아, 너 문 열고 어디든 이동할 수 있지? 나 동생 있는 데로 좀 데려가 주라."

"미쳤냐? 이 상황에?"

"너도 희진이 만나고 왔잖아! 나도 내 동생 무사한지는 확인해야 할 거 아냐!"

"지금 희진이가 검열자한테 잡혀갔다고. 태연하게 네 동생이나 만날 시간 없어!"

"네 여자친구만 급하고 내 가족은 안 급하냐? 너 정신 차려. 희진 씨 구하러 갔다가 네가 죽으면 어쩔 건데? 희진 씨 남은 보험료는 누가 내고? 그럼 진짜 너랑 희진 씨 둘 다 죽는 거야."

지석은 화가 치밀어 입술을 부들부들 떨었지만 말을 잇지 못했다. 배창준의 말이 틀린 데가 없었기 때문이다. 사후세계 뉴랜드에서 희진의 존재 여부는 지석이 매달 내는 보험료에 달려 있었다. 지석이 죽으면 지석뿐만 아니라 희진도 소멸하게 될 것이 분명했다. 지석은 힘이 빠졌다. 무모한 도박을 했다가 희진마저 죽게 할 수 없는 일이었다. 그렇다고 검열자에게 끌려간 희진을 그대로 둘 수도 없었다. 배창준은 지석의 반응을 보고 미안했는지 더 이상 말이 없었다. 지석은 생각을 떨쳐버리기 위해 자리에서 일어났다.

"동생 만나게 도와주면 너도 희진이 구하는 거 도와주는 거다. 알았지?"

"알았어. 방법이 있으면 내가 왜 안 돕겠냐?"

"어딘지나 말해."

"우리 예전 사무실 건너편 보건소로 가면 돼. 그 근처 연립주택이야."

지석은 골목길 끝의 쪽문을 열고 둘을 안내했다. 동료에 대한 호의는 아니었다. 이곳에 오래 있기 싫었기 때문이다.

배창준의 동생이 사는 3층짜리 원룸을 찾는 데에는 10분도 채 걸리지 않았다. 보건소 앞에서 건널목을 건너 골목길로 들어가 두 번째 건물이었다. 계단을 올라 녹슨 철문을 열고 들어가자 맨방바닥에 드러누워 있는 젊은 남자가 바로 보였다. 배창준의 허술한 눈코입을 쏙 빼닮아 누가 보기에도 그 동생이란 걸 알 수 있었다.

"창우야! 너 얼마 만이야, 이게!"

"형? 형도 벌써 죽은 거야?"

"그게 아니고 나 진짜 잠깐 들른 거야."

둘은 부둥켜안고 형제의 인사를 나눴다. 어떤 계기로 이곳에 왔는지, 사후세계에 첫 진입한 순간부터 임시저장소에서 빠져나오기까지 어떤 모험을 했으며, 지금은 길을 잃은 처지가 되었다는 이야기를 나누는 동안 지석은 배창우라는 남자의 방을 둘러봤다. 방에는 아무런 가전도, 가구도, 가재도구도 없었다. 단지 벽과 배창우의 몸만 있을 뿐이었다. 빠른 속도로 자초지종을 들은 배창우는 형을 방바닥에 앉혔고, 지석과 손지우도 그 옆에 앉았다. 배창우는 주머니에서 담배를 꺼내 지석 일행에게 한 대씩 나눠주었다.

"귀한 거니까 아껴 피워. 여긴 물가가 막장이라 임시저장소에 한 달 들어가야 이거 한 갑 살 수 있어."

지석은 호기심에 담배를 빨아들였다. 담배가 타들어 가며 연기가 났고, 목을 긁는 미세한 꺼끌꺼끌함이 있었지만 그뿐이었다. 흉내만 낸 가짜 느낌이었다.

"미안하지만 형이 하겠다는 일 다 헛수고야. 여긴 다 이러고 살아.

뭐, 아닌 사람들도 있긴 하지. 저쪽 강변에 일시불로 보험료 완납한 사람들 사는 동네가 있어. 거기선 맨날 마약하고 섹스파티 하고 장난이 아니래. 억울하면 완납해야지 뭐."

"일단 너 무사한지 확인은 했잖아. 들어온 보람은 있지. 근데 너 임시저장소엔 일부러 들어간 거야? 왜 그랬어?"

"왜긴? 여기서 아무것도 못 느끼고 사는 게 무슨 의미가 있어? 먹어도 맛도 못 느끼고 눈도 잘 안 보이고. 미납자는 가축보다 못해. 나도 거길 들어갔다가 나왔으니까 형 얼굴이라도 알아보는 거라고."

"거기에 들어가 있는 동안엔 어땠는데?"

"임시저장소 말이야? 어떤 느낌이었는지 묻는 거야?"

"어, 어땠는데 그래?"

"거기 들어가면 잠든 것처럼 의식이 팍 꺼졌다가 깨어날… 줄 알았거든? 그렇게 편한 게 아니었어. 씨발, 시간 가는 게 다 느껴져. 보이는 것도, 들리는 것도 없는데. 생각은 그냥 둥둥 떠 있어. 느껴지는 게 없으니까 생각도 살 안 이어져. 1년 동안 걸그룹 노래만 속으로 한 8만 번 불렀어. 사람이 안 미치고 배기겠어?"

배창우가 말하는 임시저장소 체험은 끔찍한 것이었다. 지석은 없던 폐소공포증이 스멀스멀 올라오는 것 같아 소름이 돋았다. 배창우가 갑자기 호주머니를 뒤져 작은 잭나이프 하나를 꺼내더니 자신의 팔뚝을 주욱 그었다. 포장비닐이라도 찢듯 아무 거리낌도 없었다.

"야! 너 뭐 하는 거야?"

지석과 손지우는 넋을 놓고 그의 행동을 지켜볼 뿐이었다. 배창우는 그들의 시선에도 아랑곳하지 않고 계속해서 자신의 팔을 자해했다. 지석은 뉴랜드가 지독한 폐쇄병동처럼 느껴지기 시작했다. 희진부터 배창우까지, 모두가 정신적으로 망가져 있었다.

"여기서 선명한 건 아픈 느낌밖에 없어. 이거라도 없으면 내가 산 건지 죽은 건지도 몰라. 아 참, 나 죽은 사람이었나? 아하하하하."

"미친놈아 너 왜 그래? 너 이런 애 아니었잖아!"

배창준은 고함을 치며 동생을 막으려 했지만 소용없었다. 배창우는 티셔츠를 들어 자신의 배에도 칼날을 그어댔다. 찢긴 가죽 아래 벌건 속살만 언뜻언뜻 보일 뿐 피도 흐르지 않았다. 무엇보다 견딜 수 없는 건 배창우의 표정이었다. 그의 온 얼굴이 고통으로 일그러졌다가도 이내 황홀감에 물러졌다. 지석은 구역질이 나올 것 같아 얼굴을 돌렸다.

"너 이 새끼, 형까지 죽는 꼴 보고 싶어? 너 이러라고 내가 보험료 내는 줄 알아?"

"이거 놓으라고! 이게 내 권리인데 좀 쓰면 어때! 나는 씨발 6개월만 있겠다고 했는데 그놈들이 1년이나 가둬놨다고!"

형제는 실랑이를 계속했다. 기어이 배창우가 이유를 알 수 없는 눈물을 터트릴 때까지. 배창우가 억울함을 쏟아내듯 꺼이꺼이 울어대는 동안 지석과 손지우는 가만히 방바닥만 보고 있었다. 지석은 이 지옥 순례가 현실이라고 믿지 않았다. 차라리 이 모든 게 지독한 장난이었으면. 죽지도 못한 채 고여 썩어가는 영혼들을 보는 건 이제 그만하고 싶었다.

뉴랜드의 창밖에도 밤은 찾아왔다. 배창우는 울다 지쳐 잠들었고, 불 꺼진 어두운 방에 셋만 남았다. 말 많던 배창준은 묵언수행이라도 하는 듯 입을 잠갔고, 손지우는 검지를 방바닥에 대고 의미도 없이 숫자 8 모양을 그리고 있었다. 지석은 그 모양이 어쩌면 무한대나 호접몽의 나비일지도 모른다는 터무니없는 생각을 잠시 했다.

"네가 부럽다. 이런 곳에 가족이 없어서."

지석이 손지우에게 의미도 없는 말을 던졌다.

"난 뉴랜드에 좆만큼도 관심 없어. 솔직히 말할까? 난 여기 맘에 들어."

"여기가 맘에 든다고?"

"쓰레기 묻어버리기에 여기보다 좋은 데가 없잖아. 나 목표가 생겼어. 아빠 찾아내서 꼭 보험료 납부해줄 거야. 여기 떨어져서 벌 좀 받으라고. 하나 더 추가하면 내 아이디 신고한 새끼도 같이."

지석은 손지우의 집에서 봤던 작은 졸업사진을 다시 떠올렸다. 더럽고 더러운 집에 있던 희미하고 희미한 사진 한 장. 손지우의 태도가 이해되지 않을 것도 없었다. 손지우는 다시 검지를 움직여 무의미한 모양을 그려갔다. 지석도 자신의 몸에 아직 붙어 있는 녹화장치를 의미 없이 만지작댔다. 그 순간 이상하게도 지석은 정신이 번쩍 들었다. 찜찜했지만 애써 무시하고 넘겼던 일 하나에 생각이 미친 것이다.

'손지우를 신고해서 게임 계정을 정지시킨 게 누구지?'

손지우는 지석의 소행이라고 생각해서 죽일 듯 덤벼들었지만 지석은 맹세코 신고한 적이 없었다. 돌이켜보면 그 타이밍이 신기하게도 맞아떨어져서 이곳에 올 리가 없었던 손지우가 운명처럼 합류하게 된 것이었다.

"손지우, 넌 적도 많을 텐데 아이디 신고당한 게 이번이 처음이야?"

"예전엔 존나 많았는데 올해는 처음이야."

"그렇겠지. 우리도 처음 당했을 땐 네 아이디 신고하려고 했다가 실패했거든. 지금까지 잊고 있었어."

"뭐라는 거야?"

"네가 쓰는 게임 핵 때문에 아이디가 안 보였다고. 널 신고할 수 있는 건 가까운 사람밖에 없어. 게다가 모든 계정 한 달 정지는 일반 신고로는 안 돼. 어디서 압력이 들어간 거면 모를까."

"그러고 보니 얘 아이디를 누가 어떻게 신고한 거지?"

가만히 듣고 있던 배창준도 이상한지 입을 열었다. 돌이켜보니 지석과 배창준이 게임에서 처음 열목어를 만났던 순간, 열목어의 아이디는 화면에서 지워져 있어 불법행위로 신고할 수가 없었다. 그녀가 소속된 길드에서 사용하는 핵 프로그램 때문이었다. 즉, 손지우를 신고한 것은 아이디를 알고 있는 소수의 사람 중 하나라는 얘기가 된다. 무거운 털모자의 올 하나가 풀려나가듯, 지석의 머릿속에서 어떤 생각 하나가 꼬리에 꼬리를 물고 이어졌다. 처음 만난 날, 뉴랜드에 침투했던 멤버들을 그대로 모으는 것에 유달리 집착했던 오성학이 떠올랐다. 지석이 그에게 넘겼던 일행의 정보 속에는 분명 손지우가 알려준 게임 아이디도 있었다. 생각이 여기까지 미치자 지석은 녹화장치를 떼어 창밖으로 던져버렸다. 그러고는 뒤돌아서 입을 열었다.

"교수가 우릴 버린 걸지도 몰라. 그러니까 우리가 아직 밖으로 못 나가고 있지."

"버리다니? 아직 점검 시간이 남아서 여기에 남아 있는 거잖아."

"처음부터 이 멤버를 여기에 묻으려고 모은 거라는 생각 안 해봤어?"

"묻어?"

"아까 서버랙이 생겼는데도 왜 우릴 안 빼냈지? 통신은 불통이었어도 내 몸에 붙인 녹화장치는 멀쩡했어. 밖에서 다 보고 있었는데도 아무 조치도 하지 않았단 얘기야. 우리가 검열자한테 죽길 기다리는 거야. 누굴 죽여버리기에 여기가 제일 좋은 장소라는 생각 안 들어?"

"굳이 우리까지 죽, 죽게 할 이유가 없잖아. 우리가 무슨 죄를 지었다고!"

"사후세계를 목격한 사람을 다 모아서 입막음하려고. 열목어 아이디를 정지시킨 것도 오성학이고 안태규를 굳이 데려온 것도 오성학이야. 뉴랜드에 대한 정보는 자기만 통제하고 있어야 A.L 컴퍼니랑 이면 합의를 할 수 있으니까. 그 영감은 처음부터 그게 목적이었어."

"말도 안 돼…. 넘겨짚는 거잖아…."

말을 멈춘 배창준은 자기 동생을 보던 표정과 똑같은 표정으로 지석을 봤다. 하지만 지석은 이해시킬 자신이 있었다. 오히려 상황이 위중한 만큼 돌파구도 조금씩 보이기 시작했다.

"어쨌든 여기서 나갈 유일한 방법은 검열자랑 정면으로 붙는 거야. 만약 영감이 배신한 게 아니라면 신체에 위험신호가 오기 전에 우릴 꺼내줄 거고, 배신자가 맞다면 우리가 직접 검열자를 죽이는 수밖에 없어. 이 사달이 난 건 전부 그 검열자 때문이야. 그놈을 죽여야 희진이도 구하고 우리도 나갈 수 있어."

"네 말이 사실이라고 해도 우리가 랭크 1짜리를 어떻게 이기냐고!"

"검열자를 잡을 방법이 있으면 너희도 동참할 거냐? 우리 목숨 안 걸어도 돼. 나한테 방법이 떠올랐어."

배창준과 손지우는 의심스러운 얼굴로 지석을 쳐다봤다.

"손지우, 아니 열목어. 너도 네 몸값만 생각해봐. 랭크 1짜리 체커 이겨보고 싶지 않냐?"

"일단 들어나 보고 개소리면 너부터 죽일 거야."

늘 그랬듯 손지우의 한 마디가 상황을 명쾌하게 정리했다. 지석은 조급한 마음을 꾹꾹 눌러 담으며 침착하게 이야기를 시작했다. 이 밤이 가기 전에 반드시 승부수를 던져야 했다.

정확히 20분 뒤, 그들은 잠든 배창우를 남겨두고 집을 빠져나왔다. 셋이 향한 곳은 다시 지하 인쇄소였다. 지석은 잠든 이들도 모두 주목할 수 있도록 최대한 시끄럽게 문을 열고 뒷골목을 지나 이곳의 리

더인 홍세정 앞에 다시 섰다. 지하 인쇄소 안에 시체처럼 앉아 있던 30여 명의 사람뿐 아니라 뒷골목에서부터 무슨 일인가 해서 쫓아온 사람들까지, 수십 명의 망자가 지석 일행의 행동을 보고 있었다.

"우린 여기서 그냥 나가지 않을 거예요. 검열자를 죽일 거예요."

"내 말을 못 알아들은 모양이네요. 싸움은 길고 질기게…."

"아뇨, 싸움은 오늘 밤에 끝날 거예요. 그러려면 여러분이 도와주셔야 해요."

"도와달라고? 미쳤냐? 우린 그놈 상대 안 해봤을 것 같아?"

구경하던 이들 중 한 명이 성난 목소리로 외쳤다. 그게 시작이었다. 사람들이 저마다 목소리를 냈다.

"만 명이 한꺼번에 덤벼도 그 괴물은 못 이겨. 여긴 다 합쳐도 50명이야."

"우리보고 총알받이라도 되라는 거냐? 이 개새끼야!"

모인 사람들에겐 짜증만이 가득해 보였다. 통증만이 유일한 감각인 세상이니 감각의 결정물인 마음도 구겨져 있는 것은 당연했다. 지석은 사람들을 진정시키려 더 큰 목소리를 냈다.

"우린 목숨 걸고 하는 거예요. 당신들은 이미 죽어서 여기 있지만 우린 진짜 죽을 수도 있다고요. 여기서 약속할 테니까 잘 들어요. 우린 작업자로 들어와 있으니까 사고로 죽으면 A.L 컴퍼니에서 억대로 사망보험료가 나올 거예요. 만약에 작전이 실패하고 죽어서 보험금이 나오면 나한테 안 쓰고 여기 힘 합쳐준 사람들 의료보험료 내는 데 쓸

게요."

"그 말을 어떻게 믿냐?"

"지금 이 대화 다 녹화 중이고 밖에서 저장되고 있어요. 법적인 효력 있으니까 밖에 있는 동료들이 처리해줄 거예요. 못 믿겠어도 어쩔 수 없어요. 더 나은 선택지라도 있나요? 이렇게 검열자 잡을 기회가 쉽게 올 것 같아요?"

지석이 강경한 태도를 보이자 모인 사람들이 조용해졌다. 사람들은 말 대신 날카로운 한숨 소리로 응답했다. 모두가 지석의 입을 보고 지석이 다음 말을 하길 기다렸다. 지석은 부담감을 견디기 힘들었다. 하지만 다음 한 걸음을 위해 입을 열어야만 했다.

밤이 깊어지고 서울이 하루 중 태양으로부터 가장 멀어진 시간이 되었다. 이승과 같은 시간대로 설정된 뉴랜드 서울에도 가장 짙은 어둠이 깔렸다. 지석과 배창준, 손지우 세 사람은 서울 동쪽 끝에 위치한 동부구치소 앞에 섰다. 동부구치소는 화요일 모임의 사람들이 알려준 검열자의 공간이었다. 딱히 비밀스러운 정보도 아니었다. 모두가 한 번씩 이곳에 끌려와 지옥 같은 시간을 겪었기 때문이다. 바깥세상에서는 구치소계의 호텔로 통하며 죄지은 특권층이 일부러 찾는 곳이었지만 여기선 반대였다.

구치소 건물은 마치 오피스텔처럼 깔끔하게 생겨 이질감을 주었다. 지석이 고개를 돌려보니 배창준은 어느새 복장을 바꿔 특공대 같은 방탄조끼와 방열장갑으로 무장하고 있었다. 우스운 꼴이었다.

"그딴 게 통하겠냐?"

"시끄러워. 근데 아까 인쇄소에서 한 말 진짜냐? 우리 죽으면 보험금 나온다는 거."

"지어낸 말이야."

"좋다 말았잖아."

지하 인쇄소에서의 기나긴 설득 끝에 결국 이 자리에 선 것은 세 사람뿐이었다.

잠시 후 구치소 로비의 CCTV가 건물로 들어온 지석 일행을 포착했다. 전등 하나도 들어와 있지 않고, 사람의 숨소리조차 들리지 않는 이곳은 죽은 건물 같았다. 세 사람이 로비에서 채 몇 걸음도 떼기 전, 지석의 앞쪽 바닥에서 톱날 같은 칼날이 솟아나 정강이 높이까지 올라왔다. 칼날은 당장이라도 발목을 베어버릴 듯 서늘하게 빛났다. 손지우의 설명처럼 검열자는 손 아닌 다른 곳에서도 칼날을 컨트롤할 수 있는 것처럼 보였다.

"검열자의 칼은 어디서나 튀어나와. 바닥이나 천장도 조심하고 벽에도 붙지 마."

칼날은 당장 베어버릴 듯 가까이 다가와 종아리 앞에서 멈췄다. 방향을 지정해주는 것이었다. 지석은 칼날의 위협적인 움직임을 따라 천천히 앞으로 나아갔다. 지석 일행이 움직이자 그 방향을 따라서 조명이 켜졌다. 이 건물에선 오직 검열자 한 명이 모든 걸 통제하는 듯했다. 두 개의 철문을 거친 뒤 엘리베이터를 타고 올라가 다시 두 개의 철문을 지나자 면회실이 나왔다. 면회실에 이르러서야 불쾌한 칼날은 다시 땅속으로 꺼졌다.

커다란 테이블 10여 개가 놓인 강당 같은 면회실이었다. 역시 인기척은 없었다. 대신 벽에 붙은 벽걸이 TV가 저절로 켜지며 면회객을 맞이했다. TV 화면은 좁다란 1인실 감방을 비추고 있었다. 손에 수갑을 찬 희진이 바닥에 얼굴을 박은 채 옆으로 누워 있었다.

"희, 희진아!"

지석의 외침이 희진에게 들릴 리 없었다. 화면 속 바닥에서 검열자의 칼이 보란 듯이 솟아나 희진의 겨드랑이 아래쪽을 벤 뒤 사라졌다. 희진은 고통스러운 비명을 지르며 바닥을 굴렀다. 희진의 몸 여기저기엔 이미 붉은 칼자국이 나 있었다. 지석은 차마 보고 있을 수가 없어 고개를 돌렸다.

"약속 지켰으니 여자애는 여기까지만 괴롭힐게."

일행의 뒤에서 검열자의 목소리가 들렸다.

24

세상은 무엇으로 무너지는가

면회실 입구에서 검열자는 톱날 칼을 한 손에 든 채 건들거리며 서 있었다. 레스토랑 주방에서 딱딱한 빵을 써는 데 쓸 것 같은 칼일 뿐이었지만 그 두려움에 대해선 모두가 알고 있었다. 검열자는 예고도 없이 지석 일행에게 달려들었다. 하지만 일행의 코앞에서 검열자는 허공에 머리를 부딪히고 동작을 멈췄다. 지석이 미리 설치해둔 투명 아크릴판을 발견하지 못한 탓이었다.

"쓰레기들이 수작을 부려?"

지석은 아크릴판을 툭 밀어 검열자를 향해 넘어뜨렸다. 검열자는 팔을 들어 아크릴판을 막았고, 그 틈을 놓치지 않은 손지우가 아크릴판을 계단처럼 밟고 올라가 검열자의 머리 위로 날아들었다. 손지우는 공중에 붕 떴다가 떨어지며 검열자의 정수리를 팔꿈치로 찍었다. 그 충격에 검열자의 상체가 새우처럼 앞으로 꺾였고, 뒤쫓아간 배창준이 숙인 검열자의 얼굴을 걷어찼다. 검열자가 뒤로 나자빠지며 톱날 칼도 바닥에 떨어졌다. 지석은 곧바로 손을 뻗어 검열자가 쓰러져 있는 바닥을 지웠다. 셋의 빈틈없는 합동 공격으로 검열자는 7층 면회실에서 6층 교도소장실로 떨어졌다.

"칼! 칼부터 뺏어!"

배창준이 바닥에 떨어진 톱날 칼을 주우려 했지만 칼은 늪에 빠지듯 바닥으로 들어가 버렸다. 칼은 아래층 교도소장실 바닥에서 곧바로 솟아났다. 몸을 일으킨 검열자는 칼을 뽑아 들고 위를 쳐다봤다. 지석 일행은 시야에서 사라진 상태였다. 검열자가 고개를 돌리려는 찰나, 옆에 있던 문을 지석이 열고 나오며 문짝이 검열자의 얼굴을 쳤다. 그 틈을 타 손지우가 위에서 뛰어내려 태극기를 걸어둔 철제 깃봉을 들고 검열자의 다리를 힘껏 쳤다. 기습에 당한 검열자는 바닥에 쓰러졌고, 손지우는 날카로운 깃봉 끝을 검열자의 목에 댔다.

"칼 버려!"

검열자가 오른손을 펼쳐 들고 있던 칼을 떨어뜨렸다. 하지만 그 칼은 다시 바닥으로 빨려 들어갔고, 지석의 머리 위 천장에서 나타나 툭 떨어졌다. 예상치 못한 공격이었다. 톱니 칼날이 지석의 이마와 콧잔등을 긁으며 바닥으로 떨어지자 지석은 얼굴을 감싸며 비명을 질렀다. 모두가 당황한 사이 검열자는 재빨리 바닥을 굴러 칼을 줍고 지석의 목덜미를 뒤에서 잡았다. 검열자가 괴로워하는 지석의 목에 칼을 대자

전세는 순식간에 역전되었다.

"무기 내려놓고 벽에 등 붙이고 서."

배창준과 손지우는 각각 들고 있던 무기를 떨어뜨리고 양손을 들었다. 검열자는 고통에 경련을 일으키고 있는 지석의 머리채를 잡고 바닥에 꿇어앉혔다. 배창준과 손지우는 벽에 등을 댄 채 그 모습을 바라보고 있을 수밖에 없었다.

"보안토큰 내려놔."

지석은 임시저장소에서 뽑아온 보안토큰을 주머니에서 꺼내 바닥에 내려놨다.

"나도 소란 피우는 건 질색이니까 선택지를 줄게. 너희랑 너희 가족, 보험료 납부 중단 확인서에 서명하면 죽이진 않아 주지. 다 잊어버리고 남은 인생 오순도순 서민들답게 살아."

"지랄하지 말고 그냥 죽여, 등신아. 어차피 죽일 거잖아."

검열자가 칼을 든 손목을 까딱하고 움직이자 손지우의 얼굴 옆쪽 벽에서 칼날이 뒤어나왔다. 칼이 귀를 베고 지나가자 손지우가 비명을 지르며 바닥에 주저앉았다.

"너희가 의로운 일이라도 하러 왔다고 착각하는 거냐? 돈도 안 내놓고 권리만 달라고 억지 부리는 거나 다름없잖아. 쓰레기 같은 놈들."

검열자는 한심하다는 듯이 막말을 퍼부었다. 스스로에게 도취한 듯한 모습이었다. 그사이 타는 듯했던 지석의 통증은 잦아들었다. 지석은 눈동자를 굴려 교도소장실 안의 시계를 확인했다. 새벽 3시 27분이 지나고 있었다. 지석이 입을 열었다.

"알았어. 너 시키는 대로 다 할게. 근데 하나만 물어보자. 임시저장소 갔을 때, 명단에 적힌 이름이 수십만 개는 되던데 무슨 짓을 하려고 한 거냐?"

"임시저장소? 누가 임시래? 거긴 미납자가 다 들어갈 곳이야."

"뭐? 서버를 증설하면 되잖아. 왜 굳이 그런 짓까지 하는 건데?"

"옳은 일이니까 그렇지. 뉴랜드는 보험료를 완납한 VIP를 위한 곳이야. 남들처럼 노력도 안 하고 재주도 없으면서 똑같은 걸 바라면 범죄라고. 범죄자한테 돈 쓰는 건 말이 안 되지."

천진할 정도로 거침없이 말하는 검열자를 보며 지석은 역겨움을 느꼈다. 이제야 검열자의 배경과 정체가 짐작되었기 때문에 그 혐오감은 더 심해졌다.

"그렇게 떳떳하면 왜 뉴랜드의 정체를 꽁꽁 숨기는 거지? 사실은 우리 같은 밑바닥 인생을 쥐어짜서 이 뉴랜드를 굴리고 있는 거잖아. 당신들처럼 지옥을 천국이라고 사기 치는 게 제일 큰 범죄야. 내 말 틀려, 오동인 씨?"

말을 마친 지석은 고개를 들어 검열자를 똑바로 봤다. 차갑기만 했던 검열자의 얼굴에 당황한 기색이 번졌다.

"검열자라는 놈 정체가 뭘까 생각했었어. 우리처럼 밖에서 접속한 체커일 텐데 어떻게 임시저장소가 털리자마자 나타났을까. 혹시 우리 계획을 잘 아는 놈 아닐까."

"멋대로 떠들긴…"

"방금 지껄인 말 듣고 나서 확신했어. 그건 학교에 있을 때부터 오성학 말버릇이었거든. 이 위험한 계획에 오성학이 왜 변변한 역할도 없는 자기 아들을 끌어들였을까? 너 처음부터 우릴 죽이려고 온 거 아냐?"

대체현실 접속기를 쓴 채 관제실에 반듯이 누워 있던 오동인의 얼굴이 살짝 일그러졌다. 경보음이 울려대는 관제실에서 오성학과 안태규는 서버 상태를 체크하며 오동인을 내려다보고 있었다. 그들은 지석 일행에게는 비밀로 한 이날의 진짜 작전을 공유한 자들이었다. 작전의 본질은 뉴랜드의 비밀을 목격한 세 명의 체커를 사고로 위장해 제거하는 것이었다. 정확히 한 달 전, 오성학 부자가 찾아와 이 계획에 합류할 것을 제안했을 때 안태규는 거절할 수 없었다. 정확히 말하면 제안이라기보다는 명령이었으니까. 한직으로 밀려나 있던 안태규는 금세 본사 서버 관리팀으로 돌아오게 되었다. 그 의미는 분명했다. 오성학의 계획을 A.L 컴퍼니 상부에서도 알고 있다는 것이었다. 처음 지석 일행을 뉴랜드에 잠입시켰을 때도 본격적인 작전보다는 간만 보는 쪽을 택했던 안태규였던 만큼, 마음을 고쳐먹는 데에는 오랜 시간이 걸리지 않았다. 뉴랜드에서 그와 가족의 안위를 보장받기 위해서는 얼치기들과 혁명을 꿈꾸는 것보다 이쪽이 확실한 선택이었다. 안태규는 살아남기 위해 지석 일행을 속이고 오성학의 편에 서기로 했다. 그는 복종할 때 확실히 복종하는 사람이었다.

"서버 상태가 심상치 않아요. 시간이 꽤 지났는데 괜찮을까요?"

약간의 불안을 내비치는 안태규와는 달리 오성학은 확신에 차 있었다. 오성학은 자기 인생의 방향이 바뀌어온 과정을 모두 기억하고 있었다. 설계 초기에 A.L 컴퍼니의 뉴랜드 운영방식에 누구보다 강하게 반기를 들었던 사람은 오성학이었다. 전 국민을 대상으로 하는 뉴랜드는 결국 위기를 맞을 것이 자명하니 처음부터 재고해야 한다는 건의를 몇 번이나 올렸지만 오성학은 결국 거치적대는 부품처럼 버려졌다. 퇴직 이후의 현실은 노교수의 자존심을 잔인하게 뭉개버렸다. 보험료를 납부할 돈마저 떨어지자 오성학은 불법적인 일을 알아봤다. 불행 중 다행이었던 것은 지독한 병 때문에 밖에서는 사회생활도 제대로 못하는 아들이 대체현실에서만큼은 무서운 능력을 지녔다는 사실이었다. 타인의 고통을 통제하는 악마적인 힘이 그것이었다. 오성학과 그의 아들 '검열자'의 범죄행각은 이렇게 시작되었다. 오성학 부자는 불법 체커로 돌아섰고, A.L 컴퍼니의 임원으로 복귀하기 위해 물밑 접촉을 시도했다. 하지만 예전으로 돌아가기 위해선 손을 더럽히는 일을 도맡아야 했다. 다시 기회가 주어지자 부자는 철저히 악마가 되어 일을 진행했다.

용량 부족 문제에 시달리는 뉴랜드에 오성학은 임시저장소라는 감옥을 설계해 사람들의 영혼을 가둬버리는 극단적인 수단을 도입했고, 뉴랜드 내 저항세력들을 철저히 솎아내 이 감옥에 처박았다. 그뿐만 아니라 정보 공개 청구 모임이라는 허울 좋은 이름으로 뉴랜드 밖 불

순분자들도 한자리에 모아 효율적으로 관리했다. 무시무시한 체커 검열자는 아버지의 이런 계획을 충실히 실행해 뉴랜드의 통제 시스템을 완성했다. 국민들은 삶을 유예한 대가로 사후세계 뉴랜드에 들어왔으나, 뉴랜드는 죽음 이후의 시간도 유예하며 존속되고 있었다. 존재의 지속을 위해 존재 그 자체는 늘 잠들어 있어야만 하는 지독한 아이러니. 누가 이러한 상태를 지옥이라 칭한다 해도 오성학에겐 뉘우칠 마음이 없었다. 세상은 원래 그런 곳이라 믿었기 때문이다.

지금까지 오성학 부자와 A.L 컴퍼니의 어둡고 음습한 협력관계는 성공적이었다. 효율적으로 트래픽을 저감한 결과 서버 증설 계획은 유예되었고, 예산을 절감한 간부들은 성과급을 받았다. 오성학은 여기서 더 나아가 모든 미납자를 압축해 잠들게 하려는 계획까지 세웠다. 오성학의 목표는 단순히 예산 절감이 아니었다. 뉴랜드를 그가 설계한 유토피아로 만들어놓으면 언젠가 세상도 그를 이해해주리라 생각하고 있었다.

오성학은 누꺼운 손을 안태규의 좁은 어깨 위에 올리고 그를 진정시켰다.

"결국엔 놈들 다 죽이고 돌아올 걸세. 내 아들이니까."

지석은 검열자 오동인의 얼굴을 올려다봤다. 잠시 당황했던 검열자는 이내 대수롭지 않다는 듯 웃었다. 그의 가증스러운 표정을 한순간도 놓치지 않기 위해 지석은 눈도 깜빡거리지 않았다.

"너희가 선택한 거야. 우린 몇 번이나 손 떼라고 힌트를 줬는데."

"아니, 오성학은 우리가 임시저장소를 습격하도록 유도했어. 서버가 폭주해야 사고로 위장해서 우릴 죽일 수 있으니까. 우릴 죽여서 입을 막고 정보 공개 청구 모임도 너희 손아귀에서 주무르려고 했겠지. 너희는 처음부터 A.L 컴퍼니가 심은 *끄나풀*이었어."

"우리는 세상이 무너지지 않게 지탱한 것뿐이야. 원망하려거든 여기 뛰어든 자신을 원망해."

검열자는 당장 지석의 머리를 내리칠 기세로 칼을 치켜들었다. 하지만 갑자기 시야가 흐려지며 몸의 무게중심이 한쪽으로 쏠리는 것이 느껴졌다. 검열자는 발을 헛디디며 벽을 짚었다. 3시 30분이라는 시간을 확인한 지석이 회심의 미소를 지었다.

"세상은 이미 무너졌어, 멍청한 새끼야."

쿠구궁 소리와 함께 땅이 흔들리고, 벽과 천장이 흰색 노이즈를 일으키며 지워졌다가 복구되길 반복했다. 임시저장소에서 사람들을 해방시켰을 때보다도 더 큰 서버럭 현상이었다. 검열자를 제외하고 이 방에 있는 모두가 그 이유를 알고 있었다.

지석 일행이 동부구치소에 나타나기 약 한 시간 전, 지하 인쇄소 화요일 모임 사람들의 시선이 지석에게 쏠렸다. 지석 일행이 랭크 1의 체커인 검열자를 상대하기 위해선 모두의 힘을 빌려야 했다. 그러려면 명분뿐만 아니라 모두가 납득할 만한 전략이 필요했다.

"정면으로 싸워서 검열자를 이길 수는 없어요. 하지만 서버랙이 일어난다면 얘기가 달라져요. 서버에 과부하가 걸려서 고통까지 둔감해지면 그놈을 잡을 수 있어요. 디도스라는 용어 들어봤을 거예요. 여러 명이 홈페이지에서 새로 고침만 눌러도 페이지를 다운시킬 수 있어요. 그걸 우리가 하는 겁니다."

"서버랙? 과부하? 여기 있는 사람 기껏해야 쉰 명밖에 안 되잖아. 수십만 명이 사는 뉴랜드에서 우리가 지랄발광을 해봤자 서버가 마비되겠어?"

"임시저장소가 해제돼서 이미 서버는 한계 상황이에요. 여기서 1프로 정도의 랙만 유발하면 돼요. 여기 모인 사람들이 할 수 있어요. 우리도 무한대로 이용할 수 있는 자원이 딱 하나는 있으니까."

눈치 빠른 몇 명은 지석의 무모한 작전을 알아차리고 사색이 되었다.

"마, 말도 안 돼! 그런 소리 할 거면 다 집어치워!"

"여러분이 여기서 한계 없이 느낄 수 있는 유일한 감각, 통증이에요. 50명의 사람이라도 남들이 겪는 통증의 수백 배를 한꺼번에 느끼면 그 정보량으로 뉴랜드 서버에 과부하를 걸 수 있어요. 여긴 인쇄소니까 시너 통이 널려 있어요. 정확히 새벽 3시 반부터 시너를 뒤집어쓰고 다들 딱 15분만…."

다음 말을 꺼내는 것은 지석으로서도 어려운 일이었다. 사람들의 정색한 얼굴과 원망하는 눈빛이 지석을 괴롭게 했다.

"딱 15분만 불에 타주세요. 그사이에 우리가 검열자를 죽일 테니까."

작전은 간단명료했다. 사람이 느낄 수 있는 가장 큰 통증인 분신을 통해 감각의 처리용량을 극대화하고 서버를 마비 상태로 만드는 것이었다. 지석은 흉측한 꼴로 자해를 하는 배창우를 보며 이 통증의 디도스 작전을 떠올렸다. 문제는 설득이었다. 작전이 성립하기 위해서는 50명 모두가 분신이라는 극단적인 행동에 동참해야 했다.

어두운 표정으로 얘기를 듣고 있던 홍세정이 입을 열었다.

"우린 검열자한테 끌려가서 질리도록 고문을 받았어요. 그 트라우마 때문에 매일 악몽에 시달리는 사람도 있어요. 그 고통을 자진해서 또 겪으라는 건가요?"

"아무것도 못 느끼는 감옥에 영원히 갇혀 있을지, 잠시 불타고 자유로워질지 선택하는 겁니다. 이 방법밖에 생각해내지 못해서 죄송해요."

지석은 혁명을 이끄는 연사처럼 더 그럴싸하고 멋진 말로 사람들의 마음을 얻고 싶었지만 그런 말은 나오지 않았다. 모두의 찝찝한 얼굴을 뒤로한 채 지석은 그곳을 나올 수밖에 없었다.

세 명의 체커들이 싸우기 위해 길을 떠난 뒤, 지하 인쇄소에 남은 화요일 모임 사람들은 아무 말도 하지 않은 채 쪼그려 앉아 있었다. 감동도 기대도 없었다. 오직 두려움과 걱정만이 그들을 짓눌렀다. 검열자를 누구보다도 죽이고 싶은 것은 화요일 모임 사람들이었다. 하지만 증오도 공포 앞에서는 변질되기 십상이었다. 그들에게 검열자는 떠올리는 것만으로도 두려운 존재였고, 그와 싸워 이길 수 있다는 생각은 애초에 성립할 수 없었다. 그들은 돌이키기 싫은 기억을 떠올렸다. 불과 몇 달 전, 도시의 연쇄살인마처럼 검열자는 예고도 없이 불쑥 찾아와 그 톱날 칼로 사람들을 해쳤다. 고통에 몸부림치며 혼절한 뒤 정신을 차려보면 언 정육처럼 탑차에 실려 있었고, 그 후 동부구치소에 감금당했다. 검열자는 횟감을 대하는 견습 요리사처럼 그들의 몸을 이리저리 썰었다가 붙이고, 굽고 삶아댔다. 계속되는 잔혹한 고문은 그들에게 형이상학적인 질문마저 하게 만들었다. 죽어도 사라지지 않는 의식이라는 것은 축복이 아니라 저주가 아닌지. 사람의 정신과 마음이라는 게 단지 고통을 담기 위한 수용체일 뿐인 건 아닌지. 그들은 오로지 고통받기 위해 태어난 것 같은 자신의 존재를 원망했었다. 그 고통이 생생한 지금, 용기를 내고 싶어도 쉽지 않은 것은 당연했다.

관제실 쪽문 앞에 앉아 있던 홍세정은 모두의 얼굴을 둘러본 뒤 담담하게 말을 시작했다.

"이대로 가만히 있으면 우린 다시 임시저장소에 끌려갈 거예요. 어둠 속에서 정신만 깨어 있는 채로 10년이 지날지 100년이 지날지 몰라요. 어차피 그렇게 될 거면 난 가기 전에 사치 한번 부려보려고 하는데, 어때요? 인생이 지루한 인간들은 돈 주고 고통을 즐기기도 한다는데 나도 한번 해보지 뭐."

우스갯소리 같은 말이었다. 옅게 미소를 띤 홍세정의 얼굴에는 진

지한 투사 같은 기색은 없었다. 자리에 앉아 있던 사람들은 어떻게 반응해야 할지 모르겠다는 표정으로 홍세정을 바라보았다. 그때 누워만 있던 유해민이 처음으로 자리에서 일어났다.

"하, 그건 좀 재밌겠네. 누가 오래 버티나 내기할래요?"

지석 일행이 나간 뒤 한참 동안 이어진 정적을 깨고 일어난 일이었다. 리더가 별거 아니라는 듯 던진 말 한마디가 모두에게 방아쇠가 되었다. 사람들을 움직인 것은 대단한 각오나 의지가 아니었다. 이 모든 게 사실은 대수롭지 않은 일일지도 모른다는 가벼운 마음이었다.

"나도 해볼게요. 딱 15분인데 뭐."

홍세정과 유해민에 이어 하나둘 동참하는 이들이 생겨났다. 어차피 더 죽을 몸도 없다는 사실이 염세적이면서도 굳건한 용기를 내게 만들었다.

결국 화요일 모임에서 제일 어린 15살 소년만 빼고는 모두가 팔과 팔에 사슬을 묶은 채 인쇄소 바닥에 둥글게 모여 앉았다. 민영이라는 소년의 옆에는 시너가 든 통 하나와 소화기 한 대가 준비되어 있었다. 약속된 시간이 가까워지자 홍세정이 소년에게 지시를 내렸다.

"15분이 지나기 전엔 절대 불을 끄지 말아라."

소년은 창백한 얼굴로 시너 통을 들었다.

25

불타는 영혼의 연대기

소년이 모여 앉은 사람들의 머리 위로 시너를 붓기 시작했다. 화요일 모임의 사람들은 눈을 감고 고개를 숙였다. 유머와 해학을 마음의 연고 삼아 발라놓긴 했지만 다가올 엄청난 고통 앞에 본능적으로 몸이 위축되는 것은 어쩔 수 없었다. 유해민은 분신이라는 방법으로 세상에 저항했다던 인물들을 떠올렸다. 그들에게 고통은 순간이었을까? 통증 속에서도 보람을 느꼈을까? 유해민은 먼저 고통을 겪은 사람들을 생각하며 공포를 잊으려 했다. 한편 홍세정은 아직 생명이 붙어 있던 날들을 떠올렸다. 살아생전 세상에 좋은 일을 하고 싶었으나 결국 자식에게조차 좋은 사람이 되지 못하고 짐만 남긴 채 그녀는 생을 마쳤다. 홍세정은 생각했다. 이 엉뚱한 곳에서 내린 엉뚱한 결단 하나가 자신을 조금이라도 의로운 사람으로 만들어줄 것인가. 이날의 고통이

한 시대를 넘어가는 문턱이 되어줄 것인가.

불길은 계단 가까운 곳에서부터 시작되었다. 처음 들어본 동료의 처절한 비명을 통해 알 수 있었다. 그 비명은 인위적으로 낼 수 있는 소리가 아니었다. 몸통이라는 악기가 찢기고 두들기고 깨지며 온 힘으로 울려대는 소리였다. 옆 사람의 비명이 주는 공포는 길게 이어지지 않았다. 불길은 빠른 속도로 모두에게 번졌기 때문이다. 이 작은 몸에서 나온 감각이라고는 믿을 수 없는 집채만 한 아픔이 해일처럼 그들을 덮쳐왔다. 감각의 폭풍은 모두의 각오를 아득히 넘어서는 것이었다. 몸을 이루는 수억 개의 조각들이 제각기 울부짖기 시작했다. 공간도, 시간도, 옆 사람의 존재도 느낄 수 없었다. 그들의 몸이 먼 우주에 따로 떨어진 채 이미 억겁의 시간 동안 찢기고 있었던 것처럼 아득했다. 두 고막과 머릿속에서는 1,000번의 천둥이 울렸다. 생각이라는 것은, 사고라는 것은 모래알만큼도 전진하지 않은 채 두개골 속에서 요란하게 진동하고 있었다. 이들에게 몸이 있었다면 불길에 신경다발도 타버려 고통은 찰나였을지도 모른다. 하지만 뉴랜드에서 그런 일은 일어나지 않았다. 피부 위에 일어난 화재를 물리 화학적 현상으로 해석한 시스템이 그에 상응하는 고통의 값을 산출해냈고, 엄청난 통증을 엄청난 전기신호로 바꿔 이들의 자아 뉴런에게 전달해주고 있었다. 말 그대로 영원한 고통이었다.

그 광경을 지켜보던 소년은 귀를 막았다. 평생 꿈에서조차 그린 적 없는 끔찍한 참상이었다. 벽에 걸린 전자시계의 시간은 채 1분도 지나지 않았다. 소년은 불길에 먹히고 있는 다른 이들처럼 비명을 지르며 울기 시작했다. 세상에 존재했던 많은 종교와 설화에서 지옥을 끝없는 불길로 묘사한다는 것은 이 자리의 모두가 알고 있는 사실이었다. 죄를 지어 죽은 자들이 불길 속에서 벌을 받고 참회하는 곳. 지금 뉴랜드의 지하 인쇄소는 말 그대로 지옥의 재현이었다. 하지만 살아 있는 동안에도 울 일만 가득했을 그들이 무슨 큰 죄를 지었기에 이 지옥에 떨어졌는지, 이렇게 울며 반성해야 할 것이 무엇인지 대답할 수 있는 이는 없었다. 아마도 그들의 죄는 세상에 지불할 돈을 벌지 못한 죄, 돈이 없으면서도 권리가 있다고 착각한 죄, 사람처럼 보고 사람처럼 듣고 싶어서 사람처럼 내 의견을 말한 죄, 살아서 가난했고 가난한 주제에 죽음을 무서워했던 죄일 거라고, 그 죄 때문에 이 지옥에 떨어진 거라고 본능적으로 느끼고 있을 뿐이었다.

지옥의 연기는 인쇄소를 가득 채우고 환풍구를 통해 날아가 상공으로 날아올랐다. 이 검은 연기가 이들의 뜻을 담아 뉴랜드를 가득 채우고 세상을 물들이는 일은 일어나지 않았다. 무력하게 흩어져갈 뿐이었다. 하지만 지하 인쇄소 안에는 미세한 변화가 있었다. 지금까지 느낀 것과는 다른 이명과 진동이 사방에서 느껴졌다. 무엇보다 달라진 것은 몸이 타는 와중에도 그들이 생각이라는 걸 하고 있다는 점이었다. 누군가가 외쳤다.

"와, 미칠 뻔했다. 이제 좀 덜 아프네."

홍세정은 작전이 성공하고 있음을 직감했다. 과다한 용량의 감각은 서버의 폭주를 야기했고, 한계 이상의 정보를 서버가 처리하지 못하자 통증도 둔해진 것이었다.

　같은 시각, 지석도 작전의 성공을 직감하고 있었다. 검열자는 아직도 이해를 못 하겠다는 듯 벽을 짚고 서서 모두를 둘러봤다.

　"이 지진은 뭐야? 너희 무슨 짓을 벌인 거야!"

　"너 죽으면 알려줄게."

　검열자는 톱날 칼을 휘둘렀고, 지석은 몸을 일으켜 그의 손을 잡았다. 칼날이 손에 닿자 인상이 찌푸려지긴 했지만 바닥을 구를 만큼 고통스럽지는 않았다. 지석은 칼날을 붙잡고 검열자를 매섭게 노려봤다. 그토록 과신하던 자신의 능력이 통하지 않자 검열자는 당황한 표정을 보였다. 그 틈을 노려 손지우는 검열자를 향해 힘껏 도약했다. 손지우가 바람개비처럼 공중에서 반 바퀴 회전해 검열자의 옆머리를 오른발로 후려쳤다. 그 충격으로 검열자의 머리통이 벽에 부딪혔고 들고 있던 칼은 맞은편 벽에 날아가 박혔다. 배창준은 깃대를 창처럼 들고 뾰족한 끝으로 검열자의 허벅지를 찔렀다. 허벅지를 관통한 깃대가 벽에 꽂혔다. 지석이 벽에 꽂힌 톱날 칼을 빼내 끝장을 내려고 했지만 랭크 1의 체커는 호락호락 당해주지 않았다. 검열자는 다리에 박힌 깃대를 뽑아 힘껏 휘둘렀다. 큐에 맞은 당구공들처럼 손지우와 지석이 깃대에 맞아 날아갔다. 배창준이 럭비선수처럼 검열자에게 달려들어 그를 끌어안았다. 검열자의 주먹과 무릎에 실컷 얻어맞으면서도 배창준은 끝까지 매달려 그의 양 손목을 잡아냈다.

"손목이야! 이 자식 손만 못 움직이게 하면 칼 못 뽑아."

양손을 잡힌 검열자는 고개를 뒤로 젖히더니 이마로 배창준의 입을 찍어버렸다. 배창준이 휘청대자 지석도, 손지우도 검열자를 향해 달려들었다. 그가 손목을 까딱해 다시 칼을 불러오지 못하도록 양 손목을 붙잡고 물어뜯으며 무작정 잡고 매달렸다. 검열자는 쓰러졌고, 그 위에 세 사람이 엉겨 붙어 검열자와 팽팽한 힘을 교환했다.

지석은 검열자를 붙들고 있는 두 손에 점차 힘이 빠지는 것을 느꼈다. 그들은 코끼리 위에 올라탄 치타들처럼 검열자의 양팔과 등에 매달려 있었지만, 검열자는 천천히 몸을 일으켜 세우고 있었다. 전세는 확실히 기울어갔다. 검열자의 힘은 셋이 붙어도 버티기 힘들 정도였다. 지석은 시계를 확인했다. 3시 44분을 지나고 있었다. 약속한 시간인 15분이 거의 다 지나고 있었다. 화요일 모임의 사람들이 몸에 붙은 불을 끈다면 서버랙이 멈추고 검열자가 능력을 되찾을 것이다. 1분 안에 결판을 내야 했다. 그때 지석의 머릿속에 한 명의 조력자가 떠올랐다. 지석은 눈을 깜빡이며 교도소장실 벽을 하나씩 지워나갔다. 벽 너머에 사무실이 나왔고, 그 너머에 회의실이 나왔다. 지석은 훈련하면서 외웠던 건물 중 동부구치소 이미지를 기억해내려 애썼다. 복도 철창들을 지우자 그 너머에는 똑같은 디자인의 수감실들이 나왔다. 수감실 벽들이 도미노 쓰러지듯 차례로 사라졌다. 지석은 이어서 천장을 보았다. 벽들이 모두 뚫린 구치소 6층에 이어, 7층의 바닥도 사라지기 시작했다. 수감실의 집기류들이 차례로 아래층으로 떨어졌고, 그중 한 방에서 드디어 사람이 떨어졌다. 손목에 수갑을 차고 있는 희진이었다. 교도소장실과 멀지 않은 곳에 떨어진 희진은 높은 곳에서 떨어진 충격에 몸을 뒤틀며 괴로워했다. 잠시 후 몸을 일으킨 희진은 지석과 눈이 마주쳤다. 그 눈에는 여전히 초점이 없었고 잔뜩 움츠러든 표정이었다.

"희진아, 두 걸음만 더 가면 칼이 있어! 칼을 주워!"

지석의 외침에 상황을 파악한 희진은 숨을 고르며 마음을 다잡았다. 희진은 상체를 숙인 채 한 손으로 바닥을 더듬으며 앞으로 나아갔다. 검열자의 얼굴이 사색이 되었다. 마침내 희진의 손끝에 톱날 칼이 닿았다. 그녀는 조용히 그것을 주워들었다. 지석은 희진을 보며 고개를 끄덕였다. 그녀가 이럴 때 물러설 만큼 여린 사람이 아니라는 것을 지석은 누구보다 잘 알고 있었다. 희진도 자신이 해야 할 일을 잘 알고 있었다. 희진은 검열자의 뒤로 다가가 그의 어깨에 칼을 가져다 댔다. 지석은 시계를 확인했다. 약속한 15분이 지나 3시 46분이 되었다. 어느새 서버랙은 풀려 있었다.

"지금이야! 죽여!"

패배를 직감한 검열자는 비굴한 목소리로 희진에게 말했다.

"자, 잠깐. 부탁이 있어. 깔끔하게 목에 찔러줘."

"그럼 덜 아프잖아."

희진은 검열자의 어깨에서부터 망설임 없이 칼을 그어 내렸다. 부드러운 케이크를 썰듯 칼끝은 검열자의 어깨를 지나 왼쪽 가슴을 거쳐 배꼽이 있는 곳까지 내려와 멈췄다. 검열자가 괴성을 지르며 무너져내렸다. 살충제 맞은 벌레처럼 발광하고 거품을 물던 검열자는 잠시 후 동작을 멈췄고, 이내 형체마저 사라져버렸다.

"죽을 때도 한심하네, 등신."

손지우가 후련한 듯 독설을 했지만 말의 뒷부분은 소리가 깨지며 알아들을 수 없었다. 서버 과부하 현상이 다시 시작된 것처럼 시야가 뿌예지고 건물이 흔들렸다. 그뿐만 아니라 주위의 물건들도 하나씩 지워지더니 하얀 벽면만 남았다. 이 자리에 있는 모두가 처음 보는 현상이었다.

하얀 안개가 공간을 먹어 삼키는 것처럼 모든 게 사라지고 있었다. 지석은 희진의 손을 잡고 무작정 달아나기 시작했다. 구석의 비상구 계단에 도착한 지석은 더 이상 도망칠 곳이 없음을 깨달았다. 이미 아래층은 모두 지워져 층계조차 보이지 않았다. 좁은 비상계단에 지석과 희진은 단둘이 고립되었다. 둘은 잠시 서로를 마주 봤다. 뉴랜드에서의 시간이 모두 끝났으며, 이제 불가항력적으로 돌아가게 되리라는 것을 지석은 눈치채고 있었다. 남은 평생 뉴랜드에 다시 돌아올 일도 없을 게 분명했다.

"희진아, 그놈이 죽었으니까 앞으론 나아질 거야. 힘들어도 조금만 더 버티면서 기다려줘. 나 죽어서 들어올 때까지."

희진은 고개를 저었다. 입가에 미소를 지으면서도 눈물을 글썽이고 있었다.

"아니, 끝내야 해."

"무슨 소리야, 희진아?"

"난 네가 낸 돈으로 여기 살아 있어. 너는 밖에 있는 내내 날 원망할 거고, 난 여기 있는 내내 너한테 미안하고 불안할 거야. 우리 둘 다 살아 있는 게 아니야. 영원히 살아야 한다고 생각하니까 하루도 제대로 살아 있을 수 없는 거라고."

"아, 아냐. 나 돈도 잘 벌고 이제 익숙해. 너 원망 안 해."

지석은 그녀에게 또 거짓말을 했다. 사실은 돈도 잘 못 벌고 가끔 원망스러운 마음이 든다는 것을 솔직히 말하지 못했다.

"난 여기 있는 1년 동안 내가 살아 있던 시절만 생각했어. 너랑 함께했던 행복한 기억들. 여기서는 그런 기억을 만들 수가 없어. 그러니까 지석아, 할 만큼 했어. 우린 여기까지야."

"어, 어떻게 그래! 이제까지 해온 건 뭔데! 왜 이제 와서 사라지겠다고 해?"

지석은 다급하게 외쳤지만 자꾸만 소리가 공기에 묻혀간다는 느낌이 들었다. 희진도 마찬가지였다. 희진의 입술이 움직이며 무언가 말했지만 들리지 않았다. 지석은 희진의 손을 잡았다. 희진은 움츠러들었지만 이번엔 손을 빼지 않았다. 둘은 잡은 손을 가만히 내려다봤다. 따뜻한 체온은 전달되지 않았다. 느껴지는 건 그녀의 손뿐이었다. 아니, 그것은 진짜 손도 아니었다. 어떤 존재가 거기에 있다는 감각일 뿐이었다. 그 가짜 감각에 의지해 지석은 먼 옛날의 기억을 더듬었다. 지석과 희진이 야간 아르바이트를 끝내고 함께 걷던 개천가의 산책로. 어두운 다리 밑에서 희진은 지석에게 다가와 입술을 포갰다. 첫 키스는 구름처럼 포근하지 않았다. 희진의 입술은 부르터 있었고, 시멘트가 깔린 개천에서는 퀴퀴한 물곰팡이 냄새가 났다. 그 시간이 다신 잡히지 않을 것처럼 아련했다.

지석은 연기 냄새를 맡으며 관제실에서 깨어났다. 몇 시간을 뉴랜드에서 헤맸던 건지, 일어나는 순간 다리가 풀려 휘청댔다. 드넓은 서버실이 내려다보이는 유리창 너머로 있어서는 안 될 일이 벌어지고 있었다. 책장처럼 가지런히 정렬된 서버들 여기저기에서 검은 연기가 피어오르고 있었다. 서버 폭주로 인한 과열이 원인이었던 건지 몇 대의 서버가 불타고 있었다. 오성학의 편에 선 것이 분명한 안태규가 소화기를 들고 서버 사이를 허둥대며 뛰어다니고 있었다. 뒤늦게 작동한 스프링클러가 그의 머리 위로 물을 뿜어댔다. 지석은 저 난데없는 화재가 뉴랜드 서버를 마비시키고 자신을 현실로 돌아오게 했음을 깨달았다.

"동인아! 일어나! 어서!"

서버 관제실 한쪽 구석에서는 오성학이 누워 있는 오동인의 가슴을 연신 때리고 있었다. 오동인은 지석 일행에게는 보여준 적 없는 고급형 대체현실 접속기를 머리에 쓰고 있었다. 오동인은 결국 자신이 사람들을 죽이던 방법 그대로 죽은 셈이었다. 오성학은 깨어난 지석을 발견하곤 분노에 차 달려들었다.

"도지석! 네가 죽었어야지!"

오성학은 지석의 멱살을 잡고 구석으로 밀어붙였다. 오성학은 지석의 얼굴을 주먹으로 갈기려고 했고, 지석은 그의 팔을 잡고 버텼다. 그때였다. 쿵, 하는 소리와 함께 오성학이 동작을 멈추고 바닥에 쓰러졌다. 손지우가 소화기로 그의 뒷머리를 내리친 것이다. 지석과 손지우, 배창준은 서로 부축하며 A.L 컴퍼니를 빠져나왔다.

뉴랜드 역사에 영원히 남을 혁명의 밤은 그렇게 끝났으나 어떤 역사도 이날을 기록하지 않았다.

.

26

자유와 장미

　그날의 일 때문에 지석과 배창준, 손지우는 몇 번이나 경찰서에 드나들며 조사를 받았다. 사건의 개요는 다음과 같았다. 자격 요건에 현저히 미달하는 서버 점검 업체가 뉴랜드 점검이라는 중책을 떠맡았다가 운전 미숙으로 사고가 벌어졌고, 그 과정에서 접속했던 작업자 한 명이 사망하게 된 것이었다. 아이러니하게도 오성학이 짜둔 시나리오대로 그 아들의 죽음이 덮인 셈이었다. 다만 예기치 못했던 서버실 화재가 겹치는 바람에 사건은 계획보다 커졌다. 단순한 산업재해에 그치지 않고 A.L 컴퍼니의 총체적인 부실운영과 입찰비리 문제로까지 이어진 것이다. 수사 결과 점검 업체 수주과정에서 인맥을 통해 업체를 선발한 것이 드러났고, 오성학과 설계 초기부터 친분이 있었던 몇몇 간부들이 일선에서 물러나게 되었다. 적당히 죄를 인정하고 고개를 숙인

간부들과는 달리 오성학은 피고인이면서도 재판정에서 고개를 빳빳이 들고 일장 연설을 펼쳤다.

"나는 오히려 피해자입니다. 설계 초기부터 이런 모습의 뉴랜드 서울에 반대했습니다. 사후세계에는 보험료를 완납한 VIP들만 살고, 미납자들은 임시서버를 두어 따로 관리해야 맞습니다. 개발단계에서 나는 '연옥'이라는 가칭으로 이 제도를 제안했습니다. 연옥에서 죄를 다 씻어야 천국에 보내주는 것에서 착안한 이름이죠. 이 제안을 했을 때 국가가 나를 어떻게 대했습니까? 나를 배제하고 만든 뉴랜드가 지금 어떻게 됐습니까? 과부하는 뉴랜드에선 일상입니다. 그것 때문에 서버가 불탄 겁니다."

뉴랜드 초기 설계자인 오성학의 극단적인 진술이 알려지자 언론은 일제히 비난을 쏟아냈다. 사람들은 신이라도 된 것처럼 떠드는 이 은퇴한 교수를 과대망상에 빠진 엘리트주의자로 취급했다. 하지만 참고인석에 앉아 진술을 지켜본 지석 한 사람만은 진심으로 오싹함을 느꼈다. 오성학이 주장한 연옥은 망상이 아니었다. 뉴랜드 안에서 그것은 명백한 실체를 가진 제도였고 이미 계획의 초기 단계에 있었다. 지석은 뉴랜드에서 치렀던 마지막 싸움에서 검열자의 얼굴을 한 오동인이 했던 말을 되새겼다.

'거긴 미납자가 다 들어갈 곳이야.'

임시저장소에 미납자 전부를 집어넣겠다는 그의 말은 허세나 위악이 아닌 진심이었다. 결국 임시저장소는 연옥을 만들기 위한 예비 수순이었지만 이 사안은 재판 대상도 아니었고 심지어 알려지지도 않았다.

조사과정에서 밝혀진 또 다른 당황스러운 사실은 오성학에게 숨겨 둔 재산이 많았는데도 아들 몫의 의료보험료만 완납했을 뿐, 자기 자신은 보험료 납부를 포기한 상태였다는 것이다. 뉴랜드의 진짜 고객이 VIP들이라고 말했던 오성학의 기준에서 볼 때 자기 자신조차 VIP가 아니었다.

결국 오성학은 부정 청탁 혐의로 징역 1년을 선고받았다. 오성학이 교도소로 이감되었다는 소식을 들은 지 얼마 되지 않아 지석은 그를 직접 찾아가 보기로 했다. 사제 간의 인사를 나누기 위해서도 아니고 그의 얼굴에 날계란을 던져주기 위해서도 아니었다. 뉴랜드라는 거대한 난센스 퀴즈의 출제자에게 마지막으로 이의제기를 하기 위해서였다. 지석은 시내의 가상 면회센터로 향했다. 호텔처럼 세련된 로비에 도착한 지석은 작은 방으로 안내받았다. 1인용 의자가 놓여 있고, 벽면과 천장에 스피커와 영상 투영장치가 설치된 그곳은 면회실이었다. 수감자의 직계가족이 아니면 접촉 면회가 허용되지 않는 이 교도소는 시내에 센터를 두고 홀로그램 면회 제도를 실시하고 있었다. 지석은 벽면에 커다랗게 새겨져 있는 브랜드 로고를 보며 유난스러운 면회실을 설치한 목적을 알 수 있었다. 이 사설 교도소를 위탁 운영하는 가전제품 기업에게 면회는 일종의 수익사업이었다. 본사에서 개발 중인 상품을 면회객들에게 시연할 수 있었고, 공간 이용료도 몹시 비쌌다. 직원이 보여준 요금표에 의하면 면회시간 5분마다 지석의 한 끼 밥값에 해당하는 금액을 지불해야 했다. 면회객은 아크릴판의 방해 없이 수감자와 마주 보고 면회할 수 있지만 그건 실체가 아니었다. 기계가 쏘아준 이미지에 불과했다. 몰래 물건을 주고받는 행위나 일체의 신체접촉도 불가능했다. 잠시 후 조명이 조절되더니 맞은편에 수감복을 입은 채 의자에 앉아 있는 오성학의 모습이 나타났다. 눈앞에 구현된 입체 형상이 너무나 사실적이어서, 지석은 오성학이 갑자기 공간이동을 해 눈앞에 나타난 것 같은 착각마저 들었다. 오성학은 정신없는 재판에 지친 듯 조금 수척해져 있었다.

"나한테 할 말이 있어서 왔나?"

"거긴 좀 어때요?"

"시설은 내 집보다 낫네."

오성학은 정체가 드러나기 전과 똑같은 태도로 지석을 맞이했다. 마치 그사이에 아무 일도 없었던 것처럼. 지석은 그와 오래 대화하고 싶지 않았다.

"정말로 뉴랜드에 연옥을 만들 생각이었어요?"

"난 법정에서 진실만 말했어."

"임시저장소가 어떤 곳이었는지 모르죠? 죽을 수도, 살 수도 없는 지옥이랬어요. 난 거기서 나온 사람한테 직접 들어서 알아요."

"그게 두려우면 나처럼 납부를 포기하게. 사후세계는 자네나 나 같은 사람이 바라선 안 되는 곳이야. 열등한 쪽은 욕심 없이 사라져주는 게 세상의 지속을 돕는 일이야."

272

"A.L 컴퍼니 간부들도 죄다 거기에 동의했답니까?"

"놈들은 비용만 줄여주면 만족하는 족속들이야. 내가 완성한 세상을 봤다면 누구도 반대 못 했을 거야."

자신만만한 말이었지만 그의 눈빛은 전에 없이 쓸쓸해 보였다. 오성학은 할 말을 다 마쳤다는 듯이 의자에 등을 기대고 눈을 감았다. 지석도 한숨을 쉬며 벽으로 고개를 돌렸다. 가뜩이나 짧은 면회시간은 그렇게 의미도 없이 흘러갔다. 남은 시간이 1분이라는 안내음성이 나왔을 때 지석이 입을 열었다.

"영감님 아들 보험료는 완납했죠? 나 같아도 그랬을 거예요. 죽어도 임시저장소에 보내긴 싫었을 테니까."

"그 애한테는 육체가 감옥이었어. 거기로 보내서 자유를 주고 싶었네. 그뿐이야."

말을 마친 오성학은 지석을 한 번 무표정하게 보고는 의자에서 일어섰다. 영상은 매정할 정도로 급히 꺼졌다. 홀로그램의 자취조차 안 남은 허공을 지석은 한참 동안 바라보고 있었다. 찜찜한 여운만 남긴 만남이었다.

잔혹한 고문을 자행한 장본인인 오동인은 정작 아무 처벌도 없이 뉴랜드에 입성했다. 미납자들을 연옥에 가두겠다는 오성학의 음모는 저지했지만 A.L 컴퍼니의 상부에 오성학만큼 위험한 사상을 품고 있는 자들이 얼마나 더 있을지 모를 일이었다. 오성학 부자의 악행은 사실상 모두의 묵인 아래 일어난 일이었다. 지석은 A.L 컴퍼니가 원망스

273

러웠고 뉴랜드 역시 떠올리기 싫을 만큼 신물이 났다. 하지만 제도를 근본적으로 부정하고 싶지는 않았다. 뉴랜드가 소수의 천국을 유지하기 위해 나머지 국민을 쥐어짜는 모습으로 설계되었다고는 해도, 그것은 기술의 결함이 아니라 인간의 결함이었다. 어쨌든 모두에게 죽음 이후의 결정권이 주어진 것은 옳은 일이라고 생각했다. 희진의 존재를 믿고 살아온 지난 1년은 무엇과도 바꿀 수 없었으니까.

한편 이번엔 관리 소홀로 또 한 번 낙인찍힌 안태규는 다시는 중앙 부서에 돌아올 수 없을 정도로 멀리 좌천되었다. 지석 일행이 사후세계에서 벌인 일들이 구체적으로 드러나지 않은 것은 처벌을 두려워한 안태규가 당시의 데이터를 모두 삭제한 덕분이었다.

배창준과 손지우는 그들이 하던 뒷세계 업무로 다시 복귀했다. 두 사람은 투닥거리면서도 은근히 잘 맞는지 종종 만나기도 하는 모양이었다. 기대와 달리 체커로서 몸값이 오르는 일은 없었다. 그들의 영웅담을 세상 누구도 몰랐기 때문이다. 지석은 자격 미달과 무단 겸직 등의 사유로 1년간 관련 업체에 취업 제한 처분을 받은 뒤 출장 수리 기사를 그만두게 되었다. 어차피 금세 쫓겨날 것처럼 간당간당한 직장이긴 했다.

좋은 소식도 있었다. 온 국민이 동경하면서도 두려워했던 기업 A.L 컴퍼니가 비리로 도마 위에 오르자 그간 감춰져 있었던 여러 불만의 목소리들이 수면 위로 떠오르게 되었다. 서버실 화재를 통해 뉴랜드 데이터 일부를 소실한 A.L 컴퍼니는 한 달간의 복구 작업에 들어갔다.

이참에 근본적인 정책부터 바꿔야 한다는 요구가 터져 나왔다. 오성학이 이끌던 정보 공개 청구 모임 사람들도 이런 움직임에 동참했다. 오성학의 배신이 탄로 난 후에도 그들은 가야 할 길을 잃지 않았다. 결국 집단적인 보험료 납부 거부 운동까지 일어나자 인심을 잃을 걸 걱정해서인지 A.L 컴퍼니는 좀 더 유화적인 정책을 내놨다. 뉴랜드 환경선을 위한 추가 서버 증설 계획이 발표되었고, 그간 죽음 직후 단 한 번만 가능했던 망자와 유족 간의 교류도 확대되었다. 물론 메일에 뉴랜드 내부의 정보를 유출하는 문장들이 포함될 경우 인공지능 판독기가 자동으로 삭제 후 전달할 것이라는 단서가 붙긴 했다. 비록 한 달에 한 번뿐이지만 지석은 희진과 연락을 주고받는다는 것 자체가 기적처럼 여겨졌다.

'그때 네가 본 것들은 변화가 없어. 그래도 강제적인 일은 조금 줄었어.'

희진이 메일에 에둘러 적은 것들을 통해 지석은 뉴랜드이 상황을 짐작해볼 뿐이었다. 지석은 그날 밤 지하 인쇄소에서 스스로를 태웠을 사람들을 매일같이 생각했다. 그들의 용기가 아니었다면 지석과 희진은 지금쯤 세상에서 사라졌을 게 분명했다. 지석은 화요일 모임 사람들의 근황을 알 수 없어 아쉬웠다. 그래도 세상은 모래알만큼 좋아지고 있는 것 같았다. 단 하나, 희진의 결단만 빼놓고.

'네가 보험료 납부를 중단하는 게 힘들다면 기한을 정하자. 내년 내 생일. 나는 그때 세상에서 사라질 거야. 난 사라지는 게 무서웠어. 그런데 요즘은 이런 확신이 들어. 뉴랜드라는 곳에 묶여 있지 않아도 나라는 존재는 세상에 그대로 있을 거야. 난 자유로워지기 위해 여길 떠나야 해. 이곳에서의 시간이 그걸 깨닫게 해줬어. 그 시간을 버텨줘서 고마워.'

지석은 희진이 보낸 편지 속 문장을 몇 번이고 곱씹어 봤다. 묶여 있기 싫어서, 자유로워지기 위해서 뉴랜드를 떠나겠다는 희진의 말이 머리로는 이해되지 않았지만 가슴으로는 알 것 같았다. 언젠가는 온전히 이해할 수 있으리라 믿으며 지석은 그녀의 결정을 따르기로 했다.

희진과의 마지막 1년은 야속할 정도로 쏜살같이 지나갔다. 전업 체커의 인생을 시작하게 된 지석은 배창준과 반 평 더 넓은 사무실로 이사했다. 랭크 2짜리 체커 열목어와 협력관계라는 소문이 돌면서 그들 사무실에는 일이 더 많이 들어오게 되었다. 지석은 가끔 엄마를 따라 성당 미사에 참석해보기도 했다. 없던 믿음이 갑자기 생겨서는 아니었다. 그저 뉴랜드가 아닌 다른 사후세계를 믿는 사람들이 있다는 사실을 눈으로 확인할 때면 왠지 마음이 놓여서였다. 여전히 엄마의 보험료는 지석의 통장에서 빠져나가고 있었다. 뉴랜드에서 겪은 일들을 언젠가 얘기해줄 날이 왔을 때, 엄마가 자신의 미래를 직접 결정할 수 있도록 한 것이다.

희진은 뉴랜드 안에서 글을 쓰기 시작했다. 지석에게 매달 빼곡히 채워 보내는 편지 외에도 희진에게는 쓰고 싶은 글이 많았다. 어느 가난한 집의 뜯어진 천장을 보며 눈을 뜬 그녀의 시작에 대해서. 지석의 손을 잡고 누런 병실 천장을 보며 눈을 감은 그녀의 끝에 대해서. 또 뉴랜드에서 겪었던 기묘한 모험들에 대해서. 훗날 사후세계의 기록을 찾아볼 누군가를 위해 그녀는 긴 글을 남겼고, 뉴랜드 어딘가에 잘 숨겨놓기로 했다.

개나리의 노란 잎이 다 떨어지고 벚꽃도 남지 않은 계절이 찾아왔다. 그날이 어떤 날인지 알 리가 없는 배창준은 여전히 사무실에서 레게음악에 맞춰 콧노래를 흥얼대고 있었다.

"헤이, 도 사장. 오늘 길로틴 프레서에 랭크 1 체커가 레이드 온다는데 구경 갈래?"

"너나 가. 열목어 손잡고."

"그런 사이 아니라니까. 근데 너 어디 가는 거야? 벌써 퇴근해?"

"의뢰인 만나러 간다."

지석은 대충 둘러대고 사무실을 빠져나왔다. 그러고는 새로 뽑은 전기 바이크를 타고 한적한 교외로 나갔다. 도착한 곳은 시설 납골당이었다. 이미 2년간 희진의 유해를 보관하고 있던 납골묘가 거기에 있었다. 오늘은 희진의 생일이자, A.L 컴퍼니에 있던 희진의 자아 뉴런이 이곳에 도착해 함께 안치되는 날이었다. 현미경으로만 보이는 희진의 영혼 한 조각이 이제 주인의 몸을 찾아왔다.

'엄희진은 25년간 살았고, 이 세상에 정확히 27년간 존재한 끝에 드디어 자유를 얻었다.'

희진이 새 묘비명으로 하고 싶다며 전해준 문장이었다. 지석은 들고 온 장미 꽃다발을 희진의 납골묘 앞에 두었다. 아무에게도 말하지 않았지만, 그날은 희진의 보험료 납부를 중단한 날이자 지석 자신의 보험료 납부도 포기한 날이었다. 이유는 여러 가지가 있었다. 직접 눈으로 확인해본 결과 뉴랜드가 별로 살 만한 곳이 못 된다는 이유도 그중 하나였고, 뉴랜드에서 만나고 싶었던 유일한 사람이 사라져버렸다는 것도 이유였다. 현실적인 이유도 있었다. 납부 중단을 결심한 덕분에 사무실을 이사하는 것도, 할부로 새 바이크를 뽑는 것도 가능했다. 지석은 이제야 겨우 유령이 아닌 사람의 삶을 살고 있었다. 물론 의식조차 사라지는 죽음이 두렵지 않은 건 아니었다. 존재하고 있는 지석은 소멸해버린 지석을 영원히 상상할 수 없을 것이다. 사람은 그렇게 쉽게 초연해질 수 있는 존재가 아니기에 지석은 언젠가 자신의 결정을 후회할 날이 올 거라고 생각했다. 하지만 어쩔 수 없는 일이었다. 지석은 그 후회조차 받아들이기로 다짐했다. 당장이라도, 아주 사소한 사고로도 소멸해버릴 수 있다는 사실이 모든 순간의 감각을 이전과 다르게 만들었다. 땅을 내딛는 한 걸음, 한 걸음이 무섭고 아찔하면서도 또 믿기지 않을 만큼 소중했다. 그리고 가끔 지석을 괴롭히던 원인 모를 구토와 울렁증이 신기하게도 사라졌다. 지석은 희진의 작은 묘비를 쓰다듬었다. 뉴랜드에서 함께했던 마지막 순간에 잠시 잡았던 그 손처럼, 온기 없이도 애틋했다.

"자주 올게, 희진아. 나 일기를 쓰기 시작했어. 매주 화요일마다 여기 와서 너한테 보여줄게. 자유롭게 날아가도 좋은데 내 편지는 한 번씩 보러 와줘."

등 뒤로 봄날의 노을이 넘어가는 것이 느껴졌다. 지석은 발길을 돌리려다 문득 생각나는 것이 있어 그 자리에 멈췄다.

"희진아, 예전에 인터넷 방송에서 본 퀴즈가 있어. 똑같이 생긴 천국의 문과 지옥의 문을 똑같이 생긴 천사와 악마가 지키고 있대. 천사는 진실만 말할 거고, 악마는 거짓만 말할 거야. 딱 하나의 질문을 해서 천국문을 찾아야 한다면 넌 무슨 질문을 할래?"

연옥의 수리공

초판 1쇄 발행 2022년 1월 20일
초판 2쇄 발행 2022년 4월 25일

지은이 경민선
발행인 안병현
총괄 이승은 **기획관리** 송기욱 **편집장** 박미영
기획편집 김혜영 정혜림 **디자인** 이선미 **마케팅** 신대섭 **관리** 조화연

발행처 주식회사 교보문고
등록 제406-2008-000090호(2008년 12월 5일)
주소 경기도 파주시 문발로 249
전화 대표전화 1544-1900 **주문** 02)3156-3694 **팩스** 0502)987-5725

ISBN 979-11-5909-586-3 (03810)
책값은 표지에 있습니다.